KB072121

스킬스 4

류화수 퓨전 판타지 소설

초판 1쇄 찍은 날 § 2015년 10월 16일
초판 1쇄 펴낸 날 § 2015년 10월 23일

지은이 § 류화수
펴낸이 § 서경석

편집책임 § 고승진

펴낸곳 § 도서출판 청어람
등록번호 § 제387-1999-000006호
등록일자 § 1999. 5. 31
어람번호 § 제1-2258호

주소 § 경기도 부천시 원미구 부일로 483번길 40 서경B/D 3F (우) 14640
전화 § 032-656-4452 팩스 § 032-656-4453
http://www.chungeoram.com
E-mail § chungeorambook@daum.net

ⓒ 류화수, 2015

ISBN 979-11-04-90460-8 04810
ISBN 979-11-04-90413-4 (세트)

SKILLS

CONTENTS

Chapter 1

기술 전쟁

시끄러운 방패 소리가 울려 퍼지는 방어조와는 달리 아드몬드가 선발하는 공격조는 아직 조용했다.

"다들 집중!"

방패 소리에 시선이 끌린 기사들을 집중시킨 아드몬드는 계속해서 말을 이었다.

"공격조, 즉 딜러는 공격을 담당한다. 방어조가 목숨을 걸고 만든 기회를 어떻게든 살려 몬스터에게 치명상을 입혀야 한다. 빠르고 강한 공격을 할 수 있는 자만이 딜러가 될 자격이 있다. 그렇기에 선발 방식은 오로지 공격력을 중점적으로 본다. 공격을 하기 위해서는 균형 감각이 중요하다. 몬스터와 상대하다 보면 안정적인 자세에서 몬스터와 싸울 수 있는 경우는 별로 없다."

아드몬드의 앞에는 검은 천들이 담겨 있는 상자가 있었고, 아드몬드의 지시에 따라 검은 천은 기사들에게 전해졌다.

"다들 천으로 눈을 가려라. 눈을 가린 상태에서 얼마나 균형 감각을 유지할 수 있는지가 이번 시험의 목적이다. 이번 시험 하나로 딜러진을 선발하는 것은 아니지만 최선을 다해야 할 것이다."

검은 천으로 눈을 가린 기사들은 한 다리를 들고 양팔을 벌렸다.

우스꽝스러운 동작이었지만 이번 시험을 통과하기 위해 최선을 다하는 기사들은 그 동작을 유지하기 위해 온 신경을 집중했다.

확실히 기사는 기사였다.

기사가 되기 위해서는 어릴 때부터 체계화된 수련을 받아야만 했고, 오러를 각성한 사람만이 기사가 될 수 있었다.

이 상태로는 언제 시험이 끝날지 모른다.

이럴 거라고 예상하고 있었던 아드몬드는 다음 단계로 넘어갈 때가 되었다고 생각했다.

"다들 검을 꺼내 들어라. 기본 검식을 그 상태로 휘두른다."

기본 검식은 기사가 되기 위한 사람이라면 필수적으로 배우는 검식이다.

단순한 휘두르기로 구성되어 있는 기본 검식을 단순히 휘두르는 거라면 며칠을 할 자신이 있는 기사들이었지만 지금은 상황이 달랐다.

눈은 천으로 가려져 있었고, 한 발을 들고 서 있어야 했다.

그렇게 20분 동안 검식을 휘두르자 하나둘 자세가 흐트러지기 시작했다.

첫 탈락자가 나오고 나서부터 우후죽순으로 들어 올린 다리를 바닥에 떨어뜨리기 시작했다.

한 시간이 넘게 지났지만 아직 많은 수의 기사가 남아 있었다.

"이제 되었다. 기록관들은 기사들의 기록을 토대로 점수를 매겨라. 그럼 바로 다음 단계로 넘어가겠다. 이전의 시험에서 기록이 좋지 않았다고 해서 실망하지 않아도 된다. 이번 시험이 훨씬 점수가 높으니까."

몬스터는 일반적으로 사람보다 강한 육체를 가지고 있었고, 1층에 서식하는 초원 늑대만 하더라도 인간보다 몇 배는 빠르게 움직일 수 있었다.

그런 몬스터들을 공격하기 위해서는 동체 시력이 중요했다.

몸이 아무리 빠르다고 하너라도 눈이 따라주지 못하면 공격이 제대로 통할 리가 없다.

"1열부터 앞으로 나와라."

아드몬드는 앞이 공처럼 동그랗게 되어 있는 화살촉을 꺼내 들어 그 위에 숫자 하나를 적었다.

"날아가는 화살의 숫자를 맞히면 된다. 각조당 10번의 화살을 쏠 것이다. 화살의 숫자는 앞에 있는 종이에 적으면 된다. 부정행위를 하지는 않을 거라 생각하지만 만약 부정행위를 하다 걸리면 바로 실격이다."

　　　　　*　　　　　*　　　　　*

　카인트 공작을 비롯한 3명이 열심히 악마의 탑에 들어갈 기사들을 선발하는 동안 나도 놀지는 않았다. 오히려 그들보다 더 바쁘게 움직여야 했다.

　"다들 빨리 움직여 주세요. 기사들에게 새로운 무기를 공급해 줘야 합니다."

　악마의 탑 전용 보급용 아이템.

　말은 거창하지만 쉽게 말하면 나는 악마의 탑 1층 몬스터들을 상대하기에 적합한 아이템을 대량으로 만드는 작업을 하고 있었다.

　악마의 탑 1층이라면 그렇게 뛰어난 능력을 가진 아이템이 필요하지는 않다.

　하지만 급이 떨어지는 특수 아이템이라고 하더라도 구하기가 쉬운 것은 아니었다.

　무기나 방어구 자체에 숨어 있는 능력을 각성시키는 이전의 방법으로는 아이템의 수를 채울 수 없다.

　그리고 아무리 기사들이라고 해도 각성한 자신의 무기가 다른 기사들의 무기보다 성능이 떨어진다면 마음이 좋지 않을 것이다.

　동일한 능력을 가진 아이템 제작.

　이전이라면 이런 아이템을 제작하지 못했겠지만 지금은 달랐다.

스승님이 말하기를, 고리의 색이 보라색이 된 후부디 아이템을 제작할 수 있을 거라고 했지만 노란색의 고리의 기운만으로도 충분히 아이템을 제작할 수 있었다.

물론 재료가 특별해야 되었지만 말이다.

원하는 무기에 문양을 새겨 넣는다고 해서 문양을 각성시킬 수는 없다.

일반적인 금속으로는 말이다.

하지만 문양의 각성을 돕는 능력을 가진 금속이 있다면 충분히 가능했다.

이계에 얼마나 많은 종류의 금속이 있는지는 모르겠지만 나보다 더 많은 금속을 접한 사람이 많지 않다고는 자부할 수 있다.

하지만 이계의 금속은 그런 능력을 가지고 있지 않았다.

이계의 금속이 그런 능력을 가지고 있지 않다면 다른 세계의 금속을 찾으면 된다.

바로 악마의 탑에서만 구할 수 있는 금속이다.

몬스터의 뼈나, 이빨이 그런 능력을 가지고 있다. 금속이라고 하기에는 그렇지만 어쨌든 겉모습은 금속과 비슷하니 그렇게 불렀다.

몬스터의 뼈나 이빨을 우리는 D 메탈이라고 불렀다.

악마의 금속의 줄임말인 D 메탈.

"오늘 안에 D 메탈을 새겨야 시간에 맞게 기사들에게 무기를 공급해 줄 수 있습니다."

이번에 선발될 기사의 수가 몇이나 될지는 정확히 모르지만 최소 100은 넘을 것이다.

무기부터 방어구까지 그렇게 많은 수의 아이템에 문양을 새기는 작업을 혼자 하는 것은 불가능했기에 장인들을 불러 모았다.

근거리 무기 공장에 근무하는 장인들은 나를 대신해 문양을 새겨 넣는 작업을 할 수 있는 능력이 있었다.

문양을 새겨 넣는 작업은 작은 오차라도 있으면 제대로 작동하지 않았기에 고도의 집중력이 필요했다.

손재주가 뛰어난 장인이라고 할지라도 문양 하나를 새기는 데 한 시간이 소모되었다.

점점 빨라지고 있긴 했지만 이대로는 일정을 맞추기가 빠듯했다.

장인 중에서 가장 많은 수의 문양을 새긴 사람은 나였다.

자랑은 아니지만 민감한 손의 감각 덕분에 남들보다 더 빠르게 문양을 새겨 넣을 수 있었다.

오랜만에 어깨가 뻐근하네. 머리를 쓰는 것보다는 단순 작업이 낫긴 한데.

기계가 있으면 편할 건데.

현대에 있던 기계가 생각이 났다.

도면만 입력하면 기계가 알아서 정교하게 금속을 깎아내는 그런 자동화 기계들 말이다.

지금은 이렇게 단순 작업을 하지만 나중에는 꼭 자동화 기계와 비슷한 기구를 만들어야겠네. 언제까지 이렇게 공장에서 쇳가루를 마실 수는 없잖아.

다행히 작업은 선발 시험에 맞춰 끝낼 수 있었다.

장인들이 잠까지 아껴가며 공장에서 살았기 때문에 가능한 일이었다.

기사들은 아이템을 사용할 때마다 장인들에게 고마워해야 한다니까.

선발된 기사들을 만나기 위해 연병장으로 갔다.

선발된 인원은 40명이었다.

왕국이 보유하고 있는 인원에 비하면 적은 수였지만 앞으로 다른 기사들이 속속들이 시험을 통과할 것이기에 수는 점점 늘어날 것이다.

"고생하셨습니다, 공작님."

"자네도 고생했네. 이렇게 짧은 시간에 이 많은 아이템을 제작하다니."

"제가 고생했나요. 다른 장인들이 고생했죠."

"장인들에게 내 특별히 성과금을 주도록 하겠네."

역시 카인트 공작은 다른 귀족에 비해 사람 다루는 법을 제대로 알고 있었다.

성과금을 받기 위해 장인들이 노력한 것은 아니지만 그래도 성과금을 받으면 자신의 노력이 인정받는 기분은 들게 된다.

"그런데 공작님, 새로운 기사들은 어떤 방법으로 모집하고 있습니까?"

우리에게는 많은 수의 기사가 필요했다.

전쟁을 벌이기 위해서가 아니라 악마의 탑을 공략하기 위해서 말이다.

하지만 기사의 수가 더는 늘지 않았다.

기사가 되기 위한 조건이었던 오러가 사라졌기에 기사 모집을 더는 하지 못하고 있었던 것이다.

"새로운 기사들을 선발하기는 해야 되지만 딱히 좋은 방법이 생각나지 않아 기사 선발을 보류하고 있었다네."

그렇단 말이지.

나는 이전부터 생각만 해왔던 계획을 공작에게 설명했다.

"기사 양성 학교를 세우는 것이 어떻습니까? 오러가 사라졌기에 기사를 선발할 마땅한 방법이 없지 않습니까. 그렇다면 따로 학교를 세워 재질이 있는 사람들을 기사로 받아들여야 합니다. 기사의 수는 곧 국력입니다. 기사를 유지할 수 있는 자본이 충분한 만큼 기사의 수를 지금보다 더 늘려야 되지 않겠습니까? 그리고 악마의 탑에 들어갈 인원도 더 많이 필요합니다. 신규 기사들이 들어오지 않는다면 힘듭니다."

"기사 양성 학교를 세우자는 말인가? 좋은 생각이군. 내가 전하께 보고를 드리겠네."

"이왕 학교를 세울 거면 좀 더 다양한 인재를 모으는 것이 어떻습니까? 연금술을 연구하는 인재들도 필요합니다. 지금이야 많은 수의 마법사들이 있긴 하지만 고령의 마법사들이 차지하는 비중이 너무 큽니다. 몇 년이 지나면 연구소의 인원은 확 줄어들 겁니다. 그리고 장인도 체계적으로 키워야 합니다."

"일이 생각보다 커지겠군. 하지만 나도 자네의 생각에 동의한다네. 인재가 곧 나라의 힘이지. 나라를 유지하기에도 벅찼던 과거였다면 모르겠지만 지금은 충분히 그럴 능력이 있을 것 같군. 왕국의 미래를 위해서라도 인재를 양성해야 되지. 내가 전하께 강력하게 요청을 하겠네. 오늘은 일단 악마의 탑에 일차로 들어갈 기사들과 인사나 먼저 하게나."

우리의 말이 너무 길었나?

기사들은 뜨거운 햇빛 아래 고통을 받고 있었다.

학교 다닐 때 교장선생님이 조례를 오래 하는 것을 정말 싫었는데 그 짓을 내가 하고 있었네.

"죄송합니다. 말이 길었습니다. 먼저 축하의 말씀을 드리겠습니다. 여러분들은 악마의 탑에 입장할 능력을 카인트 공작님께 인정받은 기사들입니다. 그런 분들이라면 충분히 이 아이템들을 착용할 자격이 있습니다."

연병장에는 몇 대의 마차가 들어와 있었는데, 예상을 하고 있었겠지만 마차 안에는 기사들에게 지급될 아이템들이 들어 있었다.

"아이템은 카인트 공작님께서 직접 하사하실 겁니다."

경매장에서 팔리는 고가의 아이템에 비하면 능력이 떨어지는 보급용 아이템들이었지만 지금 기사들이 사용하는 무기에 비하면 훨씬 뛰어난 능력을 가지고 있었다.

그리고 겉모습도 그럴듯하게 만들었기에 기사들은 황홀한 눈으로 아이템을 바라보고 있었다.

"악마의 탑에서 몬스터와 싸울 준비가 되어 있는가?"

"그렇습니다."

"동료를 버리지 않을 자신이 있는가?"

"그렇습니다."

카인트 공작은 기사 임명식과 비슷한 장면을 연출했고, 기사들은 경건한 마음으로 아이템들을 받아 들었다.

선발된 기사들은 악마의 탑 1층을 충분히 공략할 수 있는 인재라고 판단된 사람들이다.

오러가 사라졌지만 아이템의 능력을 가진다면 몬스터를 충분히 사냥할 수 있다.

기본적인 교육을 짧게 진행하고 바로 실습에 들어갔다.

데빌 도어를 통해 악마의 탑에 들어갈 수 있는 최대 인원은 4명이었는지라 우리는 4명씩 10개의 조로 나누었다.

기사 3명에 우리가 한 명씩 끼어 들어가 실습을 진행했다.

"악마의 탑 1층에 대해서 교육을 받아 아시겠지만 그렇게 강한 몬스터들은 없어요. 특히 이런 슬라임이라면요."

기사들과 함께 들어온 악마의 탑 1층은 슬라임이 서식하고 있는 장소였다.

"슬라임은 방패를 이용하련 쉽게 사냥할 수 있어요. 그리고 슬라임의 사체는 연금술의 재료로 사용되니까 챙겨 나와야 됩니다."

슬라임은 상대하기 가장 쉬운 몬스터였기에 기사들은 어렵지 않게 슬라임을 사냥했고, 보스 몬스터인 거대 슬라임까지 어렵지 않게 사냥할 수 있었다.

사냥이 끝난 후, 챙겨 온 가죽 천에 슬라임의 사체와 다른 부산물들을 담아 나왔다.

기사들은 악마의 탑 1층을 성공적으로 공략했기에 자신감이 차 있었다.

40명의 기사가 전부 악마의 탑 1층을 경험하고 난 뒤 몇 번의 교육을 더 했고, 이제는 우리의 도움 없이 악마의 탑 1층을 공략할 수 있게 되었다.

보통 한 조는 일주일에 세 번 정도 악마의 탑에 들어갔고, 그들이 구해 오는 몬스터의 사체는 고스란히 연구소로 옮겨져 연금술을 연구하는 재료로 이용되었다.

악마의 탑 1층에서 서식하는 몬스터의 사체들뿐이었지만 항상 재료에 굶주려 있는 연구원들에게는 그것만으로도 큰 도움이 되었고, 연구소는 더욱 빠르게 결과물들을 만들어내었다.

연금술의 중요성을 깨달은 것은 우리 왕국뿐만이 아니었다. 가장 먼저 연금술을 연구하기 시작한 가르신 왕국은 물론이고, 다른 국가들도 연금술 전쟁에 적극 뛰어들었다.

항마 전쟁 이후 국가 간의 영토 전쟁은 사라졌다고 봐도 무방했다.

특히 타나스 왕국이 브루니스 왕국에 무참히 패배한 이후 병사의 수나 기사의 수가 전쟁의 주요 요소가 아니라는 것을 느꼈기에 더욱 그랬다.

그리고 악마의 탑에서 나오는 아이템들이 비싼 가격에 거래됨에 따라 국가들은 앞다투어 더욱 높은 층을 공략하려고 애를 썼다. 하지만 그러면 그럴수록 아이템의 중요성을 깨닫고 의존적으로 브루니스 경매장을 이용해야만 했다.

이대로는 브루니스 왕국의 성장을 막을 수 없다.

물론 브루니스 왕국을 적으로 생각하는 국가는 많지 않다. 하지만 경제적으로 브루니스 왕국에 끌려다니는 것을 좋아할 국가는 없었다.

그런 그들에게 기회가 생긴 것이다.

연금술.

악마의 탑은 결국 아이템 싸움이었고, 이미 유리한 위치를 선점한 브루니스 왕국을 앞지를 수 없다는 결론이 나왔다. 그렇지만 연금술은 다르다.

연금술을 통해 결과를 내는 것은 아이템이 중요하지 않다.

마법사의 탑이 존재하지 않았던 국가는 없었고, 고위직에 마법사 한 명쯤은 포함되어 있었다. 지금이야 마나가 사라졌기에 마법사들의 위상이 전보다 낮아졌지만 여전히 그들은 많은 수의 마법사를 보유하고 있었다.

거대 국가일수록 마법사의 수가 더욱 많기도 했다.

연금술은 결국 마법사의 능력에 따라 결과물이 나온다는 생각을 하게 마련이고, 국가 차원에서 흩어진 마법사들을 모아 연금술을 연구시켰다.

가르신 왕국이 천사의 눈물로 부를 축적한 것처럼 자신들도 그렇게 할 수 있다고 믿었다.

하지만 모든 국가가 결과를 빠르게 만들어낼 수는 없었다.

연금술은 지식과 재능이 중요한 학문이긴 하지만 운적인 요소도 크게 작용했다.

많은 돈을 쏟아부은 국가보다 적은 금액을 투자한 국가가 먼저 결과물을 내놓을 수 있는 게 연금술이다.

이전에는 어린아이들에게 꿈을 물어보면 기사 혹은 마법사가 가장 많았지만 지금은 연금술사가 장래희망 1위를 차지했다.

그만큼 연금술사에 대한 지위가 높아졌다.

브루니스 왕궁 아다드 왕 집무실.

"학교 건설은 어떻게 되어가고 있습니까? 착공에 들어간 지 세 달이 흘렀는데 아직도 완공이 멀었나요?"

집무실에는 언제나 그랬듯이 카인트 공작과 내가 자리를 하고 있었다.

아다드 왕이 나를 보고 질문을 했기에 내가 학교 건설 진척 상황에 대해 설명했다.

"완공이 멀지 않았습니다. 짧으면 이번 주 안에 건물의 건설이 끝납니다. 이제 학생들을 모집해야 될 시기가 왔습니다."

"그렇죠. 인재를 모집하기 위해 학교를 건설한 것이니 학생을 많이 선발해야겠군요. 어떤 방식으로 학생을 선발하는 것이 좋겠나요?"

"계급을 막론하고 능력이 있는 인재를 선발하는 것이 중요합니다. 귀족의 자제든 평민의 자제든 공평한 방식으로 선발을 해야 합니다. 우리가 원하는 것은 계급이 높은 귀족이 아니라 능력을 꽃피울 재능이 있는 학생입니다."

가만히 듣고 있던 카인트 공작이 한마디를 했다.

"힘들겠군. 기사나 연금술사가 되고자 하는 자식을 가진 귀족들이 벌써부터 나에게 청탁을 하고 있는 실정이네. 나도 이런 지경인데 면접관들은 어떻겠나."

"그래도 공정하게 선발해야 합니다. 능력이 없는 사람을 받아들이면 학업에 지장이 갑니다. 능력을 우선해야 합니다. 귀족들의 자제들이라고 해서 능력이 없으면 받을 수 없습니다. 그래서 저는 블라인드 테스트로 학생을 선발하는 것이 좋다고 생각합니다."

"블라인드 테스트? 그건 어떤 방식인가?"

"정보를 완전히 숨긴 채 시험만을 통해 능력을 확인하는 방식입니다. 면접관들은 면접자들의 출신 성분을 전혀 모르고 면접을 봐야 합니다. 그리고 만약 청탁을 받아 부정 합격자가 생기면 면접자는 물론이고 면접관까지 자격을 상실시켜야 합니다. 면접자의 경우는 5년간 시험 응시 불가 처분을 내리고 면접관은 향후 10년간 면접관 자격을 박탈해야 합니다."

"좋은 방법이군. 그렇게 진행하게나."

브루니스 왕국 종합 학교.

종합 학교라는 이름처럼 하나의 과목만 가르치지 않는다.

기사와 연금술사 그리고 행정관까지 양성하는 학교로 아다드 왕의 직속 기관이기도 했다.

왕실은 전국에 있는 많은 인재들에게 학교의 존재를 알리기 위해 대대적인 홍보를 하였고, 장거리 이동을 위해 왕국의 마차를 대거 투입해 면접자들의 편의를 봐주기 위해 노력했다.

하지만 평민들이 학교에 면접을 보러 가는 것은 사실상 힘들었다.

귀족들이야 영지 마차를 이용하고, 수행원과 같이 학교에 들어가기에 편안히 면접을 볼 수 있지만 평민들은 부모들의 쌈짓돈을 모조리 털어야 가능했다.

"형님, 면접자가 3천 명이 넘었다는데요? 아직 면접 날짜가 일주일이나 남았는데 이렇게 많은 수가 모일 줄은 몰랐습니다."

"그렇네. 학교 정원이 모든 과를 다 합쳐도 600명이 넘지 않는데 경쟁률이 5 : 1은 가볍게 넘었구나."

이때까지만 해도 면접을 치르기 위해 온 학생의 수가 많구나 정도로만 생각했다.

하지만 면접 날짜가 3일 앞으로 다가오자 수도는 면접을 치르기 위한 학생들로 가득 찼다.

"공작님, 다른 국가에서도 우리 왕국의 학교에 입학하기 위해 찾아오고 있다고 합니다. 주변에 있는 국가는 물론이고, 가르신 왕국에서도 학생을 보냈다고 합니다."

"어쩐지 너무도 많은 사람들이 모여들고 있다고 생각했네. 하지만 좋은 일이 아닌가? 인재가 부족하다고 자네가 입버릇처럼 말하지 않았나. 다른 국가의 사람이라고 하더라도 일단 학교에 입학해 졸업을 하게 되면 필수적으로 브루니스 왕국에서 5년간 일을 해야 되는데 좋은 일이지 않느냐."

"그건 그렇습니다. 어쨌든 면접 일정을 늘려야 될 것 같습니다. 그리고 평민 면접자들 같은 경우는 갑자기 높아진 여관의 숙박비를 감당하지 못해 길거리에서 밤을 보낸다고 합니다. 그들을 위해 전시에 사용하는 대형 천막을 지원하는 것이 어떻겠습니까?"

"그렇게 하게나. 내가 허가를 받아 놓겠네."

수도에서 조금 떨어진 곳에 대형 천막이 수백 개가 세워졌고, 그곳에 아직 숙소를 잡지 못한 학생들이 모여들었다.

대부분이 평민의 신분인 그들은 떨리는 마음으로 면접일을 기다렸다.

브루니스 종합 학교 입학시험은 과에 따라 다르다.

기사의 경우는 육체적인 면을 우선시했고, 연금술은 지능과 창의력을, 그리고 행정과는 숫자에 얼마나 능통한지를 우선시했다.

경쟁률은 18 : 1까지 높아졌고, 특히 연금술에 대한 관심이 뜨거웠다.

동네에서 머리깨나 쓴다는 아이들은 전부 연금술 면접에 지원을 했으니 얼마나 연금술에 대한 인지도가 높아졌는지 알 수 있었다.

면접은 총 5일에 걸쳐 진행되었다.

가장 먼저 합격자를 발표한 곳은 행정과였다.

시험 방식도 간단했고, 지원자가 가장 적었기 때문이기도 했다.

행정과 시험에 합격한 지원자들의 웃음소리가 울려 퍼지고 며칠 지나지 않아 모든 과의 합격자가 발표되었다.

블라인드 테스트로 진행된 이번 시험이었지만 예상외의 결과가 나왔다.

"결국 귀족들이 압도적으로 많구나. 아무리 블라인드 테스트를 했다고는 하지만 어려서부터 정규 교육을 받은 귀족들에 비하면 평민이 떨어지는 것은 어쩔 수가 없구나."

"저도 이렇게까지 귀족의 비율이 높을 거라고는 생각하지 못했습니다. 평민 지원자의 수가 압도적으로 많았기에 5 : 5 정도의 비율로 합격자가 나올 거라고 예상했지만 7 : 3으로 귀족이 많습니다."

"그래도 능력이 있는 사람을 뽑은 것은 틀림없으니 걱정하지는 말게나."

평민과 귀족의 차이는 다른 곳에 있는 것이 아니라 가정환경에 있었다.

귀족들은 어려서부터 기사들에게 수련을 받았고, 학식이 높은 선생에게 수업을 들어 두뇌를 발달시켰다. 그런 생각을 하니 이번 시험에 합격한 평민들이 아주 뛰어난 머리를 가지고 있을 것 같았다.

*   *   *

브루니스 종합 학교 입학식.

정원보다 조금 많은 609명의 학생들은 오와 열을 맞춰 운동장에 서 있었다.

아다드 왕의 직속 기관인 만큼 아다드 왕이 직접 입학식에 참석해 학생들의 합격을 축하하고, 앞으로의 발전을 기원했다.

과에 따라 졸업 과정이 달랐는데 행정 과정은 3년, 기사 과정과 연금술 과정의 경우는 5년을 마쳐야만 졸업이 가능했다.

하지만 일수만 채운다고 해서 졸업이 가능한 것은 아니었다.

유급 제도가 있었고, 유급을 할 경우는 등록금을 자비로 부담하도록 해 학생들의 수업 능률을 올렸다.

하지만 유급을 하는 학생은 많지 않을 거라는 것이 우리의 예상이다.

18 : 1의 경쟁률을 뚫고 입학한 인재들이기에 조금만 노력을 하면 학교 수업을 충분히 따라갈 수 있을 것이다.

기사 과목의 경우는 악마의 탑에 입장할 자격을 갖춘 기사들이 돌아가며 수업을 했고, 연금술은 연구소에서 높은 직책에 있는 연구원이 수업을 진행했다.

행정의 경우는 왕궁 행정을 담당하는 부서에서 직접 사람을 파견해 학생들을 관리했다.

왕국이 엄청난 속도로 발전하는 만큼 과부하가 걸렸기에 지금 가장 인재를 필요로 하는 곳은 왕국 행정 담당 부서였다. 그랬기에 특별히 행정과에서는 조기 졸업 제도가 시행되었다.

행정 부서 귀족들의 강력한 요청이 있었기에 어쩔 수 없이 도입한 제도였다.

하긴 집에 가서 씻은 지가 언제인지 기억이 나지 않는다는 행정관들이니 이런 요청을 할 만도 하지.

"자네도 한 과목을 진행해야 되지 않겠나?"

카인트 공작을 비롯한 다른 팀원들은 기사 수업의 교수로서 학생들을 가르치기로 했다.

하지만 내 입장이 조금 난처했다.

처음 나는 종합 학교를 설립하면서 장인 과목을 만들기를 강력히 요청했었다.

하지만 귀족들의 부정적인 반응에 의해 내 요청은 받아들여지지 않았고, 추후 사정을 봐서 장인 과목을 신설하기로 했다.

'아직도 장인을 없이 여기는 풍토는 여전하네. 장인이 없으면 기사들이 사용하는 무기를 누가 만들 건데.'

"저는 따로 생각하고 있는 게 있습니다. 제 자비로 장인 학교를 건설할 생각입니다."

이미 부지도 확보해 두었고, 건물만 세우면 되었다. 아다드 왕의 허가도 임시로 받았기에 문제 될 것은 없었다.

단지 자비로 하는 것이니 처음부터 큰 규모로 진행할 수 없는 것을 제외하면 만족스러웠다.

"결국 장인 학교를 만들려고 하는구나. 나쁜 생각은 아니지만 거기에 입학하고자 하는 지원자들이 있겠나? 장인들도 연금술사가 되려고 하는 판국에 힘들 것 같구나."

장인의 중요성을 아무리 설명해도 씨알도 먹히지 않는다.

여전히 장인들은 최하위 계급에 속했다.

물론 불과 금속을 가까이해야 하는 직업이기에 몸이 더럽혀지기는 하지만 연금술만큼이나 장인 양성도 중요했다.

특히 무기를 대량 생산하기 위해서는 숙련된 장인이 필수였다.

보여주겠어.

장인이 얼마나 고소득을 올릴 수 있는 직업인지.

이미 계획은 세웠다.

무기를 대량 생산하는 공장의 책임자 혹은 관리자로 장인을 투입하고, 공장에서 발생하는 일정 수익을 장인들에게 골고루 나눠줄 것이다.

그렇게 된다면 장인들의 수익은 늘어날 것이고, 장인이 되고자 하는 사람도 늘어날 것이다.

그리고 연금술의 경우도 장인이 필요하다.

연금술에 필요한 도구를 제작하기도 해야 했고, 시험 과정을 위해서도 장인의 도움이 필요하다. 장인을 헐값에 사용할 수 있는 풍토를 바꿔야 한다.

그래서 나는 장인 길드를 설립하기로 했다.

이미 수도에 살고 있는 장인들은 모두 무기 공장에서 일을 하고 있었기에 그들의 생각을 한곳으로 모으는 것은 어렵지 않다.

장인 길드만 설립하면 장인들을 함부로 대하지 못할 것이다.

브루니스 왕국에서 학교를 신설하자 다른 국가들도 학교 설립

에 대한 계획을 구상 중이라고 했다. 하지만 이미 달려온 거리가
달랐다.

연금술을 연구하는 것은 가르신 왕국이 가장 먼저 시작했다
고는 하지만 연구소의 규모는 브루니스 왕국이 훨씬 거대했다.
그리고 인재 양성까지.

그리고 가르신 왕국과는 꾸준한 왕래를 통해 서로의 기술을
주고받았다.

우리가 가르신 왕국에게 배웠다고 해도 틀린 말이 아닌 눈먼
사신의 제조법을 가르신 왕국과 공유했고, 그 보답으로 가르신
왕국은 이전부터 정리해 놓은 연금술 개론을 우리에게 선물로
주었다.

연금술이 가장 뛰어난 두 국가가 손을 잡았기에 다른 국가에
서 따라잡을 방법은 없다고 봐도 무방했다.

그런 국제 정서는 일단 뒤에 생각하기로 하고, 지금은 눈앞에
있는 장애물에 먼저 집중해야 했다.

"정말 그게 가능합니까? 가능만 하다면 악마의 탑 공략이 더
욱 빠르게 진행될 수 있겠네요."

나는 지금 클린튼 백작과 대화를 나누고 있다.

매일 오전에 지금까지의 연구 결과를 알기 위해 연구소를 찾
아갔고, 보통은 중간 계급의 연구원들이 브리핑을 했지만 오늘
은 특별히 클린튼 소장이 직접 나를 반겼다.

그리고 그에게 들은 충격적인 얘기.

"그렇다네. 오러와 비슷한 능력을 가질 수 있는 물질을 개발했

다네. 물론 오러보다는 능력이 떨어지지만 충분히 비슷한 능력을 가지게 할 수 있네. 아직 시험 단계이긴 하지만 이미 가능성은 확인했다네."

"어떤 물질인지 지금 당장 봐야겠습니다."

오러만 사용할 수 있다면 브라운을 처리할 수 있는 방법이 생긴다.

카인트 공작이 원래의 실력을 회복하고, 거기에 아이템의 능력까지 더한다면 일대일로도 브라운과 전투를 할 수 있을지도 모른다.

음흉하게 웃으며 시간을 끄는 소장을 닦달해 연구실로 들어갔다. 안에서는 많은 연구원들이 하나의 물건에 집중을 하고 있었다.

"다들 조금만 비켜보게나. 우리의 고용주님께서 우리가 개발한 물질을 보고 싶다고 하시네."

내가 고용한 입장이긴 하지만 클린튼 소장은 백작의 직위를 가지고 있었고, 당연히 나한테 존대를 할 이유는 없었다. 하지만 그가 이런 너스레를 떠는 것은 이번에 개발한 물질에 자부심이 있기 때문이었다.

"이것이 바로 우리가 개발한 오러 대체 물질이네. 그냥 보기에는 보라색의 액체 같지만 특별한 능력을 가지고 있다네."

"이 물질이 정말 오러를 대체할 수 있습니까? 아무리 봐도 슬라임을 녹인 것처럼 보이는데요."

"의심을 하니 보여줘야지."

소장은 보라색 액체를 단숨에 들이마셨다.

"백작님!"

아무리 자신감이 있다고 해도 아직 실험이 끝나지 않은 물질을 들이마시는 것은 상당히 위험한 일이다.

죽을 때가 멀지 않았다고 해도 저런 행동은 막아야 했다.

"괜찮네. 이미 내가 직접 실험을 해봤다네. 약간의 부작용은 있지만 생명에 크게 지장을 주지는 않는다네. 그만 놀라고 내 손을 보게나."

주름이 자글자글한 노인의 손을 보는 것에 취미를 두고 있지는 않았지만 시키는 대로 백작의 손을 봤다.

"주름이 사라지고 있지 않습니까!"

"그렇다네. 오러 마스터들에게 생긴다는 능력이 지금 발휘되고 있는 걸세. 검을 가지고 오거라."

평생을 마법에 바친 소장이었기에 검을 제대로 휘둘러 본 적도 없었지만, 이번 실험에는 필수적으로 검이 필요한지 연구원 하나를 시켜 검을 들고 오게 했다.

"오러 유저라면 검에 오러를 맺히게 할 수 있지 않나. 내가 그 모습을 보여주겠네."

소장이 눈을 감고 정신을 집중하자 정말 검에 보라색 오러가 맺혔다.

오러가 맺힌 것을 확인한 소장은 그대로 나무 책상을 내려쳐 조각내 버렸다.

"어떤가? 오러의 능력과 비슷하지 않나?"

"저는 오러를 본 적이 몇 번 없기에 제대로 답할 수는 없지만 정말 오러와 비슷합니다. 정확한 확인을 위해서는 카인트 공작님을 모셔 와야 할 것 같습니다."

종합 학교에서 학생들을 가르치고 있던 공작은 오러라는 소리에 한걸음에 연구소로 달려왔다.

"공작님 오셨습니까."

"오러를 다시 만들 수 있다고 했는가! 어서 보여주게나."

다급한 목소리.

당연했다. 평생을 오러와 함께 지내 왔던 공작이었기에 오러를 누구보다 그리워하고 있었다. 그런 공작에게 오러를 보여주기 위해 소장은 보라색 액체를 다시 들이켜고는 오러를 공작에게 확인시켜 주었다.

"오러와 조금 다른 기운을 가지고 있지만 오러와 상당히 비슷하군. 내가 직접 실험을 해봐야겠네."

공작의 다급한 목소리에 아무도 그의 행동을 말리지 못했다.

"정말이야. 오러가 돌아왔어. 내가 다시 오러를 사용할 수 있게 되다니."

우는 듯한 공작의 목소리. 그는 정말 오러를 뼈에 사무치게 그리워하고 있었다.

"당장 악마의 탑으로 가세나. 지금이라면 브라운을 단칼에 동강 낼 수 있네."

그런데 분명 부작용이 있다고 소장이 말했었다. 그 부작용이 무엇인지 알고 나서 악마의 탑으로 가도 늦지 않다.

"소장님, 부작용이 있다고 하지 않았습니까?"

"그렇네, 부작용이 존재하지. 물질을 흡입하고 난 뒤 오러가 생기기는 하지만 오러를 유지할 수 있는 시간은 제한적이라네. 사람에 따라 조금씩 다르기는 하지만, 보통 사람의 경우 10분을 지속하기 힘들다네. 공작님의 경우는 오러 마스터의 경지까지 오르셨던 분이시니 지속 시간이 더 길지는 모르겠지만 30분을 넘기 힘드실 겁니다. 그리고 다른 부작용으로는 극심한 탈수 증상과 체력 저하가 있습니다."

말을 하고 있는 소장의 얼굴에 다시 주름이 돌아왔고, 말하는 도중에도 연신 물을 마시고 있었다.

"그리고 가장 큰 부작용으로는 피를 탐하게 되는 것입니다. 탈수 현상 때문이라고 생각되긴 하지만 피를 마시고 싶어 하는 생각이 들게 하는 것은 매우 위험한 일이죠. 특히 사람의 피를 마시고 싶다는 생각이 강하게 듭니다. 동물의 피를 마시면 약간이나마 해소가 되긴 하지만 사람의 피를 계속 마시고 싶다는 생각이 들 겁니다."

피.

피를 마시는 행위는 지금은 사라진 흑마법사들이 강해지기 위해 했던 행동이었다.

그들은 사람의 피를 마시기 위해 납치 살인을 자행했고, 그런 그들을 막기 위해 국가 차원에서 나선 바 있었다.

피를 마시는 기사.

좋지 않은 어감이다. 아무리 악마의 탑을 공략하기 위해서라고는 하지만 기사의 도리에 어긋나는 행동이다.

"피를 마시지 않으면 어떻게 되는가?"

"보통 탈수 현상은 10일 정도 지속됩니다. 동물의 피를 마시면 5일로 줄어듭니다. 사람의 피를 마실 경우에 대한 데이터는 아직 존재하지 않습니다만, 탈수 증상이 더 줄어들 거라고 예상하고 있습니다."

"10일. 충분히 견딜 수 있다. 탈수 증상이 얼마나 심하게 오는지는 모르겠지만 오러를 사용하는 대가로는 충분하지."

"저는 공작님만큼 강인한 정신력이 없기에 동물의 피를 마시지 않고는 견디지 못합니다. 지금도 당장 피를 마시고 싶어 미쳐버릴 것 같습니다."

소장은 시간이 지날수록 얼굴이 창백하게 변하고 있었고, 대화가 끝나자마자 허겁지겁 동물의 피를 마셨다.

"일단은 탈수 증상을 얼마나 견딜 수 있는지 확인을 하는 것이 우선일 것 같습니다. 그리고 부작용을 제거할 수 있는 방법을 찾을 수 있도록 해야겠습니다."

불같이 달아올랐던 카인트 공작은 클린튼 백작이 흡혈귀처럼 동물의 피를 마시는 장면을 본 후 차갑게 식어버렸다.

"알겠네. 일단은 돌아가도록 하겠네.

＊　　　　＊　　　　＊

연구소에서 만든 오러 대체 물질은 절반의 성공이었다.

카인트 공작이 극심한 탈수 증상에 기절을 할 정도였으니 더 말을 하지 않겠다.

하지만 매력적이긴 했다. 소장이 물질을 마셨을 때는 검에 오러를 작게 맺히게 할 정도였지만 카인트 공작은 오러 마스터의 경지에 오른 사람답게 여러 기술을 사용할 수 있었다.

전성기보다는 약하지만 그래도 절반 정도의 능력을 되찾은 기분이라고 했다.

카인트 공작은 탈수 증상을 견딜 수 있으니 당장 악마의 탑으로 가자고 했지만 카인트 공작이 얼마나 고통스러워했는지 눈으로 보았기에 그럴 수는 없었다.

한 달.

나는 카인트 공작에게 부작용을 없애는 방법을 찾기 위해 한 달의 시간을 달라고 했고, 어렵사리 허락을 받았다.

연구소에서는 온갖 실험을 해보았지만 효과를 보지 못하고 있었다.

답을 찾고 싶었다. 왜 탈수 증상이 찾아오는지 알아내어 부작용을 없애야 한다.

결국 나도 보라색 액체를 들이마셨다.

만약의 사태를 대비해 스승님이 내 옆을 지켰다.

고리의 에너지와는 전혀 다른 기운이 몸속에서 울렁거렸다.

피를 자극시키는 듯한 느낌과 동시에 몸이 가벼워졌다.

팟!

보라색의 기운을 고리의 에너지가 만든 길로 인도하자 검에서 오러가 방출되었다.

"대단하구나. 이런 강대한 에너지를 만들 수 있는 물질이 있다니. 나도 너의 모습을 보니 동하는구나."

고리 강화 말고는 관심이 없는 스승까지 혹하게 할 정도의 기운이다.

그런데 조금 이상했다.

아무리 고리의 기운으로 몸에 길을 닦아 두었다고는 해도 오러 마스터인 카인트 공작보다 강한 기운을 내는 것은 상식적으로 이상했다.

하지만 지금 내가 만들어내는 오러의 기운은 카인트 공작보다 강하게 느껴졌다.

무슨 이유 때문일까.

보라색 기운에 집중했다. 피를 들끓게 만들고 심장을 통해 기운이 뻗쳐 나간다.

한참이나 자리에 서 기운을 탐구했지만 아무런 소득도 얻지 못하고 기운이 서서히 빠져나가고 있었다.

이제 탈수 증상이 찾아오겠지.

미리 마음의 준비를 했다. 카인트 공작마저 참아내지 못했던 탈수 증상이다.

머리가 만들어내는 공포심에 손발이 떨려왔다.

그리고 완전히 보라색 기운이 사라졌다. 이제 탈수 증상이 찾아올 시간이다.

"어라?"

아무런 느낌도 없다. 체력이 저하되는 기분도 들지 않았고, 탈수 증상은 물론이고 피를 마시고 싶다는 생각도 들지 않았다.

"탈수 증상이 오지 않는데요?"

"뭐라고? 나도 한번 복용해 봐야겠다."

탈수 증상이 찾아오지 않는 이유를 고리의 에너지 때문이라고밖에 생각할 수 없었던 나는 확인을 위해 스승님이 묘약을 복용하는 것을 말리지 않았다.

"정말 신기하구나. 내가 이런 기운을 가질 수 있다니. 이래서 기사들이 오러를 찬양하는 것이었구나. 그럴 만하구나. 고리의 기운으로 이 정도의 힘을 내기 위해서는 최소 보라색의 고리를 가지고 있어야 하겠구나."

스승님도 카인트 공작보다 강한 기운을 뿜어내었다.

나보다는 조금 부족하지만 그래도 강한 기운이다.

그리고 시간이 지나 보라색 기운이 완전히 사라졌다.

"어떻습니까? 탈수 증상이 느껴지십니까?"

"조금 느껴지기는 하지만 이 정도는 소금을 많이 먹었을 때의 느낌 정도구나. 충분히 참아낼 수 있구나. 카인트 공작의 정신력이라면 이 정도의 탈수 증상을 쉽게 견뎠을 것이야. 내 생각에는 이 약과 고리가 연관이 있는 것 같구나."

나와 같은 생각을 하고 있는 스승님이다.

"고리의 기운을 한번 발동시켜 보거라."

스승님의 말에 따라 고리에 맺혀 있는 기운을 개방시켰다.

"고리의 기운이 조금 더 강해졌습니다."

고리의 기운을 강하게 하는 방법은 밤사이 으슥한 공동묘지나 도살장을 찾아가 주문을 외우는 것뿐이었다.

그리고 강해진 기운만큼 기운을 흡수하기 위해서는 최소 한 달 이상을 꼬박 수련해야 했다.

"나도 조금이지만 기운이 강해졌구나. 이 묘약은 마치 우리를 위한 약 같구나. 큰 힘을 얻을 수도 있고, 고리의 기운까지 강해지게 하는 약이라니."

답은 우리에게 있다.

고리의 기운이 담겨 있는 나의 피라면 부작용을 억제시킬 수 있을지도 모른다는 생각이 들었다.

나는 내 피가 담긴 병을 들고 연구소를 찾아갔다.

"정말인가? 자네는 부작용을 전혀 느끼지 못한다는 말이 사실인가?"

"그렇습니다. 스승님도 부작용을 느끼지 못하는 것으로 봐서는 육체 강화술의 영향 때문인 것 같습니다. 그렇다면 제 피를 통해 부작용을 억제시킬 수 있지 않겠습니까?"

피가 담긴 병을 소장에게 건네주었고, 소장은 다른 말을 하지 않고 바로 연구에 들어갔다.

소장이 신임하는 연구원 30명이 달라붙어 연구를 진행했고, 잠까지 줄여가며 연구에 매진하는 연구소 사람들이었다.

하지만 답은 좋지 않았다.

"자네의 피를 통해 연구를 했지만 결과가 그렇게 좋지 않다네.

자네의 피와 퍼플 티를 섞으면 더 강한 효과를 볼 수는 있지만 탈수 현상을 막을 수는 없었다네."

오러 대체 약의 이름은 퍼플 티로 지었다.

"기운이 더 강해졌습니까?"

"그렇다네. 오러를 검에 겨우 맺히게만 할 수 있었던 내가 오러를 검 전체에 두를 수 있을 정도이니 상당히 강해졌다고 볼 수 있겠네."

*   *   *

카인트 공작과 약속했던 한 달의 시간이 지났다.

우리는 양날의 검과 다름없는 퍼플 티를 가지고 악마의 탑으로 들어갔다.

퍼플 티와 천사의 눈물.

이전과 다른 아이템들을 가지고 우리는 다시 악마의 탑을 찾았다.

1층부터 5층까지는 일사천리였다.

5층의 몬스터들을 완전히 처리한 우리는 휴식을 취했다.

지글지글!

침샘을 자극하는 고기 굽는 소리가 불판 위에서 들려왔지만 브로안을 제외하고는 아무도 입에 고기를 가져가지 않았다.

긴장되니까.

이럴 때는 브로안이 부럽다니까. 이런 분위기에서 고기가 목

구멍으로 넘어가는 게 신기하다.

"왜 안 드세요? 고기 탑니다. 안 드시면 제가 다 먹습니다."

"그래, 많이 먹어라. 너는 긴장도 안 되냐? 내일이면 브라운을 다시 만날지도 모르는데 팔자 좋네."

"먹을 때는 개도 안 건드린다고 하는데, 왜 그래요. 입맛 떨어지게."

"그래, 미안하다. 많이 먹어라."

입맛 떨어진다는 말은 순전히 거짓말이다. 한 번에 주먹만 한 고기를 집어 삼키는 놈이 입맛이 없으면 좋을 때는 소 한 마리를 통째로 먹겠네.

떨리는 마음으로 하루를 5층에서 보냈고, 이제 그를 만날 시간이 되었다.

우리를 어떤 마음으로 기다리고 있을까?

분노에 가득 찬 그의 마지막 모습이 떠오른다.

브라운의 마지막 눈빛을 생각하는 동안에도 발은 꾸준히 움직였고, 곧 데빌 도어 앞에 다다랐다.

"들어가지."

데빌 도어가 입을 벌려 우리를 삼킨다.

악마의 탑 6층은 처음 보는 몬스터들로 가득하다.

우리는 침묵 속에서 몸을 날려 몬스터들과 싸웠다.

두꺼운 녹색의 질긴 가죽을 가지고 있는 몬스터였지만 우리의 검을 막기에는 역부족이었다.

중무장한 아이템의 능력으로 하나둘 몬스터의 수를 줄여나갔고, 카인트 공작의 검이 마지막 보스 몬스터의 가슴에 박혔다.

그 순간, 익숙한 기운이 느껴진다.

어두운 보라색 기운이 천천히 다가온다.

그가 웃는다. 밝은 미소가 아니라 비릿한 피 냄새가 나는 미소다.

"오랜만이군. 너무 오래 기다렸어. 하루하루를 너희들 생각으로 가득 채웠지. 누군가를 이다지도 그리워한 건 오랜만이었다. 그래, 다시 나를 찾아올 용기가 생긴 이유를 확인해 봐야겠지."

분위기가 무겁다. 이런 분위기에서는 긴장감이 목을 옭아맨다.

이런 분위기를 반전시키려면 헛소리가 필요했다.

"오랜만에 봐서 그런지 분위기가 많이 바뀌셨습니다. 그래도 한때 가르침을 주었던 제자에게 너무 딱딱하신 거 아닙니까?"

"그래, 스승의 입장에서 제자의 능력을 확인해 봐야겠다. 어서 덤비거라. 벌써부터 피가 달아올라 견딜 수가 없구나. 스승을 생각하는 마음이 조금이라도 있다면 지금 당장 오거라."

"오랜만에 봤는데 대화도 좀 하고 서로 안부도 묻고 그래야 되지 않겠습니까?"

"시끄럽다. 너희가 오지 않는다면 내가 가겠다."

브라운의 눈이 완전히 붉게 물들었다. 이제는 정말 목숨을 건 전투를 벌일 시간이다.

입을 움직였더니 긴장감이 한결 나아졌다. 다른 동료들도 공포심이 많이 희석되어 있었다.

"퍼플 티를 복용하겠습니다."

드래고니안의 뼈의 영향으로 퍼플 티의 효능을 보지 못하는 브로안을 제외한 3명이 퍼플 티를 흡입했다.

보라색의 기운이 몸을 가득 채웠고, 그 기운은 고리의 기운을 밀어내기는커녕 고리의 기운과 힘을 합쳤다.

마치 오래전에 헤어진 쌍둥이처럼 비슷한 기운을 가지고 있는 기운들이었다.

브로안이 선두에 서 브라운의 공격을 일차적으로 막아낸다.

방패는 빠르게 고철이 되어가고 있다. 이대로 브라운에게 모든 것을 맡길 생각은 없다.

이미 카인트 공작과 아드몬드는 오러를 검에 잔뜩 두르고 달려들었다. 나도 그들을 뒤를 쫓았다.

"오호! 신기하군. 오러를 사용하다니. 아니군. 오러라고 하기에는 조금 다른 기운이구나. 어쨌든 재밌게 됐어. 전처럼 심심하지는 않겠군."

말할 여유가 남아 있는 브라운의 모습이 마음에 들지 않는다.

그런 생각을 하고 있는 것은 카인트 공작도 마찬가지였다.

오러 마스터의 경지에 올랐던 그의 능력이 완전하지는 않지만 재현되고 있다.

검에서는 보라색 기운이 일렁거린다.

카인트 공작은 충만한 기운을 검끝에 모아 브라운에게 쏟아내었다.

작은 구슬 크기의 기운은 카인트 공작의 기운이 압축된 것이었다.

오러의 크기만 봤을 때는 내가 공작보다 강하겠지만 기운을 사용하는 법은 카인트 공작의 발끝에도 미치지 못했다.

오러의 구슬은 브라운의 명치를 노리고 날아갔다.

펑!

구슬이 브라운의 몸에 닿는 순간 폭발을 일으켰다.

아크타르 수십 개를 동시에 터뜨린 파괴력이다.

폭발의 영향으로 흙먼지가 일어났다. 브라운의 모습이 흐릿하게 보였지만 카인트 공작은 계속해 오러 구슬을 만들어 그에게 날렸다.

머리, 가슴, 다리.

허점이라고 생각되는 모든 곳에 구슬이 날아가 폭발을 일으켰다.

엄청난 폭발력에 눈이 따가울 정도였다.

이대로 브라운이 쓰러졌으면 좋을 텐데.

허튼 생각이라는 것을 알지만 그래도 이대로 흙먼지와 함께 브라운이 사라지기를 바랐다.

"하하하! 내 생각보다 훨씬 좋아. 정말 좋아. 조금만 더 노력하면 지금의 나를 이길지도 모르겠구나."

브라운은 보라색 기운을 몸 전체로 방출했다.

공격을 하려는 목적이 아니라 옷에 잔뜩 묻은 먼지를 털어내기 위해서였다.

"다시 와라. 이번에는 진심으로 상대해 주마. 장난은 여기까지다."

지금까지는 장난이었단 말인가?

아직 브라운의 한계를 본 적은 없다. 하지만 지금이라면 그의 끝을 볼 자신이 있다.

한 걸음 앞으로 나아가 카인트 공작의 옆으로 갔다.

공작과 눈빛을 교환했다. 이제는 말을 하지 않아도 서로의 마음을 알 수 있다.

구슬을 이용한 원거리 공격은 브라운의 옷자락을 더럽히는 정도에 불과했기에 공작은 근접전을 선택했다.

그리고 나는 공작의 보조를 맞춰줄 생각이다.

공작은 브라운의 어깨를 향해 검을 휘둘렀다. 그리고 나는 다른쪽의 어깨를 공격해 들어갔다.

쾅!

양방향으로 들어오는 공격을 브라운은 막았다.

하지만 그는 반격을 하지는 못했다. 방어를 하는 것만으로도 벅차 보이는 모습이다.

"정말 많이 성장했구나. 잠시나마 너희를 가르쳤던 스승으로서 매우 뿌듯하구나. 너희는 나의 본연의 모습을 볼 자격이 있다."

브라운은 마기를 몸 밖으로 방출시켰고, 우리는 급히 몸을 날려 마기의 영향권에서 멀어졌다.

그 순간.

방출된 마기가 다시 브라운의 몸으로 모여들기 시작했다.

"심상치 않네. 다른 모습으로 변신을 하려고 하는 것 같네."

본연의 모습을 보여주겠다고 했으니 변신을 하려는 것으로 보였다.

"공격해야 됩니다. 브라운이 더 강해지는 것을 기다릴 필요는 없습니다."

치사하다고 생각할 수도 있겠지.

하지만 무방비 상태나 다름없는 브라운을 지금 공격하지 않는 것은 멍청한 짓이다.

마기로 몸을 보호하고 있긴 했지만 오러를 이용한 공격이면 충분히 뚫을 수 있다.

누가 먼저랄 것 없이 4명이 동시에 브라운을 향해 달려들었다.

자신이 펼칠 수 있는 최고의 공격을 퍼붓자, 보호막의 형태를 하고 있는 마기에 금이 갔다.

푹!

성공이다!

공작의 검이 브라운의 몸을 뚫고 들어갔다.

보라색의 피가 검을 따라 흘러내리고 있다.

지금의 기세를 놓칠세라 우리는 다시 공격을 감행했다. 하지만 브라운의 변신을 막아내지는 못했다.

"크아아아!"

사람의 형상을 하고 있던 브라운은 더 이상 없다.

검은 비늘로 몸을 둘러싸고 있는 돌연변이가 보였다.

손가락 길이만큼 튀어나온 손톱과 검처럼 날카로운 비늘은 방어뿐만 아니라 공격에도 사용할 수 있을 것으로 보였다.

그리고 그가 뿜어내고 있는 마기의 양이 이전의 배는 되어 보였다.

사람과 마수의 중간에 위치한 모습은 괴기하기 짝이 없었다.

"모습에 현혹되지 마라!"

카인트 공작은 자신에게 다짐하듯이 말하며 브라운에게 달려들었다.

공작의 검은 아름다운 곡선을 그렸다.

강하면서 부드러운 카인트 공작의 검은 집요하게 브라운의 가슴을 파고들었고, 몇 번의 공격은 성공적이었다.

하지만 브라운의 비늘은 오러를 막아내는 엄청난 방어력을 선보였다.

그래도 희망은 보인다.

조금이지만 공작의 검에 브라운의 비늘이 벌어지고 있었다.

"저도 갑니다!"

가장 나이가 많은 공작이 이렇게 열심히 전투를 벌이고 있는데 젊은 우리가 놀고 있을 수는 없지.

공작에게 수련을 받은 우리들이었기에 공작과의 호흡은 좋았다.

서로의 검이 교차되기도 했고, 같은 지점을 동시에 공격하기도 했다.

우리가 공격을 하는 동안 브로안은 듬성듬성 구멍이 나 있는 방패를 집어 들고는 전방에서 압박을 가했다.

브라운이 사방을 막으며 수세를 취했으나 실상 우세는 그의 치지였다.

자신의 몸을 내주면서 공격해 들어오는 그의 공격은 형식이 없었고, 오로지 본능에 몸을 맡기고 있었다.

그 순간.

카인트 공작이 몸을 변칙적으로 움직이며 브라운의 팔을 잡았다.

팔과 몸을 오러로 둘러싸고 말이다.

카인트 공작이 무슨 계획을 가지고 저런 행동을 하는 걸까?

답은 나보다 브로안이 먼저 찾아내었다.

브로안은 공작의 반대 방향으로 달려들어 브라운의 팔을 손으로 묶었다.

오러를 두르지 못한 그의 팔은 살점이 떨어져 나가 붉은 피가 옷을 적시고 있었지만 전투에 모든 신경을 집중하고 있었기에 고통을 느끼지 못하고 있는 것 같았다.

잠시지만 두 팔이 묶인 브라운이다.

카인트 공작과 브로안이 무슨 생각으로 저런 행동을 했는지 이제는 알 수 있다.

자신들의 목숨을 담보로 기회를 만들려고 하는 것이다.

지금 브라운에게 치명상을 입힐 수 있는 공격이 가능한 사람은…….

나 말고는 없다.

이번 기회를 놓치면 다음을 기대할 수 없겠지.

모든 힘을 쏟아내야 한다.

나는 퍼플 티로 인해 생긴 오러를 모조리 끌어냈고, 거기에 고리의 기운까지 더했다.

노란색과 보라색이 더해져 갈색의 기운이 검에 맺혔다.

카인트 공작처럼 압축된 기운을 사용하지는 못했지만 순수한 기운의 양으로만 보면 상대가 되지 않을 정도다.

두 팔을 벌리고 있는 브라운의 가슴이 목표다.

검은색의 가슴에 도톰하게 튀어나와 있는 비늘이 눈에 들어온다.

오로지 그 비늘에만 집중했다.

피가 타들어가는 열기가 정신을 혼미하게 했다.

혼미해진 정신으로 펼칠 수 있는 검식은 하나다.

장인의 검식.

단순한 찌르기로 되어 있는 장인의 검식이 브라운의 가슴을 향해 펼쳐졌다.

푹!

비늘의 단단함에 손목이 저려왔지만 밝게 빛나는 문양의 도움으로 끝까지 검을 놓치지 않았고, 브라운의 가슴에 검을 박아 넣는 데 성공했다.

"크으윽!"

상처가 난 부위로 브라운의 마기가 빠져나온다.

보라색의 어두운 기운은 검을 따라 나에게로 들어온다.

이게 뭐지?

브라운의 마기가 너무도 익숙하게 느껴진다.

그리고 자연스럽게 고리로 흡수되려고 했다. 그 순간!

네르가 마기를 가로챘다.

네르는 언제 튀어나왔는지 검 손잡이 부분에 얼굴을 들이밀고 마기를 흡수했다.

블랙홀이 다른 행성을 빨아들이는 것처럼 네르는 브라운의 마기를 빨아들였고, 브라운은 처음의 모습으로 돌아왔다.

"너는… 마왕의……."

그가 마지막으로 한 말이었다.

급격히 사라져 가는 마기에 몸을 지탱하기 힘들어진 브라운은 옷가지만 남긴 채 사라져버렸다.

마왕의?

그가 마지막에 하려고 했던 말은 무엇일까?

내가 마왕과 무슨 연관이 있는 거지?

고민은 나중에 하자.

지금은 승리의 축배를 들어야지.

"끝났습니다, 공작님! 브로안!"

그들의 상태는 정상이 아니었다. 피범벅이 되어 있는 그들의 팔에 천사의 눈물과 눈먼 사신을 쏟아붓자, 상처는 급격히 아물었다.

"드디어 끝났구나. 지독한 놈이었다. 이제 돌아가자꾸나."

카인트 공작의 상처는 아물었지만 그게 끝이 아니다.

상처보다 고통이 더 극심한 탈수 증상이 찾아왔다.

공작은 정신력으로 참아내고 있다.

피를 마시고 싶을 것이다. 보관 상자에는 만약의 상황을 대비해 가져온 동물의 피가 있었다.

하지만 공작은 자존심을 굽히지 않았고, 우리는 빠르게 악마의 탑을 빠져나와야만 했다.

탈수 증상을 느끼는 사람은 또 있었다.

아드몬드.

그도 퍼플 티를 복용했기에 극심한 탈수 증상을 느끼고 있었다.

그는 카인트 공작만큼의 오러 운용 능력이 없었기에 전투 도중 탈수 증상을 느낀 것 같았다.

"기절시켜 드려라."

맨 정신으로 고통을 참아내기 힘들 것이다. 차라리 기절하는 게 낫다.

브라운이 사라지면서 남긴 아이템은 꽤 되었지만 지금은 확인할 마음이 들지 않았다.

오로지 푹신한 침대의 감촉을 느끼고 싶다.

"형님! 무슨 아이템이 나왔는지 확인 좀 해주세요! 마족의 족장이라는데 최고급 아이템을 가지고 있지 않겠어요?"

침대에서 죽은 듯이 자고 있는 나를 흔들어 깨우는 브로안의 재촉에 눈을 떴다.

하여튼 아이템 욕심은.

"잠시만 기다려 봐."

보관 상자에서 브라운에게서 얻은 아이템을 꺼냈다.

브라운이 소멸하면서 남긴 아이템은 총 세 가지였다.

그가 사용했던 검, 팔찌, 그리고 작은 구슬 하나였다.

검은 마족의 족장이 사용했던 검이니만큼 특별한 능력을 가지고 있었다.

관통력도 뛰어나고 강도도 높다. 하지만 특수 능력에 비하면 보잘것없는 능력들이다.

마족의 검이 가지고 있는 특수 능력은 바로 마수로의 변신이었다.

오러의 양에 대비해 육체를 마수로 변환시킬 수 있는 능력을 가지고 있었다.

"브라운이 마지막에 마수로 변한 것은 이 검의 능력 덕분이었나 보네요."

"그래. 그런데 변신 시간이 있으니 딱히 사용할 곳은 없어 보이는데, 경매장에 팔면 되겠다."

무려 A급 등급을 가지고 있는 검이다.

아이템 콜렉터들의 군침을 돌게 하기에 충분했다.

하지만 우리가 사용하기에는 적합하지 않았다.

다른 아이템은 좀 괜찮아야 될 텐데.

[지도자의 팔찌]

등급 : B

내구성 : 80/80

강도 : 3

순도 : 84%

통솔력 상승 : 50%

사기 상승 : 80%

대규모 피해 면역 : 20%

대규모 체력 상승 : 15%

헐! 이런 아이템이 있다니.

지도자의 팔찌는 전쟁에 특화되어 있는 아이템이다.

가지고 있는 능력 하나만 하더라도 전쟁에서 큰 효과를 보일

것이 분명한데 다른 능력까지 더해진다면… 대박이다.

이 아이템은 카인트 공작님이 사용하는 게 좋겠네.

그러면 나머지 하나를 확인해 볼까.

나는 보라색 구슬 모양의 아이템에 손을 가져다 대었다.

[마기의 결정체]

등급 : B

내구성 : 10/10

순도 : 90%

마족의 마기가 모여 만들어진 결정체.

이게 뭐지?

마기를 어디다 쓰라는 거야.

마기라고 하면 브라운이 사용하던 기운이었다.

하지만 인간이 사용하기에는 적합하지 않은 기운이다.

마기는 죽음의 힘이다. 살아 있는 사람이 사용하다가는 미쳐 버리거나 수명이 짧아진다. 흑마법사들이 마기와 비슷한 힘을 빌려 사용했고, 그들의 결말은 항상 좋지 않았다.

건진 아이템은 팔찌 정도네.

그래도 팔지의 능력이 워낙 사기급이니 나쁘지는 않네.

브로안은 아이템들이 자신과 맞지 않는다는 것을 깨닫자 군말 없이 방을 나갔다.

나와 브로안은 편안히 휴식을 취했지만, 카인트 공작과 아드몬드는 극심한 탈수 증상과 싸워야 했다.

그들이 지내는 방에서는 하루 종일 신음 소리가 들려왔다.

그래도 6층을 공략하는 데 성공했다.

다시 6층에 가면 다른 마족이 우리를 기다리고 있을까? 아니면 몬스터들만 있을까?

몰라! 나중에 가보면 알겠지.

지금은 생각할 여력이 없다.

*   *   *

타나스 왕궁.

타나스 왕은 요즘 들어 부쩍 머리카락이 빠지는 것을 느꼈다.

듬성듬성 구멍이 나 있는 머리를 볼 때마다 생각나는 한 사람.

브루니스 왕국이 이렇게 강해진 이유는 진 자작. 그가 중심에 있었다.

전쟁에서 패배를 한 것도, 치욕스러운 사과를 해야 했던 것도 전부 그 때문이다.

하지만 뾰족한 수가 없었다.

타나스 왕은 방에 있는 거울을 모조리 깨뜨려버리고는 침대에 누웠다.

스트레스에 제대로 잠을 자지 못하는 타나스 왕은 작은 소리에도 잠이 깨곤 했다.

그리고 지금 무슨 소리가 들려왔다.

부스럭!

"누구냐!"

"쉬! 조용히 하시지요. 소리를 지르시면 제가 당황스럽지 않습니까?"

타나스 왕은 지금이 꿈인지 현실인지 헷갈렸다.

그는 걱정이 많은 사람인 만큼 안전에 민감했다.

특히 권력 다툼으로 피비린내 나는 어린 시절을 보냈던 그였기에 그의 방 주위는 수십 명의 기사들이 지키고 있었다.

기사들을 뚫고 방으로 들어온다? 불가능한 일이다.

하지만 지금 눈앞에 있는 사내는 그 불가능을 뚫고 침대 옆에서 있었다.

"누구냐! 당장 꺼지지 않으면 삼족을 멸할 것이다."

"삼족을 멸하다니 심하시군요. 그리고 제가 조용히 하라고 했던 것 같은데요."

타나스 왕은 소리를 질러 방문을 지키고 있는 기사들을 부르려고 했다.

"으으!"

목소리가 나오지 않는다.

입에 거대한 무언가가 잔뜩 차 있는 듯한 기분.

이제야 두려움이 찾아온다.

방 안으로 들어온 것을 보니 기사들이 어찌할 수 없는 능력을 가졌다는 생각이 들었다.

"이제야 대화를 할 준비가 된 것 같아 보이네요. 다시 소리를 지르면 이번에는 조금 심한 조치를 취할 거예요."

타나스 왕의 눈에서 공포심을 읽은 그는 다시 타나스 왕에게 목소리를 돌려주었다.

"누구인가? 왜 나를 찾아온 거지?

"제가 누구일까요? 한 국가의 왕의 침소에 조용히 스며들 수 있는 능력을 가진 인간이 있다고 생각하나요?"

타나스 왕은 사내의 웃음이 인간의 것처럼 느껴지지 않았다.

웃는 얼굴이지만 잔인했고, 잘생긴 얼굴을 하고 있지만 흉측했다.

지금 드는 생각은 하나뿐이다.

"혹시 악마?"

"오! 생각보다 빨리 답을 찾으셨네요. 역시 한 국가의 왕이 될 자격이 있는 분이네요. 그럼 제가 찾아온 이유도 한번 생각해 보시겠어요?"

악마.

브루니스 왕국을 징벌할 수만 있다면 악마에게 영혼을 팔아도 좋겠다고 생각을 한 적은 있다. 하지만 진짜로 악마를 찾을 생각은 아니었다.

"나에게 원하는 것이 무엇이냐?"

"질문이 틀리셨네요. 나에게 원하는 것이 무엇인지를 물어보는 게 아니라 나에게 해줄 수 있는 것이 무엇이냐고 물어봐야 옳은 질문이겠죠?"

내가 원하는 것?

강한 군대를 보유한 제국이 되는 것.

브루니스 왕국을 징벌하는 것은 제국이 되는 첫걸음일 뿐이다.

"제국이 되고 싶다."

귀신이라도 홀린 듯 타나스 왕은 중얼거렸다.

"왕국을 제국이 만들고 싶다면 강한 군대가 필요하겠군요. 제가 강한 군대를 만들어 드릴 수는 없지만 지금 보유하고 있는 군대를 강하게 만들어 드릴 정도의 능력은 되죠. 그렇게 해드릴까요?"

타나스 왕은 번뜩 정신을 차렸다.

그리고 의문이 들었다.

"하지만 악마는 악마의 탑을 만들고 나서 사라진 존재인데 어떻게 다시 나오게 된 거지?"

"좋은 질문이군요. 악마의 탑은 마왕의 부활을 위해 생기를 모으기 위해 만든 건물이죠. 하지만 우리의 계획과는 달리 한 국가에서 빠르게 악마의 탑을 공략했고, 제 봉인이 풀린 것이죠. 저는 악마의 탑과 세상을 조율하는 역할을 담당하고 있는 존재랍니다. 한 국가의 독주를 저희는 바라지 않아요."

그렇다.

지금 타나스 왕을 방문한 악마는 악마의 탑과 세상을 조율하는 악마인 나르네다.

악마의 탑이 빠르게 공략당할 것을 대비해 악마들은 하나의 장치를 만들어두었고, 그 장치에 의해 나르네의 봉인이 풀렸다.

"다른 악마들은 여전히 봉인될 상태인 건가?"

"그렇죠. 악마의 탑을 유지하기 위해서는 악마들의 힘이 절대적으로 필요하니까요. 제가 빠져나왔으니 다른 악마들이 더 고생을 하고 있겠네요. 저도 최대한 빨리 돌아가야 돼요. 그러니 빨리 대답하세요. 제 도움이 필요하신가요? 필요 없다고 해도 목숨을 취하거나 상해를 입히지는 않아요. 다른 국가를 찾아가면 되니까."

악마의 힘을 빌린다.

고민이 될 수밖에 없다. 악마의 힘을 빌렸다는 사실을 다른 국가들이 알게 된다면 타나스 왕국은 공공의 적이 된다. 하지만 너무도 매력적인 제안이다.

욕심이 있는 사람은 악마의 유혹을 이겨내기가 힘들었고, 타나스 왕은 인간 중에서도 탐욕스러운 자였다.

"받아들이겠다. 어떻게 내 군대를 강하게 만들어줄 것이냐."

"역시 타나스 전하라면 저의 제안을 받아들일 줄 알았어요. 제가 사람 보는 눈이 높은 편이거든요. 군대를 강하게 만드는 방법은 바로 이것이에요."

나르네가 품에서 무언가를 꺼냈다.

"그게 무엇인가?"

"오러가 사라져서 기사들이 많이 무기력해졌죠? 이 약은 기사들의 오러를 일정 시간 복귀시켜 주는 약이랍니다. 병사들도 이 약을 먹으면 잠시나마 오러를 사용할 수 있죠. 오러를 사용하는 군대를 가지게 된다면 어떻게 될까요? 말하지 않아도 아시겠죠?"

오러를 사용할 수 있는 군대.

어린아이와 어른의 차이다.

오러만 있다면 무기의 격차를 무시하고 전쟁을 벌일 수 있다.

"그 약을 주는 조건은 무엇인가?"

"감히 한 국가의 왕에게 조건을 걸 수는 없죠. 단지 제가 바라는 점은 꼭 제국이 되길 바란다는 정도랄까요? 다른 조건은 없어요."

타나스 왕은 나르네에게 검은 구슬로 되어 있는 약을 받았다.

"약의 제조법은 약을 싸고 있는 종이에 적어뒀어요. 악마의 탑

2층에서 충분히 구할 수 있는 재료들이니 제조하는 데는 어렵지 않을 거예요."

"약의 부작용은 어떻게 되지?"

"부작용? 딱히 부작용은 없는데, 강한 힘을 가지게 되는 만큼 자신감이 높아져 전쟁을 하고 싶어 한다는 정도의 미약한 부작용이 있어요. 하지만 그건 약 때문이 아니라 사람의 심리 때문에 그런 거니 부작용이라고 말할 수는 없겠네요."

타나스 왕은 자신의 손 위에 들린 약을 하염없이 바라봤다.

정말 이 약을 사용해도 될까? 병사들이 악마의 졸개가 되어버리는 것이 아닐까?

고민에 빠져 있는 타나스 왕에게 나르네는 작별 인사를 건넸다.

"그럼 저는 이만 가볼게요. 악마의 탑을 유지하려면 제가 꼭 필요해서 말이죠."

타나스 왕은 아침이 밝아올 때까지 약을 들고 서 있었다.

그동안 무수히 많은 생각과 고민을 했고, 결론을 내렸다.

제국이 되고 만다.

가장 먼저 브루니스 왕국을 부숴 버리겠다.

"밖에 누구 있느냐?"

타나스 왕의 외침에 문을 지키던 호위 기사가 뛰어 들어왔다.

"찾으셨습니까."

"이 약을 먹어보거라."

"이게 무슨 약입니까?"

"무슨 말이 그렇게 많느냐? 어서 먹어보래도."

호위 기사는 내키지 않았지만 전하의 말을 거스를 수는 없었기에 기분 나쁘게 생긴 검은 약을 입속으로 털어 넣었다.

그 순간, 그는 몸속에서 기운이 넘쳐흐르는 것을 느꼈다.

아아아!

이건 오러의 기운이다. 다시 오러가 돌아오다니.

기쁨에 찬 눈물을 흘리던 기사는 타나스 왕에게 무릎을 꿇으며 감사 인사를 전했다.

"감사합니다. 전하, 저에게 이런 기회를 주시다니."

"오러가 돌아왔느냐?"

"그렇습니다, 전하."

"너무 좋아하지는 말거라. 오러의 유지 시간이 그리 길지는 않을 것이다."

오러의 기운을 충만하게 느끼던 기사는 한 시간 정도가 지나자 급격히 기운이 빠져나가는 것을 느꼈다.

"한 시간 정도군. 하지만 나쁘지는 않아."

이름 없는 검은 약을 어떻게 이용할지에 대한 생각에 빠진 타나스 왕이다.

*   *   *

"에크야, 요즘 들어 경매장의 수익이 늘어나지 않는데 벌써 정체기가 온 거야?"

경매장을 담당하는 에크는 자신의 책임이 아니라는 표정으로 대답했다.

"그게 타나스 왕국에서 이번에 새로 오픈한 경매장 때문에 그렇습니다. 갑자기 우리 경매장과 비슷한 물건들을 쏟아내는 타나스 왕국에 상인들이 몰려서 그렇습니다. 그래도 여전히 우리 경매장의 물건이 더 좋다는 평이 있기에 이 정도긴 하지만 이대로는 고객이 점점 줄어들 것 같습니다."

타나스 왕국에 대한 정보를 들은 적이 있다.

그들은 악마의 탑에 올인을 했다고 한다.

왕궁 기사단 전체가 전국에 있는 악마의 탑에 들어가 몬스터를 사냥한다고는 했지만 고작 악마의 탑 1층이나 2층 정도라고만 생각했다.

하지만 지금 타나스 경매장에서 판매하는 아이템은 최소 4층 이상에서 구할 수 있는 아이템들이다.

브루니스 경매장에서 판매하는 대부분의 아이템은 내가 직접 제작하는 것들이다.

아직 우리 기사들은 악마의 탑 2층에서 헤매고 있었고, 경매장을 운영하기 위해서는 내가 만든 아이템이 필요했다.

내가 제작하는 것만큼의 아이템을 악마의 탑에서 구해온다고?

아이템 보유 상황이 얼마나 좋은지는 모르겠지만 모든 기사에게 제공해 주기에는 무리가 있을 것이다.

그건 나도 하지 못하는 일이다.

정보가 필요해.

다른 국가가 그랬다면 축하해 주었을 것이다.

하지만 타나스 왕국은 위험하다.

카인트 공작과 아다드 왕에게 보고했고, 여러 명의 첩보원들이 타나스 왕국으로 출발했다.

Chapter 2

기술 전쟁의 승자

브루니스 왕국을 출발한 첩보원들은 빠르게 정보를 전달해 왔고, 타나스 왕국이 어떤 방법으로 악마의 탑을 공략했는지에 대해 단편적인 정보를 얻을 수 있었다.

"그러니까 지금 타나스 왕국의 기사들이 오러를 사용할 수 있다는 말인가?"

첩보원 중 한 명이 카인트 공작에게 보고를 하고 있다.

"그렇습니다. 제가 직접 기사들이 오러를 사용하는 장면을 목격했습니다. 하지만 기사들이 사용할 수 있는 오러는 오래 지속되지 않았습니다. 믿을 만한 정보에 의하면 약을 마셔야만 오러를 사용할 수 있다고 합니다."

"약? 우리가 만든 퍼플 티와 비슷한 효능을 가지고 있는 약을 타나스 왕국에서 개발했나 보군."

"공작님, 타나스 왕국에서 그런 약을 만들었다면 타나스 왕국이 어떻게 악마의 탑 몬스터를 사냥했는지 답이 나옵니다. 기사들에게 모두 퍼플 티를 마시게 했겠지요. 하지만 크게 걱정을 하지 않아도 될 것 같습니다. 오러를 생성하게 하는 약을 마셨다면 당연히 부작용이 있을 겁니다. 몇 번은 부작용을 감수하고 사냥을 한다고는 하지만 지속될 수는 없습니다."

퍼플 티를 만든 브루니스 왕국의 연구소에 대한 자부심이 있다.

세계 어디를 가도 그들보다 뛰어난 연금술사는 없다는 자부심.

그랬기에 타나스 왕국에서 만든 약에도 부작용이 있을 거라고 생각했다.

카인트 공작마저 몸서리치게 하는 부작용을 일반 기사들이 계속 참을 수 있을까?

고통을 선천적으로 느끼지 못하게 태어난 사람이 아니라면 불가능한 일이다.

지금 당장이야 경매장의 수익이 줄어들기는 하겠지만 장기적으로 봐서는 큰 문제가 되지는 않는다.

타나스 왕국의 비밀을 알게 된 후 나는 별걱정을 하지 않았고, 종합 학교의 인재들이 빠르게 성장할 수 있도록 하는 방법에 대해 고민했다.

"형님! 공작님이 찾으시는데요."

또 무슨 일이지?

걱정을 안고 공작의 집무실로 찾아갔다.

"타나스 왕국이 만든 약에는 부작용이 없다는 보고가 들어왔다네."

"정말입니까? 어떻게 그럴 수가……."

타나스 왕국에서 만든 약을 구할 수만 있다면 퍼플 티의 부작용을 없앨 수 있다.

"타나스 왕국이 만든 약을 무슨 수를 써서라도 구해야 합니다. 지금이야 악마의 탑을 공략하는 데 사용하고 있지만 그들이 다른 마음을 먹고 전쟁이라도 벌인다면……."

뒷말은 타나스 공작이 이었다.

"오러를 사용하는 기사들을 상대로 전쟁을 이기는 것은 힘들겠지."

물론 원거리 무기의 장점을 활용한다면 싸워볼 만도 하겠지만, 그래도 오러를 사용하는 기사들은 변수가 된다.

그리고 만약 거리를 좁혀오기라도 한다면 그 순간 전쟁은 끝이다.

그랬기에 오러가 사라지기 전에는 기사들을 전략 무기로 생각했었다.

기사의 수는 곧 전쟁의 승패를 가늠하는 가장 중요한 척도였다.

우리 대화를 듣고 있던 첩보원이 말했다.

"우리도 타나스 왕국에서 만든 약을 구하기 위해 백방으로 노력하고는 있지만 국가 차원에서 관리를 하고 있기에 구하기가 쉽지가 않습니다. 아무리 많은 돈을 준다고 꼬드겨 봐도 씨알도 먹히지 않았습니다."

전략 무기로 사용할 수 있는 오러 약이니만큼 보안이 철저한 게 당연했다.

"최대한 구해보도록 하세요."

그렇게 타나스 왕국에 이목을 집중하고 있을 때 사건이 터졌다.

타나스 왕국이 다른 나라에 전쟁을 선포한 것이다.

"타나스 왕국이 전쟁을 선포했다는 정보가 정확한 것입니까?"

"그렇다네. 명분도 있기에 우리가 개입할 여지는 없어 보이네."

타나스 왕국은 영악했다.

타나스 왕국이 왕족 한 명을 버리면서까지 만든 명분이다.

걸려든 나라의 멍청함을 탓해야지.

타나스 왕국의 왕권 계승자는 아니지만 그래도 왕족의 피가 흐르는 왕족이 다른 왕국에서 죽음을 당했고, 그걸 명분 삼아 전쟁을 선포한 타나스 왕국이었다.

"타나스 왕국이 전쟁을 선포한 국가가 어디입니까?"

"파르만 왕국일세. 타나스 왕국과 근접해 있기에 크고 작은 마찰이 있기는 했지만 타나스 왕국이 강해짐에 따라 타나스 왕국의 속국처럼 있던 국가였는데 타나스 왕국이 우리와의 전쟁에서 패배한 이후 완전한 독립을 선포했었다네."

"타나스 왕국이 전쟁을 하기에 최적의 조건을 가지고 있는 국가군요."

"그렇다네. 일단 다른 국가들은 이번 전쟁을 관망하겠다는 자세를 취하고 있다네. 그렇지만 타나스 왕국이 파르만 왕국과의 전쟁에서 승리하면 다른 쪽으로 칼을 들이밀 게 분명하네."

"저도 그렇게 생각하고 있습니다. 그래서 타나스 왕국이 만든 약을 구해야 된다고 했던 겁니다. 파르만 왕국을 도와야 합니다. 타나스 왕국이 더 강한 힘을 가지기 전에 막아야 합니다."

내가 하는 말이 과하다고 생각하는 사람도 있을 것이다.

직접적으로 아무런 피해를 입지 않았는데 움직이는 것은 명분이 없다.

하지만 본능이 위험을 알리고 있었다.

"나도 자네와 같은 생각을 하고는 있지만 우리가 개입할 명분이 없다네."

"명분이 없이 전쟁에 개입할 수는 없으니 조용히 도와야 합니다. 우리가 가진 무기를 파르만 왕국에 저가에 판매하고, 눈먼 사신과 퍼플 티도 저가에 판매해야 합니다."

"타나스 왕국의 눈을 피해 그것이 가능하겠는가?"

"방법이 없으면 만들어서라도 파르만 왕국을 도와줘야 됩니다."

*　　　　*　　　　*

브루니스 왕국 경매장.

경매장은 항상 붐볐고, 질 좋은 아이템을 낙찰받기 위해 눈치 싸움을 벌였지만 오늘은 조금 다른 분위기였다.

"아니, 원거리 무기를 판매한다니. 이해가 되지 않아. 원거리 무기를 어디다 사용하라는 건지, 원."

"내가 생각하기는 타나스 왕국이 전쟁을 선포했으니 비싼 가격에 원거리 무기를 판매할 수 있다고 생각해서가 아닐까?"

"그건 그렇다 쳐도, 경매 방식이 너무 웃기지 않은가. 비공개 경매 방식이라니. 경매는 구경하는 재미도 한몫하는데."

"다 생각이 있겠지. 우리는 원거리 무기를 구입하려고 온 것은 아니지 않은가."

대부분의 상인들은 원거리 무기 판매에 관심을 두지 않았다.

하지만 유독 원거리 무기 구입에 열을 올리는 상단이 있었다.

파르만 왕궁 직속 상단인 파르만 상단이 주인공이었다.

"무슨 일이 있더라도 원거리 무기를 구입해야 하네. 브루니스 왕국이 타나스 왕국과의 전쟁에서 승리할 수 있었던 이유는 원거리 무기에 있다네. 우리가 원거리 무기만 확보할 수 있다면 이번 전쟁에서 우리가 승리할 가능성이 생기네."

파르만 상단주의 말에 상단의 모든 사람들은 비장한 표정을 지어 보였다.

"그리고 퍼플 티도 무조건 구입해야 합니다."

브루니스 왕국은 이번에 원거리 무기뿐만 아니라 퍼플 티라는 희대의 묘약도 판매하기로 했다.

퍼플 티의 효능은 무려 오러를 사용할 수 있게 했다.

물론 부작용에 대해서도 들었다.

하지만 그런 부작용을 뒤로 하고서도 충분히 매력적인 약이었다.

지금은 생존이 최우선이었다.

부작용은 나중의 일이다.

"현재로서는 우리와 경쟁을 벌일 상단은 타나스 왕국의 상단과 탄트 왕국의 상단입니다."

"타나스 왕국의 상단을 우리를 견제할 목적으로 경매에 참여하겠지만, 탄트 왕국은 왜?"

"타나스 왕국과 우리 왕국의 전쟁 이후를 생각해 원거리 무기를 확보하려고 하는 것 같습니다."

원거리 무기에 대한 효능을 깨달은 여러 왕국들은 원거리 무기를 개발하기 위해 많은 인재들을 투입했지만 브루니스 왕국의 원거리 무기만큼의 파괴력과 사거리를 가진 무기를 만들어내지 못했다.

모든 재료를 직접 강화시킨 최진기의 능력이 없다면 그런 무기를 만드는 것은 지금으로서는 불가능했다.

가장 절박하게 원거리 무기와 퍼플 티를 원하는 파르만 왕국이었지만 다른 경쟁 상단에 비해 자금력은 부족했다.

아이템 하나에 올인을 해야 될지 심각하게 고민을 하고 있을 때 그들에게 손님이 찾아왔다.

최진기였다.

"이렇게 찾아와 주셔서 감사합니다."

이제는 다들 내가 경매장의 실질적인 주인이라는 사실을 알고 있구나.

내가 자작 신분의 귀족이긴 했지만 그래도 왕국 직속 상단주가 고개를 숙일 정도의 신분은 아니었다.

하지만 경매장의 주인이라면 상황이 달라진다.

이번 방문은 보안이 생명이었고, 나는 얼굴을 최대한 가리고 몰래 파르만 상단에 접촉했다.

그래도 부족해 분신을 이용해 타나스 왕국 상단 근처를 배회했다.

"이렇게 환영해 주시니 감사합니다. 파르만 왕국이 타나스 왕국의 악질적인 행태에 곤란을 겪고 있다고 알고 있습니다. 그들과 전쟁을 벌였던 적이 있기에 타나스 왕국이 얼마나 고약한 국가인지 잘 알고 있습니다."

"그렇습니다. 타나스 왕국의 왕족이 갑자기 왜 우리 왕국에서 죽었는지 저희는 아직도 이유를 찾지 못했습니다."

딱 보면 모르나. 타나스 왕국이 한 쇼지.

쓸모없는 왕족 하나를 죽여 전쟁의 명분을 만든 거지.

"곤란한 상황은 백분 이해하지만 우리 왕국이 직접적으로 도움을 드리기에는 문제가 있습니다."

"우리도 충분히 이해하고 있습니다. 마음 같아서는 무릎을 꿇어서라도 도와달라고 빌고 싶지만 다른 일도 아니고 전쟁이니 말을 꺼내지도 못했습니다."

"사정은 알고 있습니다. 그래서 이번 경매에 원거리 무기와 퍼플 티를 내놓은 것입니다. 우리는 이 물건들의 주인이 파르만 왕국이 되었으면 좋겠습니다."

"우리도 같은 마음입니다. 하지만 타나스 왕국과 탄트 왕국의 견제를 뚫고 우리가 낙찰을 받을 수 있을지는 모르겠습니다."

얼마나 고민을 심하게 했는지 파르만 상단주의 얼굴에는 검버섯이 잔뜩 껴 있었다.

살날이 얼마 남지 않아 보이는 사람 같은데, 고민을 안고 있으면 안 되지.

"경매를 거치지 않고 파르만 왕국에 독점적으로 판매를 하고 싶지만 그렇게 되면 타나스 왕국과 다른 왕국이 가만히 있지 않을 것입니다. 그래서 불가피하게 경매를 열었습니다. 하지만 타나스 왕국과 탄트 왕국의 상단에 비해 자본력이 많이 떨어진다고 알고 있습니다. 물건을 애먼 사람이 낙찰받는 것은 원치 않습니다. 그래서 우리는 고민 끝에 파르만 왕국 상단에 자금을 지원해 주기로 결정했습니다. 어차피 경매를 통해 우리에게 돌아오는 돈이니 사양 말고 받으세요."

파르만 상단주는 손까지 떨어가며 보석이 든 주머니를 받았다.

"감사합니다. 전쟁이 끝나면 무슨 수를 써서라도 꼭 갚도록 하겠습니다."

"그렇게 급하게 갚으시지 않아도 됩니다. 언젠가는 좋은 쪽으로 돌아오지 않겠습니까?"

　　　　　*　　　　　　*　　　　　　*

비공개 경매가 시작되었다.

참가한 상단은 예상대로 파르만, 타나스, 탄트 왕국의 상단이었다.

에크는 경매 참가자들이 다 모이자 바로 경매를 시작했다.

"원거리 무기에 대한 경매를 시작하도록 하겠습니다. 브루니스 왕국 특제 원거리 무기 100대가 이번 경매품입니다. 다들 원하시는 금액을 작성해 주십시오."

일반적인 경매라면 상대방의 가격을 알고 그보다 더 높은 가격을 제시해 낙찰을 받지만 이번 경매 방식은 달랐다.

한 장의 종이에 자신들이 제시하는 금액을 적었고, 가장 높은 가격을 제시한 상단이 낙찰받는 구조였다.

정말 눈치 싸움이었다.

타나스 왕국의 상단주는 이번 경매에 자신이 있었다.

왕국 차원에서 거금을 지원해 주었고, 가난한 파르만 왕국이 도저히 내지 못할 금액을 적었다.

가난한 왕국의 상단은 상상도 하지 못할 액수지.

타나스 왕국이 종이에 적은 금액은 30만 골드였다.

거대 도시의 1년 치 예산과 맞먹는 금액이었고, 파르만 왕국으로서는 상상도 하지 못할 금액이었다.

탄트 왕국은 타나스 왕국에 비하면 적었지만 그래도 10만 골드가 넘는 금액을 제시했다.

시간이 되었고, 모든 참가자들은 종이를 상자에 넣었다.

"가격을 발표하도록 하겠습니다."

타나스 왕국의 상단주는 이미 승리의 축배를 들 생각을 하고 있는지 얼굴에 웃음꽃이 만연했다.

"먼저 탄트 왕국이 제시한 금액을 발표하도록 하겠습니다. 12만 골드입니다. 다음으로 타나스 왕국은 30만 골드를 제시했습니다. 마지막으로 파르만 왕국은 31만 골드입니다. 1만 골드의 차이로 원거리 무기에 대한 소유권을 파르만 왕국에서 낙찰받았습니다."

축배를 준비하고 있던 타나스 왕국의 상단주는 깜짝 놀랐다.

이게 무슨 일이란 말인가!

파르만 왕국에서 31만 골드를 적어 내다니.

믿기지가 않았지만 그래도 마음을 진정시켰다.

그래, 마지막 국력을 여기에 쏟아부었단 말이지.

하지만 퍼플 티까지 낙찰받을 돈은 없겠지.

이번에는 무조건 우리 상단에서 낙찰받아야 한다.

생각보다 더 많은 금액을 써 낸다.

타나스 상단주는 초조한 심정으로 다음 경매를 기다렸다.

"그럼 다음 경매를 시작하도록 하겠습니다. 이번 경매품은 퍼플 티 5천 개입니다."

5천 개의 퍼플 티를 만들기 위해 브루니스 연구소의 직원들은 밤낮을 가리지 않고 일해 겨우 만들어냈다.

퍼플 티의 부작용을 알고 있지만 부작용을 감수하고도 사용할 만한 가치를 가지고 있는 아이템이었다.

타나스 왕국은 부작용이 전혀 없는 약을 가지고 있었지만 그래도 전쟁이 시작되면 부작용은 큰 문제가 되지 않는다. 전투를 치르는 동안은 동일한 힘을 가지게 되니 말이다.

"다들 금액을 작성해 주십시오."

타나스 왕국의 상단주는 이번에는 절대 놓치지 않겠다고 다짐했다.

원거리 무기를 낙찰받지 못했지만 퍼플 티만큼은 기필코 낙찰을 받아야 한다.

만약 낙찰받지 못한다면…….

요즘 들어 성격이 더욱 흉포해진 타나스 왕이 자신을 어떻게 할지 모른다.

처음 예상한 금액의 두 배에 해당하는 금액을 적어 제출했다.

파르만 왕국이 이렇게 많은 금액을 사용할 수는 없겠지.

왕궁을 내다 팔지 않으면 못 구할 금액이지.

"낙찰가를 발표하도록 하겠습니다. 먼저 탄트 상단이 제시한 금액은 20만 골드입니다. 그리고 타나스 상단은… 60만 골드입니다."

에크는 엄청난 금액에 말문이 잠시 막혔었다.

"마지막으로 파르만 상단이 제시한 금액은… 62만 골드입니다. 퍼플 티는 파르만 상단에 낙찰되었습니다."

탕탕!

낙찰을 알리는 망치 소리가 경매장을 울렸다.

"파르만 상단이 그런 금액을 가지고 있다고 생각되지 않습니다!"

타나스 상단주는 지금의 상황을 이해할 수가 없었다.

아무리 돈을 끌어모았다고 하더라도 고작 파르만 왕국에서 62만 골드를 이렇게 단시간에 들고 올 수 있을 리가 없다.

"지금 당장 금액을 지불하지 않으면 낙찰 자격이 없지 않습니까!"

"타나스 상단주님의 의견에 따라 금액을 오늘 안에 지불해 주셔야 할 것 같습니다. 이의 있으십니까?"

훗, 걸렸군.

그래 돈도 없으면서 배짱을 부린 거겠지.

"오늘도 필요 없습니다. 지금 당장 지불하겠습니다."

파르만 상단주는 가슴 안에서 주머니 하나를 꺼내 들었고, 그 주머니는 에크에게 전해졌다.

"보석 감정사를 따로 부르도록 하겠습니다."

경매장의 물건은 골드뿐만 아니라 보석으로 지불하기도 했기에 보석 감정사가 항상 상주하고 있었다.

"보석들의 가치가 낙찰금보다 더 높게 책정되었습니다. 이 보석으로 지불하시겠습니까?"

"그렇게 해주세요."

'이럴 수가. 어디서 저런 보석을 구했단 말인가.'

타나스 상단주는 자신의 미래가 눈에 보였다.

화를 내며 자신의 목에 검을 들이밀 타나스 왕의 화를 어떤 방식으로 식혀야 할지 걱정이었다.

그는 어떻게 이 정도 금액을 구했는지에 대해서만 생각했지만 사실 그가 의문을 가져야 할 점은 따로 있었다.

타나스 상단이 제시한 금액에서 1~2만 골드 정도 더 높게 낙찰가를 적어 낸 파르만 상단주. 그의 능력이 뛰어나서였을까?

그렇지는 않았다.

이윽고 경매가 끝이 났고 경매품을 낙찰받기 위해 경매장에 남은 파르만 상단주를 제외하고는 전부 퇴장했다.

"수고했네."

"전 지시받은 일을 했을 뿐입니다."

"그래도 자네의 연기력 덕분에 무난히 넘어갈 수 있었다네."

에크는 웃으며 종이 한 장을 급히 찢어버렸다.

파르만 왕국의 낙찰가가 적혀 있는 종이를 말이다.

그랬다. 파르만 상단이 타나스 상단을 제치고 경매에 낙찰받을 수 있는 이유는 백지를 냈기 때문이었다.

낙찰가를 볼 수 있는 사람은 에크 혼자뿐이었고, 타나스 상단이 적어 낸 금액보다 조금 더 높게 파르만 상단의 낙찰가를 조작했던 것이다.

"이번 일을 절대 누구에게도 발설하시면 안 됩니다. 만약 알려지기라도 한다면 우리 경매장의 신뢰도가 떨어집니다."

"걱정하지 말게나. 전하께만 말하고 아무에게도 말하지 않겠네."

"밖에서 진 자작님이 기다리고 계십니다."

파르만 상단주는 자신의 은인이나 다름없는 진 자작을 만나기 위해 황급히 밖으로 나갔다.

웃는 얼굴을 하고 나오는 걸 봐서는 작전이 성공했구나.

내가 살던 세계에서는 종종 일어나는 경매 사기 방식인데 잘 통해서 다행이야.

언젠가 드라마에서 이런 비슷한 장면을 봤던 것이 기억이 났고, 이번 일에 적용을 시켰다.

역시 아는 것이 힘이라니까.

"감사합니다, 정말 감사합니다."

"원거리 무기 사용법과 퍼플 티 부작용에 대한 자세한 내용을 알려 드리기 위해 왔습니다. 저를 따라오시지요."

병사를 직접적으로 지휘하는 지휘관에게 설명을 하고 싶었지만 지금 그럴 시간은 없었고, 대신 파르만 상단주에게 원거리 무기 사용법에 대해 설명했다.

그리고 퍼플 티에 대한 설명도.

"퍼플 티를 마시면 오러를 사용할 수 있지만 극심한 탈수 증상이 일어난단 말씀입니까?"

"그렇습니다. 사람에 따라 다르기는 하지만 일반 병사가 복용을 했을 때는 30분 정도 오러를 사용할 수 있고, 기사의 경우는 1시간이 조금 안 되게 오러를 사용할 수 있습니다."

퍼플 티의 개량을 계속해서 해왔고, 부작용을 없앨 수는 없었지만 능력을 조금 더 높일 수는 있었다.

"부디 전쟁에서 승리하시기를 바랍니다. 타나스 왕국이 강한 국가인 건 맞지만, 원거리 무기와 퍼플 티를 활용한 작전을 짜신다면 충분히 막아낼 수 있을 겁니다."

하루가 급한 상황이었기에 파르만 상단은 물건을 받아 들고는 곧장 파르만 왕국으로 이동했다.

그들 혼자 보내는 것이 불안했기에 브루니스 기사단이 직접 호위를 해 그들이 안전하게 이동할 수 있게 도왔다.

타나스 왕국에서 도적질을 한 경력이 있었기에 이 정도의 서비스는 당연했다.

*   *   *

이윽고 세계가 집중하는 전쟁이 시작되었다.

전투의 결과들은 속속들이 왕궁으로 들어왔다.

"첫 번째 전투는 파르만 왕국이 승리했다고 합니다. 우리에게 구입한 원거리 무기를 이용해 타나스 왕국의 병력의 접근을 완전히 막았다고 합니다."

브루니스 왕국의 정보부에서 나온 사람이 전하와 공작 그리고 내가 있는 앞에서 브리핑을 했다.

지금처럼만 한다면 타나스 왕국은 다시 한 번 패배의 쓴맛을 봐야 될지도 몰랐다.

"하지만 전쟁은 이제 시작 단계인 만큼 한 번의 승리로 파르만 왕국의 승리를 점칠 수는 없습니다. 가장 큰 변수는 역시 파르만 왕국이 보유하고 있는 오러 약입니다. 오러를 사용하는 기사들이 총 공세를 취한다면 원거리 무기만으로는 그들의 공세를 막아내기 어렵다는 전망입니다."

"우리에게 구입한 퍼플 티가 있지 않습니까. 5천 개의 퍼플 티면 충분히 전면전도 가능성이 있지 않습니까?"

"5천 개의 퍼플 티가 전력에 크게 도움이 되긴 하지만 타나스 왕국이 보유하고 있는 오러 약의 수가 우리의 예상보다 더 많은 2만 개가 된다는 보고를 받았습니다."

2만 대 5천.

분명 파르만 왕국이 열세였다. 그래도 희망을 버리지는 않았다.

원거리 무기만 잘 활용한다면 승리를 할 수도 있다.

첫 브리핑을 받고 일주일이 지난 지금, 우리는 다시 새로운 브리핑을 받고 있었다.

"새로 들어온 정보들입니다. 현재 타나스 왕국이 어렵사리 방벽을 돌파했다고 합니다. 원거리 무기로 인해 많은 수의 병사를 잃긴 했지만 여전히 압도적인 숫자의 우위를 가지고 있습니다. 파르만 왕국은 전면전을 최대한 피하고 뒤로 물러났습니다. 공성전을 통해 최대한 병사의 수를 줄이려는 생각 같습니다."

"파르만 왕국의 피해 상황은 어떻습니까?"

"현재로서는 피해를 입지 않았다고 볼 수 있습니다. 원거리 무기만 이용해 전투를 벌였기에 병사의 피해는 미미합니다."

"알겠습니다. 새로운 정보가 들어오면 바로 알려주시기 바랍니다."

몇 번의 브리핑을 더 받았고, 내용은 동일했다.

파르만 왕국은 원거리 무기를 최대한 이용해 타나스 왕국의 병력의 수를 줄이며 후퇴를 계속했다.

하지만 이제는 더는 후퇴할 곳이 없다.

타나스 왕국의 병력이 왕궁의 성벽에 다다랐고, 이제는 최후의 전투만이 남았다.

"마지막 브리핑을 드리겠습니다. 파르만 왕국은 원거리 무기를 최대한 사용해 접근을 막았지만 병사의 시체를 밟고 돌진하는 타나스 왕국은 기어코 성벽을 무너뜨렸습니다. 그리고 시작된 전면전은 오러를 사용하는 기사들의 대전이 되었습니다. 병사들은 오러를 사용하는 기사들의 검에 1초도 견디지 못했다고 합니다. 파르만 왕국도 퍼플 티를 복용한 기사들이 타나스 왕국의 기사들을 막기 위해 달려 나왔고, 최후의 전투가 펼쳐지려고 했습니다. 하지만 그 순간 타나스 왕국의 기사들은 일제히 후퇴를 했고, 하루가 지나서야 다시 전투가 벌어졌습니다."

듣지 않아도 결과가 예측되었다.

극심한 부작용에 히덕이는 파르만 왕국의 기사들이 더는 전투에 참가하지 못했을 것이고, 승리는······.

안타깝게도 타나스 왕국이 차지했겠지.

"타나스 왕국이 전쟁에서 승리를 했습니다. 하지만 많은 피해를 입었기에 상처뿐인 승리라는 평이 지배적입니다. 파르만 왕국을 지배한다고 하더라도 이번 전쟁의 피해를 복구하기 위해서는 최소 5년 이상은 걸릴 거라는 예상입니다. 타나스 왕국은 이번 전쟁을 시작으로 다른 국가들과의 전쟁을 벌일 생각이었겠지만 파르만 왕국이 처절히 버틴 결과 그들의 기세가 한풀 꺾였습니다."

파르만 왕국이 전쟁에서 패배했지만 그들의 기상이 얼마나 뛰어났는지 들려왔다.

"전쟁 이후의 상황은 어떻습니까? 식민지로 만들고 있습니까, 아니면 전쟁 배상금을 요구하고 있습니까?"

"타나스 왕국은 영토에 대한 욕심 때문인지 전쟁 배상금을 요구하지 않았고, 파르만 왕국을 자신들의 영지로 귀속시켜 버렸습니다."

배상금을 받는 것도 아니고 식민지로 삼지도 않았다?

이해가 되지 않는 결정이었다.

물론 영토에 대한 욕심 때문에 파르만 왕국을 귀속시킨 것이겠지만 이득보다는 손해가 더 클 것이다. 식민 지배를 하는 것도 많은 노력과 인력이 필요한데 완전히 지배를 하겠다?

안정화가 되기까지 수십 년이 더 걸릴지도 모르는 일이다.

"타나스 왕국은 파르만 왕국을 지배하기 위해 잔인한 방법을 사용하고 있다고 합니다. 항복을 하지 않는 병사나 평민들을 잔인하게 살해해 마을 어귀에 매달아 두어 공포심을 조장하고 있습니다. 그리고 자신들의 지배를 거부하는 영주가 있으면 영지

자체를 불바다로 만들었다고 합니다."

욕밖에 나오지 않는다. 그런 짓을 하고도 용서를 받을 수 있을 거라고 생각하는 건가.

모든 국가가 이번 전쟁에 집중하고 있는 상황이다.

그들이 잔인하게 행동을 할수록 다른 국가들이 뜻을 모으기 쉬워진다.

전쟁의 열기가 채 식기도 전에 새로운 소식들이 들려왔다.

"타나스 왕국이 새로운 전쟁을 선포했다는 말입니까?"

"그렇습니다. 국력을 회복하기 위해 최소 5년은 필요하다는 예측을 뒤엎고 새로운 전쟁을 선포했습니다. 타나스 왕국이 이번에 전쟁을 선포한 국가는 파르만 왕국과 붙어 있는 산테 왕국입니다. 산테 왕국은 대부분의 영지가 초원 지대로 이루어져 있기에 타나스 왕국의 기사들을 막기에 지리적으로 불리합니다."

"명분이 있어야 전쟁을 시작할 수 있지 않습니까. 그들이 이번에 내건 명분은 무엇입니까?"

"이번에도 전과 같이 타나스 왕족 한 명이 산테 왕국의 수도에서 의문사를 당했다고 합니다."

같은 작전으로 뽕을 뽑으려고 하는군.

이미 단물은 다 빠졌다고.

말도 안 되는 명분이다. 고작 이런 명분을 가지고 전쟁을 벌인다면 우리가 개입할 여지가 있다.

"다른 국가들과 의견을 나눠야 할 것 같습니다, 폐하."

"나도 그렇게 생각하고 있었다네. 이대로 타나스 왕국의 폭주를 막지 못한다면 다음은 어떤 왕국이 피해를 입을지 모른다네."

"저도 그렇게 생각하고 있습니다. 아직 항마 전쟁이 끝나지도 않은 상황에서 무분별하게 영토 확장을 꿈꾸는 타나스 왕국을 막기 위해 힘을 모을 필요가 있습니다. 우리가 주가 되지 않더라도 말입니다."

타나스 왕국을 노리는 국가는 많았다. 대표적으로 서부권 국가의 리더를 맡고 있는 탄트 왕국은 타나스 왕국의 이런 행보를 못마땅하게 생각하고 있었다.

타나스 왕국에게 반감을 가지고 있는 국가는 물론이고 근접한 국가들을 포함한 국제회의를 열어야 할 필요가 있다.

물론 타나스 왕국이 모르게 말이다.

여러 왕국의 사람들이 동시에 방문해도 이상하게 느껴지지 않을 곳이 어디일까?

…경매장이 있었다.

경매장에는 많은 왕국의 상단들이 방문하고 있는지라 사신한 명 정도 끼워 넣는 것은 일도 아니었다.

우리는 각국의 상단을 이용해 서신을 전달했고, 타나스 왕국이 전쟁을 벌이기 직전에 모일 수 있었다.

먼 거리에 있는 국가들은 미처 회의에 참석하지는 못했지만 우리와 의견을 같이하겠다는 서신이 속속들이 모여들고 있었다.

이번 회의를 통해 타나스 왕국을 어떻게 대해야 할지에 대한 결과가 나올 것이다.

브루니스 비밀 경매장.

경매장에서는 여러 등급의 물건을 판매하지만 그중에서도 극상의 아이템이 경매에 올라가는 곳은 따로 있다. VVIP들이 지갑을 더욱 쉽게 열게 하기 위해서는 이런 고급스러운 장소가 필요했다.

지금 비밀 경매장에 참석한 사람들은 모두 VVIP 중에서도 특별한 사람들이다.

아쉽지만 이들은 경매를 참석하기 위해 모인 사람들은 아니다.

타나스 왕국의 폭주에 대한 회의를 하기 위해 모인 사람들이다.

타나스 왕국이 벌인 전쟁에 가장 관심을 가지고 있는 7개의 국가.

거기에는 타나스 왕국의 다음 타깃이 될 가능성이 높은 국가도 있었으며 탄트 왕국처럼 타나스 왕국의 영토 확장을 마땅치 않게 여기는 국가도 있었다.

"인사는 나중에 따로 하기로 하고, 바로 본론에 들어가야 할 것 같습니다. 타나스 왕국의 행동은 도를 넘었습니다. 파르만 왕국과 전쟁을 벌일 때만 하더라도 그럴 수 있다고 생각했지만 지금은 산테 왕국까지 건드리고 있습니다. 타나스 왕국을 지금 제어하지 못한다면 여러 국가들이 큰 피해를 입게 됩니다. 그리고 아직 항마 전쟁이 끝나지도 않은 상황이기에 더욱 타나스 왕국을 견제해야 할 필요가 있습니다."

명연설은 아니지만 내가 하고자 하는 말은 모든 국가의 대리인들에게 전달이 되었다.

"우리 왕국도 같은 생각입니다. 그들이 산테 왕국까지 점령하고 나면 우리 왕국의 안전도 장담하지 못합니다. 그 전에 타나스 왕국을 막아야 합니다."

대부분이 타나스 왕국을 직접적으로 막아야 한다는 데 동의했다.

그러면 어떤 방식으로 타나스 왕국을 견제해야 할까?

"반 타나스 연합을 만들어 군사행동을 벌여야 합니다."

"군사적인 움직임뿐만 아니라 경제제재도 필요하지 않겠습니까? 타나스 왕국이 지리적으로 경제 활동에 유리한 지형을 차지하고 있지만 그것이 곧 타나스 왕국의 약점이기도 합니다. 타나스 왕국은 다른 국가의 상단들이 거래하는 중간 다리 역할을 하며 큰 수익을 얻고 있습니다. 우리가 연합해 타나스 왕국과의 거래를 중단한다면 타나스 왕국은 백기를 들 수밖에 없을 겁니다. 우리 전체와 전쟁을 벌일 생각이 아니라면 말이죠."

여러 가지 의견이 나왔고, 굳이 한 가지의 방법만 사용할 이유는 없다.

"그러면 지금 나온 의견을 동시다발적으로 시행하는 것이 좋겠습니다. 가장 먼저 경고 서신을 보내고 그다음 군사적인 움직임과 거래 제한 조치까지 가능한 한 모든 수단을 이용해 타나스 왕국을 견제하는 게 어떻겠습니까?"

"좋은 생각입니다. 전쟁이 일어나지 않고 타나스 왕국이 돌아선다면 가장 좋겠지만 타나스 왕국과의 전쟁도 불사한다는 마음으로 이번 작전을 시행해야 됩니다."

타나스 왕국이 제국에 가장 근접한 국가라고는 하지만 7개의 연합국을 막을 수 있을까?

1차 항마 전쟁에서 승리한 악마와 같은 능력이 없다면 불가능할 것이다.

*   *   *

타나스 왕궁 전략 회의실.

파르만 왕국과의 전쟁을 시작하면서 생긴 전략 회의실은 타나스 왕이 거주하다시피 하는 장소였다. 대신들은 타나스 왕의 건강을 걱정해 침소에 드시라고 몇 번이나 요청했지만 타나스 왕은 회의실을 벗어나지 않았다.

타나스 왕의 의지를 느껴서였을까?

타나스 왕국의 귀족들은 전에 없던 충성심을 보이며 전쟁에 집중했다.

없던 충성심이 갑자기 생긴 것은 아니다. 오러 약을 통해 오러를 사용하는 기사를 보유함에 따라 전쟁에 대한 자신감이 생겼고, 전쟁을 통해 자신들의 배를 기름지게 할 수 있다는 판단이

섰기에 최선을 다하는 것이었다.

"폐하, 산테 왕국을 점령하기 위한 준비는 이미 끝이 났습니다. 충성심으로 가득한 기사들과 병사들이 폐하의 명령을 기다리고 있습니다."

타나스 왕은 스스로를 제국의 왕으로 생각하고 있었고, 대신들에게 자신을 '폐하'라고 부르도록 시켰다.

타나스 왕의 눈은 붉었다.

제대로 잠을 자지 않고 회의실에서 시간을 보냈기에 그의 눈이 붉어졌다고 생각하는 대신들이었지만 사실은 달랐다.

타나스 왕이 잠을 자지 않는 것은 사실이었지만 그가 잠을 자지 않아도 되는 이유는 오러 약 덕분이었다. 오러 약은 오러를 사용하게 하는 능력을 줄 뿐만 아니라 잠도 빼앗아갔다.

타나스 왕은 약을 시간마다 복용했다.

전쟁 회의를 하기 위해서라기보다는 그는 오러 약에 중독이 되어버렸다.

붉어진 그의 눈은 오러 약에 중독되어 나타난 증상이었다.

"산테 왕국을 점령하는 데 며칠이나 소요될 것 같은가? 파르만 왕국을 점령하는 것처럼 긴 시간이 걸린다면 크게 실망할 것 같구나. 타나스 제국이 고작 산테 왕국처럼 작은 나라를 점령하는 데 긴 시간을 소비한다면 자네들은 부끄러워 고개를 들지 못하지 않겠나?"

타나스 왕은 뒷말을 속으로 삼켰다.

'부끄러워 고개를 숙인 신하는 필요 없지. 내 친히 머리를 잘

라주마.'

"저번과 같은 실수는 하지 않겠습니다. 기사들이 오러에 익숙해지기도 했으며 지휘관들도 오러를 사용하는 기사들을 어떻게 운용해야 되는지 저번 전쟁을 통해 숙지했습니다. 산테 왕국을 일주일 안에 점령하겠습니다."

타나스 왕은 자신이 듣고 싶은 대답이 나오자 입꼬리를 올렸다.

그 미소는 사람보다는 악마의 미소에 가까웠다.

*   *   *

비밀 경매장에서 회의를 마친 후 우리는 즉시 연합을 선포했고, 타나스 왕국에 경고 서신을 보냈다.

하지만 그들은 우리의 서신을 깔끔하게 무시했고, 우리는 다음 행동에 들어갔다.

연합국의 병사들은 빠르게 산테 왕국을 향해 진격했고, 경제 제재까지 시행했다.

연합국의 상인들은 물론이고, 다른 국가의 상단들까지 우리의 눈치를 보며 타나스 왕국과의 거래를 끊었고, 타나스 왕국은 빠르게 고립되었다.

하지만 타나스 왕국은 신경 쓰지 않았다.

우리의 그런 조치를 군사력으로 보여주겠다는 뜻이었다.

브루니스 왕국은 타나스 왕국과의 전쟁에서 이미 승리한 전적이 있었기에, 연합국의 총사령관은 카인트 공작이 맡았다.

하지만 아직 모든 국가의 병사들이 모이기에는 시간이 부족했고, 우리가 도착하기 전까지 산테 왕국이 타나스 왕국의 공격을 막아내기를 기도해야만 했다.

"드디어 도착하셨군요. 우리가 먼저 움직이고 싶었지만 섣불리 움직일 수가 없어 기다렸습니다."

빠르게 움직인다고는 했지만 타나스 왕국과 근접한 국가들보다 먼저 도착할 수는 없었고, 우리가 도착했을 때는 탄트 왕국을 제외한 모든 국가의 병력들이 모였다.

대부분이 소국으로 이루어져 있는 연합군이었지만 여럿이 모이니 타나스 왕국의 군사력보다 더 강대해졌다. 여기에 탄트 왕국까지 합세한다면 군사력의 차이는 2배가 넘게 난다.

물론 오러를 사용하는 타나스 왕국을 상대로 숫자는 중요하지 않을 수도 있지만 많은 수의 군사는 사기 진작에 큰 도움을 준다.

오러를 사용하는 기사는 우리도 충분히 만들 수 있다.

퍼플 티를 이용하면 말이다.

하지만 퍼플 티의 부작용은 아직도 존재했고, 부작용을 없애지 못하는 이상 기사들에게 퍼플 티를 복용하게 할 수는 없다.

퍼플 티는 양날의 검이다. 퍼플 티를 복용해 오러를 사용할 수 있게 된다면 타나스 왕국의 기사들과 대등하게 전투를 치를 수 있지만 파르만 왕국의 기사들과 전투를 벌일 때처럼 시간 차 공격을 한다면 낭패였다.

그렇기에 우리는 원거리 무기를 사용해야 했다.

투석기와 거대 석궁 수백 대는 보관 상자에 담긴 채 전장으로 이동했고, 오러를 사용하는 기사들이라고 할지라도 원거리 무기의 파괴력을 무시할 수는 없다.

"탄트 왕국을 기다리기에는 산테 왕국이 너무 위험합니다. 우리가 먼저 움직이고 탄트 왕국의 합류를 기다려야 할 것 같습니다."

"나도 그렇게 생각하고 있다네. 다른 의견이 없으면 산테 왕국을 지금 도우러 가는 게 어떻겠나?"

국가는 달랐지만 귀족의 계급은 국가를 초월해 인정해 주었고, 지금 여기에 있는 지휘관 중에 카인트 공작보다 직위가 높은 귀족은 없었기에 카인트 공작은 자연스레 다른 국가의 지휘관들을 휘어잡았다.

"공작님의 뜻을 따르겠습니다."

탄트 왕국을 제외한 국가들이 동시에 움직였다.

말을 타고 이동하는 기사들과 보병들이 주를 이루는 병력이었지만 그들의 존재 자체가 도움이 된다.

브루니스 왕국이 선두에 선 채 산테 왕국의 국경선을 넘었고, 전쟁에 폐허가 되어 있는 장벽을 넘어 타나스 왕국을 쫓았다.

한 번의 전투 없이 이동하는 연합군이었기에 빠르게 타나스 왕국을 쫓을 수 있었고, 타나스 왕국의 군대가 산테 왕국의 수도에 도착하기 전에 따라잡을 수 있었다.

"타나스 왕국의 군대가 전진하기 위해서는 성벽을 넘어야 하고, 어쩔 수 없이 정지된 상태로 일정 시간을 보내야 합니다. 지금 우리가 저들을 공격한다면 큰 타격을 줄 수 있습니다."

앞뒤가 막힌 상황.

정지된 표적을 맞추지 못할 정도의 병사는 우리 부대에 없다.

말을 타고 이동하는 기병대와 상대하는 훈련을 해왔던 원거리 무기 부대라 성벽에 막힌 그들은 독 안에 든 쥐나 다름없다.

보관 상자에서 끝도 없이 나오는 원거리 무기들을 능숙한 손놀림으로 조립하는 병사들이었고, 순식간에 50대의 원거리 무기가 완성되었다.

타나스 왕국과의 전투 이후 원거리 무기의 개발이 멈추다시피 했지만 여전히 원거리 무기에 대한 자신감은 줄어들지 않았다.

종합 학교에서 우수한 졸업생들이 연구소에 들어가면 연구소는 빠르게 안정이 될 것이고, 원거리 무기에 대한 개발도 진척이 있을 것이다.

하지만 지금의 원거리 무기만 하더라도 타나스 왕국의 군대를 상대하기는 부족함이 없다.

아직도 많은 원거리 무기가 보관 상자 안에서 분해된 상태로 대기하고 있지만 그것들을 모두 꺼내 조립을 하기에는 시간이 부족했다.

50대의 원거리 무기라도 먼저 사용해야 했다.

"타나스 왕국에게 우리의 무서움을 다시 한 번 느끼게 만들어 주어라! 발포하라!"

카인트 공작의 구령에 따라 투석기는 발포되었고, 아름다운 포물선을 그리며 날아가는 바위들은 거대한 웅덩이와 불기둥을 만들었다.

아크타르가 함유된 바위들이었기에 가능한 일이었다.

"시원합니다. 역시 브루니스 왕국의 무기는 대단합니다. 원거리 무기만 있으면 전면전을 치를 필요도 없겠습니다."

속 편한 소리를 하는 일부 지휘관들에 가식적인 미소를 지어 주긴 했지만 상황이 그렇게 간단하지만은 않았다.

원거리 무기의 파괴력은 저번 전쟁과 동일했지만 상대가 달랐다.

타나스 왕국의 병사들은 원거리 무기의 위력에 피해를 입었지만 타나스 왕국의 기사들은 오러를 이용해 몸을 보호해 우리가 생각했던 피해를 입지 않았다.

높은 성벽으로 막혀 있는 앞을 공격하는 것과 원거리 무기를 가지고 자신들을 괴롭히는 뒤를 공격하는 것, 둘 중 하나를 선택해야 한다면 당연히 후자였다.

타나스 왕국의 군대는 전진을 포기하고 우리를 향해 고개를 돌렸다.

후방이 막혔다는 것은 더는 보급을 받을 수 없다는 뜻이었고, 때문에 우리를 먼저 상대하기로 마음먹은 것 같았다.

우리에게 다가오게 할 수는 없지.

"계속해서 발포해라!"

바위가 길게 포물선을 그릴 때마다 타나스 왕국의 전진은 멈추었다.

저들이 우리에게 다가오기 위해서는 최소 반나절은 필요할 것이다.

그렇지만 우리가 멍청하게 이곳에서 저들을 기다릴 필요는 없다.

무기의 사정거리를 이용해 우리는 뒤로 조금씩 후퇴하며 타나스 왕국의 군대의 수를 줄여 나갔다.

우리에게 일방적으로 유리한 전투는 밤이 되도록 계속되었고, 어둠이 찾아와 시야가 좁아지게 되어서야 낮 동안 바삐 움직였던 투석기가 쉴 수 있게 되었다.

하지만 투석기가 휴식을 취한다고 해서 우리까지 휴식을 취할 수는 없었다.

아직 보관 상자에 있는 잔여 투석기와 거대 석궁을 미리 조립해야 한다.

조만간 투석기의 사거리를 뚫고 들어오는 기사들과 상대하기 위해서 거대 석궁이 필요했기 때문이다.

사거리는 짧지만 더 강력한 파괴력을 가진 거대 석궁.

오러를 사용하는 기사라고 할지라도 근거리에서 거대 석궁을 맞는다면 목숨을 장담할 수 없다.

그렇게 우리는 낮보다 더 바쁘게 밤을 보냈다.

많은 수의 정찰병들이 타나스 왕국의 움직임을 살폈고, 무슨 생각인지 그들은 밤사이 특별한 움직임을 보이지 않았다.

이대로는 자신들이 불리하다는 사실을 알 텐데 왜 움직이지 않는 거지?

내일 동이 틈과 동시에 돌격할 생각인가?

밤사이 거리를 좁히는 것이 저들에게 더 유리할 거라는 생각이 자꾸 들었지만 타나스 왕국의 사령관의 생각을 읽지 못하는 이상 저들이 멈춰 있는 이유를 정확하게 알 수는 없었다.

아무런 일도 없이 밤이 지나갔다.

왜 움직이지 않는 거지? 짧은 시간에 탄트 왕국의 수도로 진격하면서 휴식을 취하지는 못했겠지만 그래도 이해가 되지 않는다.

이유는 모르겠지만 밤사이 타나스 왕국이 조용히 있어준 덕분에 거대 석궁 60대를 조립할 수 있었다.

이제는 전방에서 공격해 들어오는 타나스 왕국의 기사단을 충분히 막아 낼 수 있는 기반은 마련이 되었다.

"타나스 왕국의 군대가 움직입니다!"

해가 뜨자 우리는 가장 먼저 기구를 하늘 높이 올렸다.

망원경과 기구를 이용하면 타나스 왕국의 군대의 움직임 전부를 속속들이 알 수 있다.

"투석기의 발포를 준비해라."

투석기를 통해 만들어내는 포물선이 하늘을 세 번 가렸고, 우리는 후퇴를 했다.

약이 오르겠지.

하지만 사거리의 우위에 있는 우리가 유리할 수밖에 없는 전투였다.

약이 오를 대로 오른 타나스 왕국의 군대는 투석으로 입는 피해를 최소화할 생각을 버리고 사생결단의 심정으로 우리에게 돌진해 오는 것이 보였다.

"이제는 투석기로 이득을 보는 전투는 얼마 남지 않았습니다. 거대 석궁을 이용해 타나스 왕국의 기사단의 수를 줄여야 합니다."

"이미 다른 연합국 사령관들에게도 전투 준비를 지시해 놓았다네. 거대 석궁으로 타나스 기사단의 수를 많이 줄이지 못하면 힘든 전투가 될 것이네. 부탁하네."

거대 석궁은 투석기와 달리 개량의 여지가 많았고, 전보다 더 뛰어난 사정거리와 파괴력을 가지게 되었다.

특히 오러를 사용하는 기사들을 대비해 만든 특수 제작 화살이 이번 전투에서 큰 성과를 이루어낼 것으로 보였다.

오러를 사용하는 기사들이 상대하기 까다로운 것은 강한 공격력 때문이기도 하지만 더 큰 문제는 뛰어난 회피력에 있었다.

거대 석궁이 발사되는 속도는 일반 병사라면 절대 피하지 못할 정도지만 오러를 사용하는 기사라면 피하는 게 가능했다.

오러의 영향으로 동체 시력까지 좋아졌고, 동체 시력의 명령을 수행할 수 있는 육체도 가지고 있다.

그랬기에 오러 기사에 특화된 무기가 필요했다.

아크타르를 이용하면 오러를 사용하는 기사들이라고 할지라도 피하지 못하는 속도와 파괴력을 내는 것이 가능했다.

"기사단이 다가오고 있습니다."

투석기를 뚫고 나오는 기사단의 몸에는 오러의 기운이 가득했다.

"석궁을 발사해라."

장전이 완료되어 있던 석궁이 드디어 발사되었다.

통나무만 한 볼트가 석궁에서 발사되었고, 볼트 안에는 수백 개의 날카로운 화살촉이 들어 있다.

선두에 있던 기사들은 어렵지 않게 볼트를 피해 내었지만 볼트의 위력은 폭발 이후에 나타났다.

쾅! 파바박!

볼트가 폭발하며 수백 개의 화살촉이 기사단을 덮쳤다.

오러를 몸으로 급히 방어하기는 했지만 아크타르의 위력이 고스란히 들어 있는 화살촉은 오러를 뚫고 상대를 벌집으로 만들었다.

투석기를 겨우 벗어났는데 거대 석궁이라는 새로운 무기를 맞이해야 하는 기사단의 표정은 좋을 수가 없었다.

거대 석궁을 무시하고 우리에게 돌진을 해오고 싶겠지만 현재로서는 불가능해 보인다.

기사단이 발이 묶인다면 투석기에 병사들의 피해가 가중될 것이다.

"타나스 왕국의 군대가 후퇴합니다."

기구를 타고 있는 정찰병의 정보가 아니더라도 타나스 군대가 후퇴하는 모습을 눈으로 확인할 수 있었다.

"이런 식으로 전쟁이 진행될 거라고는 예상했지만 타나스 군대가 너무 예상대로 움직이니 조금은 당황스럽습니다."

카인트 공작도 나와 같은 생각을 하고 있었다.

"그렇군. 오러를 사용하는 기사단을 제대로 활용하고 있지 못하고 있네. 내가 저 기사단의 지휘관이었다면 원거리 무기에 의한 피해를 감수하고서라도 오늘 안에 전면전에 들어갔을 걸세. 물론 그렇게 했다면 타나스 왕국의 군대가 지금보다 더 큰 피해를 입긴 했겠지만 그래도 지금과 같은 일방적인 전투는 나오지 않았을 걸세. 타나스 왕국의 사령관이 매우 무능한 사람이거나 혹은 우리가 생각지도 못하는 방법을 구상 중일 걸세."

"저도 혹시나 하는 마음에 정찰병들을 시켜 혹시 모를 매복이나, 예상치 못한 공격을 받을 만한 모든 지형을 확인했지만 아무런 이상이 없었습니다."

"그렇다면 다행이지만 우리가 놓치고 있는 무언가가 있을 것만 같네. 기우였다면 좋겠지만 느낌이 좋지 않아."

카인트 공작의 불안함을 해소하기 위해 더 많은 정찰병과 여러 대의 기구를 이용해 주변을 살폈지만 변수로 보일 만한 무언가는 보이지 않았다.

*　　　*　　　*

"오늘도 대승입니다, 카인트 공작님. 이제 우리가 직접 나서서 공격을 해도 되지 않겠습니까? 타나스 왕국의 군대는 사기가 떨어질 대로 떨어졌습니다. 아무리 오러를 사용할 수 있는 기사가 있다고 해도 사기가 떨어진 부대는 허수아비나 다름없지 않습니까."

다른 왕국의 지휘관들은 며칠 동안 이어진 대승에 타나스 왕국을 얕보기 시작했다.

"아직 전면전을 하기에는 시기가 좋지 않습니다. 아직 탄트 왕국이 합류하지도 않았고, 그들이 합류하고 나서 전면전을 해도 늦지 않습니다. 우리는 그동안 타나스 왕국의 군대를 괴롭혀 수를 줄이기만 하면 충분합니다."

"탄트 왕국은 왜 이렇게 늦는지."

"오늘 들어온 서신에 따르면, 늦어도 내일 오전에는 도착한다고 하니 하루만 더 기다리시지요."

이번 전쟁에서 승리를 하면 어떻게 될까?

타나스 왕국은 이번 전쟁에 국력의 대부분을 쏟아부었기에 당연히 이번 전쟁에서 패배를 하면 무주공산이 되어버린다.

아직 전쟁이 끝나지 않았지만 타나스 왕국에게 어떻게 더 많은 보상을 받을지 고민을 하는 지휘관도 있었다.

연합군을 조직하기 전에 우리는 모든 보상을 동일하게 나누기로 약속했다. 하지만 코만 파다 전쟁이 끝나 버리면 제대로 된 보상을 받을 수 없다는 불안감이 있는지 자꾸만 전면전을 하자고 하는 다른 국가의 지휘관들이었다.

그들을 겨우 달랬고, 탄트 왕국이 합류하면 그때 전면전을 하기로 했다.

고작 하루가 남았다.

다음 날 아침이 밝았다.

이제는 밤사이 편안히 자는 게 익숙해졌다.

처음 며칠 동안은 혹시나 모를 기습을 대비했지만 이제는 타나스 왕국이 밤에 움직이지 않는다고 확신하게 되어 야간 순찰 부대를 제외한 모든 부대들이 막사에 들어가 편안한 휴식을 취했다.

원거리 무기를 운용하는 부대 말고는 피곤한 일을 한 적도 없기에 딱히 휴식은 필요하지 않았다. 몇몇 국가의 막사에서는 지루함에 돈놀이를 하는 병사들이 보이기까지 했다.

하지만 이제는 지루하지 않을 것이다.

"탄트 왕국의 군대가 보입니다."

열기구에 타고 있는 정찰병의 정보에 따라 탄트 왕국이 도착이 임박했다는 것을 알게 되었고, 우리는 전면전을 위한 준비를 해야만 했다.

병사들의 무장 상태를 다시 한 번 확인했고, 각 사령관들은 카인트 공작의 막사에 모여 전쟁의 종지부를 찍을지도 모르는 이번 전투에 대한 회의를 시작했다.

"늦어서 죄송합니다. 오는 길목에 산사태가 일어나 돌아오느라 조금 늦었습니다."

"괜찮습니다. 딱 맞게 도착하셨습니다. 그러면 바로 회의를 시작하도록 하겠습니다."

드디어 연합국이 모두 모였다.

탄트 왕국은 다른 연합국 전체와 비견될 정도로 많은 수의 군대를 이끌고 왔다.

다른 연합국의 군사의 수가 적은 것도 있었지만 역시 서부 지역의 패자인 탄트 왕국의 군사력은 강했다.

"탄트 왕국이 도착하는 동안 우리가 타나스 군대에게 많은 피해를 입혔다네. 저들의 사기는 땅으로 떨어져 있다네. 숫자에서 압도적인 유리함을 가지고 있으니 전면전을 치르는 것이 어떻겠는가?"

전쟁이 너무 길었다.

일방적인 이득을 위해 우리는 원거리 무기만을 이용해 전투를 벌였고, 이제는 화살이나 강화된 바위가 떨어졌다.

하지만 원거리 무기를 이용해 타나스 군대의 수를 1/5 가까이 줄였고, 이제는 전면전을 벌여도 승리할 자신이 있었다.

사실 다른 나라들은 타나스 군대가 무섭다기보다는 오러를 사용하는 기사들과의 전면전이 꺼려졌던 것이다.

하지만 타나스 기사단의 수도 많이 줄어들었고, 이 정도 숫자면 퍼플 티를 복용한 기사들로도 충분히 상대가 가능했다.

탄트 왕국의 사령관인 부르만 백작의 생각은 어떨까?

"이거 다 차려진 식탁에 포크질을 하는 기분입니다. 저는 카인트 공작님의 의견에 전적으로 동의합니다. 전쟁이 길어져서 좋을 것은 없습니다. 오늘 타나스 왕국의 군대를 일망타진하는 것이 좋겠습니다."

가장 마지막에 도착했지만 다른 국가보다 발언권이 큰 부르만 백작이 동의했다.

이제는 전면전이다.

"전투 진영은 어떻게 하는 것이 좋겠습니까? 선두에 서는 것이 가장 큰 피해를 입겠지만 가장 큰 공을 세울 수 있습니다."

부르만 백작의 말에 여러 국가들이 서로 선두에 서기를 원했다.

안달이 나 있네. 선두가 얼마나 위험한지 알고 저러는 건지.

선두에 선다는 말은 오러를 사용하는 기사들과 직접적으로 상대를 해야 된다는 뜻이었다.

생각 같아서는 브루니스 왕국의 군대와 탄트 군대가 선두에 서는 것이 좋겠는데, 저렇게 하고 싶어 하니.

진영을 이루는 것은 민감한 문제로, 얘기가 복잡해질 수도 있다는 생각이 들었다.

하지만 부르만 백작이 간단하게 정리를 했다.

"다들 선두에서 탄트 왕국의 군대를 부숴 버리고 싶어 하니 저희가 뒤로 물러나 지원을 하겠습니다. 늦게 와서 공을 세우겠다고 우기는 것도 부끄럽지 않겠습니까. 허허."

탄트 왕국의 양보로 인해 진영에 대한 문제는 간단하게 해결되었다. 브루니스 왕국의 군대가 가장 선두에 서게 되었고, 다른 연합국은 바로 그 뒤를 차지하게 되었다.

탄트 왕국은 최후방에서 우리에게 힘을 실어주기로 했다.

회의가 끝이 나고 우리는 바로 진영을 정비했다.

카인트 공작의 진격 명령에 따라 연합국의 군대는 흙먼지를 만들어내며 타나스 군대를 향해 돌진했다.

우리가 먼저 공격해 들어오자 타나스 군대도 피하지 않고 달려든다.

기사들은 방패병 뒤에 숨어 기회를 노리고 있었다.

"사내가 방패 뒤에 숨어 있는 게 부끄럽지도 않냐! 어서 기어 나오라고! 브루니스 왕국의 브로안이 상대해 주겠다!"

뭔가 기분이 이상한데.

"브로안아, 내가 자주 네 방패 뒤에 숨어 있었던 기억이 나는데 혹시 나한테 한 말은 아니지?"

"형님은. 제가 왜 형님한테 그런 말을 합니까. 그리고 지금은 전쟁 중인데 사람 기운 빠지게 하지 마세요."

조금은 찝찝했지만 지금 눈앞에 있는 적들을 상대하는 게 우선이었기에 이번 문제는 다음에 고민하기로 하고 곧장 적진으로 뛰어들어 갔다.

병사들이 앞을 막으려고 했지만 저들이 우리를 막을 수는 없다.

악마의 탑에서 몬스터들을 사냥하던 우리가 병사들을 뚫는 것은 너무도 쉬운 일이다.

브로안은 방패병들에게 돌진해 자신의 방패로 밀어버렸고, 깔끔하게 길을 만들어내었다.

그 길을 따라 우리는 돌진해 들어갔고, 우리의 뒤로 기사단이 따라왔다.

원거리 무기만 사용한 전투만 벌였기에 카인트 공작도 몸이 달아올라 있었다.

"나를 상대할 자가 누구인가!"

아무리 자신이 있어도 그렇지, 연합군의 사령관이라는 사람이 적진에서 저렇게 대놓고 모습을 드러내다니.

"사령관이 저기 있다. 다들 저자를 잡아라!"

카인트 공작의 말 한 마디에 타나스 왕국의 기사단이 움직였다.

"우리 스승님에게 다가가고 싶으면 나를 먼저 뚫어야 할 거야!"

카인트 공작의 마음을 알고 일부러 저러는지 탄트 왕국의 기사단이 카인트 공작에게 다가가지 못하게 막는 브로안이었다.

오러를 사용하는 기사라고 할지라도 브로안의 방패를 뚫기는 어려운 일이다.

브로안이 착용하고 있는 아이템을 다 팔면 저기 있는 산테 왕궁을 살 수 있을 정도였으니 당연한 일이다.

하지만 한 손으로 열 손을 다 막지는 못하는 법.

브로안이 기사단 1개 소대를 막는 동안 다른 기사단이 카인트 공작에게 근접했다.

진흙탕 싸움이 되기 일보 직전이다.

이제 명령을 내려야 한다.

"모든 기사단은 퍼플 티를 복용해라."

오러에는 오러로 상대해야 하는 법.

브루니스 왕국의 기사단도 이제는 오러 유저가 되었다.

비슷한 수의 기사단의 싸움이 시작되었고, 서로의 목숨을 노리고 오러가 담긴 검이 오고 갔다.

전쟁을 빨리 끝내려면 대가리를 잡아야지.

기사단장이 누구지?

비슷한 복장을 하고 있는 타나스 왕국의 기사단이었지만 유독 붉은 갑옷을 입고 있는 기사가 한 명 보였다.

저 사람도 카인트 공작만큼 자신감이 가득하네.

전장에서 저런 옷을 입고 있으면 '내가 주요 인물이니 잡아가라'라고 광고하는 거잖아.

힘에 대해서는 자신이 있단 말이지? 그러면 확인해 줘야지.

붉은 갑옷의 기사를 향해 달려갔다.

그는 확실히 다른 기사보다 강한 오러를 사용하고 있었다.

"조심해!"

우리 측 기사 한 명이 붉은 갑옷의 기사의 검에 공격을 당하고 있었다.

그가 붉은 기사에게 베이려는 찰나.

깡!

검과 검이 부딪히며 경쾌한 소리를 내었다.

"기사단장으로 보이는데, 격에 맞는 상대와 전투를 벌여야 되지 않겠어?"

"너는 누구냐!"

"나 너희가 가장 죽이고 싶어 하는 사람."

"네놈이 진 자작이구나!"

"빙고! 어서 오라고 이런 기회는 흔치 않다고."

붉은 갑옷을 입을 자격이 있는 타나스 기사단장이었다.

검에 실린 오러는 아드몬드와 비등했고, 움직임도 절도가 넘쳤다.

하지만 그 정도다.

아무리 오러가 실린 검이라고 해도 맞지 않으면 그만이다.

기사단장의 공격이 매서웠지만 고리의 기운의 영향으로 동체 시력은 이전보다 훨씬 발달되었고, 나에게는 아무런 부작용이 없는 퍼플 티도 복용했기에 기사단장의 공격이 전혀 무섭게 느껴지지 않았다.

마치 슬로비디오처럼 움직이는 기사단장의 공격.

일부러 보여준 허점을 노리고 그의 검이 다가온다.

일렁거리는 오러를 피해 기사단장의 손목을 낚아채었다.

기사단장은 손목에 오러를 실어 벗어나려고 했지만 힘의 격차는 그의 생각보다 심하게 났다. 나는 그의 두꺼운 갑옷에 손을 대었다.

갑옷은 내 의지에 따라 분해되어 땅에 떨어졌다.

"안에 뭐라도 입지 그랬어요. 갑옷을 맨몸으로 입는 사람이 어디 있어요!"

타나스 왕국의 기사단장이 변태라니.

아무리 갑옷 안을 부드러운 천으로 덧댄다고는 하지만 갑옷 내부까지 깨끗하게 씻을 수는 없다. 그리고 스멀스멀 올라오는 냄새.

"나는 변태가 아니다. 그런 눈으로 나를 보지 마라! 중요한 전투를 치를 때는 갑옷 안에 아무것도 안 입는 징크스가 있을 뿐이다."

"다들 그렇게 말하곤 하죠. 변태라고 자랑하는 사람은 아무도 없답니다. 그래도 저는 착하니까 속는 셈치고 믿어드리죠. 그런데 아쉽게 됐네요. 징크스가 이번에 깨지게 돼서. 연합군의 세력이 압도적으로 유리해 보이네요."

"풋!"

웃어? 지금의 상황에서 웃음이 나와? 극도의 긴장감과 공포심을 가지게 되면 사람이 실성한다는 말은 들은 적이 있지만 내가 직접 보게 되다니.

"웃기는군. 이번 전쟁을 정말 이길 수 있다고 생각하나? 감히 타나스 제국을 상대로 전쟁을 벌이고 살아 돌아갈 생각을 하다니 우습구나."

"저기요, 아저씨. 지금 상황이 이해가 안 되나 본데, 지금 우리가 압도적으로 유리한 상황입니다만."

"알고 있다. 지금 당장은 너희가 유리하게 느껴지겠지. 하지만 그 시간이 얼마나 될까."

전장의 한가운데서 속옷 하나 걸치지 않은 사람이 뿜어낼 수 있는 자신감이 아니다.

분명 다른 무언가가 있다.

뭘까? 어디서 이런 자신감이 나오는 거지?

"뭔가 이상하다고 느껴지지 않나? 지금쯤이면 전장을 연합군이 휘어잡아야 되는데 여전히 팽팽한 상황이라고 생각되지 않느냐."

기사단장의 말을 들으니 무언가 이상하긴 했다.

병사 수에서는 압도적으로 우리가 유리하다. 기사단을 우리가 막고 있으면 전장을 연합군이 정리를 해야 되는 상황인 것이다. 여전히 우리가 유리해 보이기는 하지만 예상보다 속도가 느렸다.

그리고 지금 뒤편에서 비명 소리가 들려오기 시작했다.

타나스 군대가 우리를 뚫고 뒤편까지 돌아갈 방법은 없다.

"젠장!"

"영원한 동맹이 있다고 생각하는가? 그렇게 생각했다면 순진한 거지. 탄트 왕국은 우리와 함께하기로 했다. 제국이 꼭 하나만 있으라는 법은 없지. 동부 지역은 우리가, 서부 지역의 패권은 탄트 왕국이 잡으면 세계에는 두 개의 제국이 생기게 되는 거지. 신성제국이 여전히 건재하긴 하지만 항마 전쟁에서 큰 피해를 입은 그들은 제국이라는 이름을 가질 능력이 되지 않지. 우리가 제국이 되기 위해서는 브루니스 왕국만 없어지면 된다. 솔직히 브루니스 왕국이 무서운 것은 아니지. 너만 없어진다면 브루니스 왕국은 이전처럼 힘없는 소국이 되어버리지."

당했다. 탄트 왕국이 너무 늦게 도착했다는 것에 의심을 품었어야 한다.

몸이 떨려온다. 분노가 온몸을 휘감았다.

고리의 기운은 분노에 떠밀려 폭주하듯 사방으로 퍼져나갔고,

강대한 기운에 의해 조금씩 냉정이 찾아왔다.

최대한 군대를 온전히 유지한 채 전장을 빠져나가야 한다.

"도망을 가려는 건가? 앞뒤가 막힌 상태에서 어떻게 도망을 가려고 하는 거지? 얌전히 목을 내놓아라."

"그래, 너를 두고 가기는 아깝지."

전장의 상황은 타나스—탄트 왕국의 연합군이 유리하지만 기사단장과의 전투에서는 내가 이겼다. 그래서 나는 승자가 패자에게 받아야 하는 당연한 권리를 챙겼다.

푹!

기사단장의 목에 가느다란 선이 생겼다. 선을 따라 피가 조금씩 묻어 나왔고, 기사단장의 목은 몸을 떠나 새로운 정착지를 찾아 바닥을 굴러다녔다.

당장 전장을 벗어나야 된다. 일단 카인트 공작을 찾자.

브루니스 왕국의 기사단의 중심에 카인트 공작이 있었고, 그들은 전장에서 가장 치열한 전투를 벌이고 있었다.

"공작님! 어서 몸을 피해야 합니다."

"무슨 말이냐. 이제야 우리가 유리한 지점을 선점했는데 왜 몸을 피해야 한단 말인가."

카인트 공작은 방금 전의 나처럼 전투에 눈이 멀어 있었다.

"공작님, 탄트 왕국이 우리를 배신하고 타나스 왕국에 붙었습니다. 이대로는 전멸을 면치 못합니다. 기사단과 함께 전장을 벗어나야 합니다."

"뭐라고?"

카인트 공작은 자신을 귀찮게 하고 있는 타나스 기사 한 명을 거칠게 베어버리고는 고개를 뒤로 돌렸다.

가장 든든한 우군이 되리라고 생각했던 탄트 왕국의 군대가 연합군을 공격하고 있었다.

"개 같은 놈들! 하지만 병사들을 버리고 어찌 우리만 뒤로 빠져나간단 말이냐. 나는 여기서 병사들과 마지막을 함께하겠다. 네가 아드몬드와 브로안을 데리고 전장을 벗어나거라."

"안 됩니다! 공작님이 없으면 브루니스 왕국이 위험합니다. 남부의 귀족들이 공작님이 사라지면 어떻게 행동을 할지 저보다 더 잘 알고 계시지 않습니까. 그들은 자신들의 목숨을 위해서라면 나라를 팔아먹고도 남을 사람들입니다."

카인트 공작 덕분에 왕권이 강화되었고, 남부 귀족들은 이전처럼 활개를 치지 못하고 눈치를 살피고 있었다. 이런 상황에서 카인트 공작이 사라진다면?

그들은 자신들의 이권을 위해 타나스 왕국 혹은 탄트 왕국의 개가 되어 나라를 팔아치울 것이다.

"공작님이 살아 있어야만 미래가 있습니다. 우리의 힘만으로는 부족합니다. 고민할 시간이 없습니다. 빨리 움직여야 합니다."

카인트 공작의 얼굴은 복잡한 감정으로 일그러졌다.

하지만 다른 방법이 없었다.

"모두 후퇴해라! 탄트 왕국이 우리를 배신했다. 모든 병력은 산개해라. 살아서 왕국으로 돌아 오거라."

슬픔에 가득 찬 카인트 공작의 목소리가 울려 퍼졌고, 아직 상황을 모르고 있던 연합군의 군대는 카인트 공작의 말에 전투를 멈추고 살길을 찾아 흩어졌다.

유리한 지점을 선점하고 있던 연합군의 군대가 등을 돌리자 타나스 군대는 썩은 고기를 노리는 하이에나처럼 연합군의 병사들을 사냥했다.

"브로안, 길을 열어!"

어디로 가야 살 수 있을까?

뒤에는 탄트 왕국이 길목을 막고 있었고, 반대 방향은 타나스 왕국이 우리의 목숨을 노리고 있다. 어디로 가든 위험한 상황이다.

브로안은 눈앞에 보이는 적에게만 집중해서 길을 열었고, 그 길이 어디로 향하는 길인지는 아무도 몰랐다. 그냥 앞으로 나아갔다.

우리의 주변에 있던 왕국의 기사단은 시간이 지날수록 줄어들었다.

나는 사방에서 찔러 들어오는 검을 막아내며 눈에 보이는 적의 급소를 찌르며 전진했다.

검은 이미 붉게 물들어 있었고, 옷도 붉은색으로 염색이 되어 있었다.

눈앞을 가리는 피가 누구의 피인지 모르겠다.

내가 흘린 피인지 적이 흘린 피인지는 중요하지 않다.

고통도 마비된 지금 우리가 할 수 있는 것은 전진하는 것뿐이었다.

벤다, 그리고 나아간다.

얼마나 많은 적을 죽였는지 기억도 나지 않는다.

어느새 우리 주변에는 기사단의 모습이 보이지 않았고, 네 명만이 남았다.

호랑이 네 마리가 하이에나 떼에 둘러싸여 있는 기분이다.

하이에나들은 집요하게 호랑이의 체력을 빼기 위해 공격해 들어온다.

이대로는 그들의 작전대로 먼저 지쳐 버린다.

"형님! 어디로 가야 합니까? 이대로는 힘듭니다."

브로안은 앞을 막는 병사를 방패로 밀쳐 내며 말했다.

어디로 가야 할까. 주변을 둘러보았지만 살길은 보이지 않는다.

사방을 지키고 있는 타나스 군대.

개미 떼처럼 다닥다닥 붙어 있는 타나스 군대는 끝이 보이지 않았다.

저긴 뭐지?

타나스 군대가 있는 한 지점에 작은 구멍이 있다.

자세히 보니 구멍이 아니라 봉인된 데빌 도어였다.

데빌 도어 때문에 타나스 병사들이 저기를 메우지 못한 것이다.

"브로안! 왼쪽으로 방향을 틀어! 저기로 가면 살 수 있어!"

브로안은 황급히 방패를 왼편으로 틀었다.

코뿔소처럼 돌진하는 그를 병사들이 막을 수는 없다.

브로안이 만들어내는 길을 따라 우리는 데빌 도어 근처까지 이동할 수 있었다.

하지만 데빌 도어 앞에서 우리를 기다리고 있는 타나스 기사단.

"그만 항복해라. 목숨만은 살려주지."

목숨만은 살려준다. 저런 거짓 약속에 넘어갈 거라고 생각한 건가.

눈에 살기를 잔뜩 머금은 채 하는 말을 어떻게 믿겠는가.

"브로안, 방어 자세!"

브로안은 원거리 공격이 가능한 몬스터를 상대로 할 때만 사용하는 궁극의 방어 자세를 취했다. 방패에 몸을 밀착시키는 자세. 우리는 그 자세를 거북이 자세라고 놀리기도 했지만 가장 안정적인 방어법이었다.

나는 브로안의 방패에 몸을 숨긴 채 보관 상자를 꺼냈다.

보관 상자에서 꺼낸 물건은 아크타르 폭탄이다.

악마의 탑 몬스터를 상대하기 위해 준비해 놓은 아크타르 폭탄을 타나스 기사단을 향해 투척했다.

많은 양은 아니었지만 기사단을 잠시 동안 패닉 상태에 빠뜨릴 정도의 양은 되었다.

"데빌 도어로 들어가!"

우리는 폭발의 영향으로 쓰러져 있는 기사단을 뚫고 데빌 도어에 도착했다.

돌로 데빌 도어가 막혀 있었지만 브로안의 방패 밀쳐내기 한

번에 돌벽은 무너졌고 우리는 데빌 도어 안으로 들어섰다.

　우리를 향해 달려오는 타나스 기사단의 모습이 보였지만 데빌 도어의 작동이 한발 빨랐다.

＊　　　　＊　　　　＊

　"젠장!"

　일단 살긴 살았다.

　하지만 목숨을 부지한 것이 전부다.

　우리를 믿고 따라온 병사들과 기사들이 전멸했을지도 모른다. 겨우 우리만 목숨을 부지한 것이다.

　시간이 지난다고 해서 우리가 빠져나갈 방법이 생기는 것도 아니다.

　타나스 군대는 우리가 나오기를 기다리고 있겠지.

　"일단은 최대한 체력을 회복해야 합니다."

　천사의 눈물을 꺼내 나눠주었고, 우리는 아무런 말도 하지 않고 상처를 살폈다.

　보관 상자 안에는 충분한 양의 식량도 들어 있었다. 내가 간단히 먹을 수 있는 육포를 꺼냈지만 입에 육포를 집어넣는 사람은 없었다.

　"저, 몸 좀 풀고 올게요."

　브로안은 주변을 알짱거리는 슬라임에게 화풀이를 했고, 그런 모습을 우리는 멍하니 바라만 봤다.

그렇게 하루가 지났다.

다음 층으로 가지도 않았고, 그냥 멍하니 자리만 지키고 있었다.

"우리 다음 층으로 가죠. 여기서는 잡을 몬스터도 없고, 화풀이라도 하려면 다음 층으로 가서 몬스터라도 잡아야겠어요."

브로안의 말에 따라 우리는 2층으로 올라갔다.

2층에 도착하자마자 브로안은 성난 들소처럼 사방을 뛰어다니며 몬스터를 사냥했다.

어떻게 해야 하지?

이대로 나가면 사자의 아가리에 머리를 들이미는 형국밖에 되지 않는데.

그렇다고 가만히 있을 수도 없잖아.

한창 고민하고 있을 때 브로안이 다시 보챘다.

"빨리 다음 층으로 가죠. 여기도 몬스터의 씨가 말랐어요."

혼자 2층의 몬스터와 보스 몬스터까지 사냥한 브로안이었고, 우리는 또다시 다음 층으로 올라갔다.

그렇게 또다시 하루가 지났고, 우리는 어느새 악마의 탑 5층에 들어섰다.

달라진 점이라면 브로안 옆에 아드몬드와 카인트 공작이 같이 몬스터를 사냥하며 화를 풀고 있다는 것 정도였다.

나는 계속해서 고민을 했지만 마땅한 답이 나오지는 않았다.

카인트 공작 한 명이라면 살릴 방법이 있긴 했다.

은신 망토를 이용하면 카인트 공작 한 명 정도는 살릴 수 있다.

하지만 카인트 공작이 절대 받아들이지 않겠지.

그렇게 또다시 며칠이 흘렀다.

6층으로 올라가자고 하는 사람은 없었다.

6층에는 브라운 같은 마족이 자리를 지키고 있기에 쉽게 상대할 수가 없다.

하지만 며칠 동안 아무것도 하지 않고 있는 우리에게 짜증이 난 건지 브로안이 다시 말했다.

"이럴 거면 6층으로 갑시다. 나가서 죽으나 6층에서 죽으나 똑같지 않습니까. 혹시 압니까? 6층의 상대를 처리하면 지금의 위기를 극복할 방법이 생길지."

브로안의 말도 안 되는 헛소리에 이끌려 우리는 6층으로 올라갔다.

Chapter 3

함무라비 Ⅰ

악마의 탑 6층은 습했다.

동남아의 여름처럼 습한 기운에 안 그래도 나쁜 기분이 더욱 불쾌해졌다.

누가 먼저랄 것도 없이 우리는 몬스터들에게 달려들었고, 일반 몬스터들을 학살했다.

아무리 6층의 몬스터들이 강하다고 해도 집단을 이루지 않고 사는 몬스터들을 상대하는 것은 어렵지 않았다.

개개인의 능력은 오러를 사용하는 타나스 기사단보다는 강하지만 수도 적었고, 진영도 유지하지 않는 일반 몬스터들에게 당할 정도로 우리가 약하지는 않다.

"이런 환경은 처음이니 보스 몬스터는 지금까지 우리가 상대해 보지 못했던 몬스터일 가능성이 높습니다. 다들 냉정을 찾아 주세요."

이렇게 말하고 있는 나조차도 진정이 되지 않는다.

밖에서 어떤 상황이 벌어지고 있는지 궁금했고, 병사들과 브루니스 왕국이 궁금했기에 집중이 되지 않았지만 지금은 그런 생각을 잊어야만 한다.

보스 몬스터가 모습을 드러냈다.

공룡의 모습과 비슷한 몬스터다.

아파트 5층 높이 정도의 몬스터의 겉은 딱딱한 비늘로 둘러싸여 있었고, 거대한 발톱이 주 무기로 보였다.

"몬스터의 입에서 뜨거운 기운이 느껴진다. 조심해라."

카인트 공작의 말을 듣고 보니 확실히 몬스터의 입가에서 열기가 느껴졌다.

입에서 불이라도 쏘는 걸까?

예상은 들어맞았다.

"브로안, 막아!"

입에서 화염구를 쏘아내는 몬스터의 공격을 피하기에는 늦었다.

브로안의 방패에 의존해 공격을 막아냈다.

"아, 뜨거!"

방패를 잡고 있는 브로안의 손이 벌겋게 달아올라 있었다.

가만히 있으면 통구이가 되겠지.

"내가 먼저 가겠네."

카인트 공작이 한발 먼저 움직였다.

그의 뒤에는 아드몬드가 따라붙었고, 나도 가만히 있어서는 안 되지.

단숨에 거리를 좁혀 공룡의 뒤편으로 달라붙었다.

딱딱한 비늘은 방어에만 용이한 것이 아니라 클라이밍을 하는 데에도 도움이 되었다.

공룡의 비늘을 계단 삼아 머리까지 올라갔다.

"불을 좋아하는 것 같으니 이거나 먹으라고."

아크타르 폭탄 한 움큼을 공룡의 입안으로 던져 넣었다.

쾅!

아크타르가 폭발하며 공룡의 몸을 좌우로 흔들었다.

비늘을 지팡이 삼아 몸을 지탱했지만 고통이 심하게 느껴지는지 공룡은 점점 더 거세게 움직였다.

그래, 한 번에 죽을 거라고는 생각도 안 했어.

고리의 기운을 단번에 끌어 올렸다.

검에 고리의 기운이 맺혔고, 비늘의 역방향으로 찔러 넣었다.

공룡에게 이 정도는 바늘에 찔린 기분 정도겠지.

하지만 여기서 끝이 아니다.

고리의 기운을 검을 통해 방출시켰다.

살을 파고든 검이었기에 고리의 기운은 직접적으로 공룡의 몸속을 갈랐다.

"이제 좀 죽지, 뭐가 이리 질겨? 딱 봐도 인기 없겠네."

고리의 기운을 수십 번은 더 방출시키고 나서야 공룡은 쓰러졌다.

엄청난 덩치답게 공룡은 쓰러지면서 엄청난 흙먼지를 만들어 냈다.

흙먼지에 시야가 가려지자 불안감이 엄습한다.

이제 주인공이 나올 차례다.

이번에는 마족일까? 아니면 악마? 누가 나올까.

천천히 흙먼지가 옅어졌고, 서서히 검은 옷을 입은 인영이 보이기 시작한다.

"인간이 이곳까지 찾아오다니 정말 반갑습니다. 저는 마왕군 2부대장 사무드입니다."

너무도 말끔한 자기소개.

여기가 악마의 탑이 아니었다면 교양 있는 귀족이라고 착각할 정도였다.

"그래, 반갑다. 우리는 브루니스 왕국의 기사다."

"그렇군요. 역시 브루니스 왕국의 인간들이군요. 여기에 살고 있는 인간들은 이제야 4층에 진입했는데. 갑자기 여기까지 찾아올 리가 없다고 생각했습니다. 여기까지 오시느라 고생이 많으셨습니다. 브라운을 처리했다고 들었습니다. 실력이 매우 출중하신가 보군요."

악마의 탑에 사는 마족들과 악마들은 정보를 공유하는 건가?

어떤 방식으로 그들이 정보를 공유하는지는 모르겠지만 우리에 대한 정보를 알고 있는 사무드였다.

"그런데 무슨 일로 여기까지 찾아왔는지 여쭈어봐도 되겠습니까? 브루니스 왕국에서 여기까지의 거리는 상당하다고 알고 있습니다."

너무도 정중하다. 사무드의 정중한 말투에 전투 의지가 조금씩 사라지고 있었다.

여기에 무슨 일로 왔는지 저자에게 말해야 하나?

굳이 우리가 사면초가에 빠졌다고 말하고 싶지는 않았다.

하지만 그새를 못 참고 브로안이 우리의 사정을 미주알고주알 말해 버렸다.

"우리도 여기에 오고 싶어서 온 게 아니라고. 배신을 당해서 어쩔 수 없이 여기에 들어온 거지. 타나스 왕국도 빡센데 탄트 왕국까지 적으로 돌아서다니."

"그러시군요. 인간을 쉽게 믿어서는 안 되죠. 언제나 조심 또 조심을 해야 됩니다. 그런데 타나스 왕국이 갑자기 강해진 이유에 대해서 알고 계신가요?"

갑자기 타나스 왕국에 대한 얘기를 꺼내는 이유가 뭐지?

"모른다. 너는 타나스 왕국이 갑자기 강해진 이유에 대해서 알고 있는 거냐?"

"그렇습니다. 타나스 왕국의 기사들이 오러를 사용할 수 있게 된 이유는 악마의 도움을 받아서랍니다. 인간의 능력으로 오러를 사용하는 약을 만들려면 백 년은 이르죠. 악마의 비전을 전수받아 오러 약을 만들고 있는 거랍니다. 하지만 그들은 모르고 있죠. 악마가 아닌 인간이 그 약을 마시면 어떻게 되는지를 말입니다."

"부작용이 있는 건가?"

"그렇습니다. 지금 당장은 드러나지 않지만 심각한 부작용이 있는 약이랍니다. 특히 한 달 이상 주기적으로 복용하게 된다면… 피에 미쳐 버립니다. 인간들이 오러 약이라고 부르는 약은 사실 마족들이 서열 다툼을 할 때 복용하는 각성제입니다. 아무리 피에 미친 마족이라고 할지라도 자주 복용하지 않는 그런 약입니다. 마족에 비해 약에 면역이 없는 인간은 단 한 번의 복용만으로도 중독되어 버립니다. 한 번 복용했다면 그래도 끊을 수 있지만 세 번 이상 복용하게 된다면 오러 약을 마시지 않고는 버티지 못합니다. 오러 약을 구하기 위해서 가족을 팔아버릴지도 모른답니다. 자신이 충성을 맹세한 주군이라도 죽여버릴 정도로 오러 약의 중독 증상은 심각합니다."

"이런 말을 왜 우리한테 해주는 거지?"

"지금 저는 당신들의 편이랍니다. 굳이 설명을 드리지 않아도 되지만 저를 믿게 하기 위해서는 설명이 필요하겠네요. 악마와 마족들이 모두 하나의 목적을 가지고 움직이고 있긴 하지만 길은 두 개로 나뉘어져 있답니다. 어떻게든 빠르게 악마의 탑을 공략하게 하려는 쪽과 계획된 시간에 맞게 컨트롤을 하려는 집단. 그리고 저는 전자에 속해 있는 마족이랍니다. 타나스 왕국에 오러 약을 준 집단은 후자에 속해 있습니다. 제가 속해 있는 집단을 위해서는 당신들이 꼭 살아서 돌아가야 한답니다."

이건 또 무슨 일인가.

악마와 마족들도 인간처럼 파벌 싸움을 하기라도 한단 말인가.

"제가 여기서 안전하게 빠져나갈 방법을 알려드리겠습니다. 하지만 한 가지 조건이 있습니다."

안전하게 여기를 빠져나갈 수 있다?

지금 우리에게 가장 절실하게 필요한 조건이었다.

"조건이 뭐지?"

"타나스 왕국을 지도에서 지워주세요. 그게 저의 조건이랍니다. 악마에게 영혼을 팔아버린 타나스 왕국은 우리의 계획에서 없어져야 할 존재들이랍니다."

악마의 부탁을 받아 악마에게 영혼을 판 왕국과 싸운다?

뭔가 아이러니한 상황이었지만 우리가 여기를 빠져나가면 타나스 왕국과 싸울 수밖에 없다. 이 조건을 거부할 이유는 없었다.

"알겠다. 우리를 어떻게 여기서 안전하게 빠져나가게 해줄 수 있지?"

사무드는 품에서 반지 하나를 꺼냈다.

"이 반지는 제가 가장 아끼는 반지랍니다. 특별히 당신들에게 주도록 하죠. 반지를 착용하고 있으면 원하는 악마의 탑으로 이동할 수 있습니다. 여기서 단숨에 브루니스 왕국으로 이동할 수 있다는 뜻이기도 합니다."

금상첨화란 말을 이럴 때 쓰는 것이겠지.

여기서 안전하게 빠져나가기만 해도 만족이었는데 브루니스 왕국으로 돌아갈 수도 있다니.

"사용법은 간단합니다. 한 명이 반지를 착용하고 같이 이동할 사람은 착용자의 손을 잡으면 됩니다. 그리고 착용자가 자신이 가고자 하는 악마의 탑을 떠올리면 간단하게 그곳으로 갈 수 있죠. 어떻습니까? 참 쉽지 않습니까."

지금은 사무드의 말을 의심할 시간조차 없다.

타나스—탄트 연합군이 브루니스 왕국에 당도하기 전에 우리가 먼저 도착해야 한다.

사무드에게 반지를 받아 들었고, 나머지 사람들이 내 손을 잡았다.

그리고 나는 머릿속을 브루니스 왕국에 있는 악마의 탑을 떠올렸다.

*   *   *

팟!

카메라 플래시가 터진 것처럼 눈앞이 급격히 밝아졌다가 원래대로 돌아왔다.

"형님, 여기는 악마의 탑 1층 같습니다."

내가 떠올린 곳은 슬라임이 가득한 악마의 탑이었다.

"어서 나가자!"

우리는 슬라임을 짓밟아 버리고는 악마의 탑을 빠져나갔다.

"정말 브루니스 왕국으로 돌아왔습니다!"

왕궁은 조용했다. 아직은 연합군이 쳐들어오지 않은 것 같다.

시녀들이 우리가 나타난 것을 알렸는지 아다드 왕이 달려 나왔다.

"이게 어떻게 된 일인가? 전쟁은 어떻게 하고 자네들이 여기에 있는 건가?"

무슨 말을 어떻게 해야 할까.

탄트 왕국이 배신했고, 우리는 군대를 버리고 도망쳐 왔다는 말을 해야만 했지만 쉽게 입이 떨어지지 않았다.

쿵!

카인트 공작이 무릎을 꿇는다.

아다드 왕에게 반말을 종종 할 정도의 위치에 있는 카인트 공작이었다.

그런 그가 굴욕적으로 무릎을 꿇었다.

"죄송합니다. 탄트 왕국의 배신으로 전쟁에서 패배했습니다. 군대를 버리고 우리만 살아 돌아왔습니다. 지금 당장 참수당해야 마땅하지만 타나스—탄트 왕국의 연합군을 막기 위해서는 우리의 힘이 필요합니다. 전쟁이 끝난 뒤 죗값을 받도록 하겠습니다."

아다드 왕은 카인트 공작의 갑작스러운 행동에 당황했지만 전쟁에서 패배했다는 말에 분노했다.

"지금 전쟁에서 패배하고 군대를 버리고 왔다는 말인가? 어찌 그리했단 말인가!"

카인트 공작은 무릎을 꿇고 고개를 숙이고 있었다.

나는 카인트 공작의 옆에서 무릎을 꿇고 지금까지 있었던 일들을 설명했다.

　"타나스 왕국과의 전쟁은 우리가 유리한 고지를 선점했지만 갑작스러운 탄트 왕국의 배신으로 연합군은 엄청난 피해를 입었고, 우리는 악마의 탑으로 도망을 쳐야 했습니다. 그리고 악마의 탑에서 마족을 만나 타나스 왕국이 강해진 이유가 악마와의 거래 때문이라는 것을 알게 되었습니다."

　마족에게 반지를 받아 여기까지 올 수 있었다는 사실을 조금 각색했다.

　우리가 악마에게 반지를 받아 위기를 탈출할 수 있었던 것은 사실이지만 거래라고 하기에는 애매한 부분이었고, 괜히 꼬투리를 잡힐 만한 말을 해서 좋을 건 없었다.

　마족을 사냥해 얻은 아이템으로 왕국으로 돌아올 수 있었다고 말했고, 다행히 아다드 왕은 내 말을 믿는 눈치였다.

　타나스 왕국이 악마와의 거래로 인해 강해졌다는 사실을 들은 아다드 왕은 분노의 화살을 우리에게서 타나스 왕국으로 돌렸다.

　"어찌하여 인간이 악마와 거래를 할 수 있다는 말인가. 그렇게 제국이 되고 싶었던 건가. 이 사실을 알려 타나스 왕국을 공공의 적으로 선포해야 할 것이야. 당장 신성제국에 이 사실을 알리게!"

　일단은 비난의 화살을 돌리기는 했지만 우리의 입지는 이전보다 확연히 좁아졌다.

만약 이후의 전쟁에서마저 패배한다면 우리는 먼지처럼 사라져버릴지도 모른다.

"일어들 나시게. 이럴 시간이 없네. 어서 전쟁 준비를 해야 되지 않겠는가. 어서 움직이게나."

아다드 왕은 우리에게 다시 한 번 믿음을 보여주었다.

그가 지금 이 자리에 있을 수 있는 것이 우리 덕분이긴 하지만 지금 그가 우리에게 믿음을 주는 것은 별개의 일이었다.

"감사합니다. 절대 후회할 일을 다시 만들지 않겠습니다."

우리는 자리에서 일어나 전쟁 준비를 했다.

이번 전쟁에서 많은 병사를 잃긴 했지만 왕국의 모든 병력을 이끌고 간 것은 아니었다.

북부의 군대와 기사들을 많이 잃기는 했지만 왕궁의 기사들과 병사들도 있었고, 남부의 군대의 도움을 받으면 충분히 상대할 만한 전력을 만들 수 있다.

타나스 왕국에서 남부 귀족들에게 접촉을 하기 전에 우리가 먼저 움직여야 한다.

남부 귀족들이 순순히 말을 들을까?

아마 그러지 않겠지.

그렇다면 무력으로 움직여야 한다.

우리는 아다드 왕의 허락을 받아 왕궁 기사단과 군대를 이끌고 남부로 내려갔다.

남부 귀족들은 갑작스럽게 나타난 우리에게 군대를 내줄 수밖에 없었고, 우리는 기약 없는 보상만을 약속하며 그들의 군대를 흡수했다.

무기 공장은 밤낮을 가리지 않고 무기를 찍어내었고, 원거리 무기가 만들어지는 족족 길목에 배치했다.

악마와 거래를 한 타나스 왕국이 우리의 주적이긴 했지만 우리를 배신한 탄트 왕국 또한 절대 용서할 수 없는 상대다.

우리를 배신한 것을 후회하게 할 것이다.

남부 귀족들의 병사를 흡수하는 것은 쉽지 않았지만 항마 전쟁이라는 명분이 있었기에 가능했다.

병력을 내놓지 않으면 악마의 편이라는 잣대를 들이미는데 병사를 내놓지 않을 도리가 없었다.

우리가 병사를 모으는 동안 아다드 왕의 직인이 찍힌 서신은 여러 국가로 날아갔다.

특히 신성제국으로 가는 우편은 왕궁에도 몇 마리 없는 훈련된 매를 이용했다. 덕분에 남부의 병력을 모집하고 돌아오는 때를 맞춰 신성제국에서 답신이 날아왔다.

"신성제국은 타나스 왕국이 악마와의 거래를 통해 오러 약을 만들었다는 확인 작업에 들어간다고 합니다."

"하긴 우리의 말만 듣고 전쟁을 하기에는 명분이 부족하지. 신성제국에서 타나스 왕국과 악마와의 관계를 확인하는 데 얼마나 걸리겠는가?"

사실 우리도 마족에게 들은 내용이 전부였고, 신성제국에서 당장 타나스 왕국과 악마와의 관계를 확인할 수는 없을 것이다.

하지만 마족의 말이 사실이라면 몇 주 안에 부작용이 터져 나올 것이다.

타나스 왕국이 기사단 전부는 오러 약을 통해 전투를 치렀다.

그들이 피에 미쳐 날뛰게 된다면 군이 악마와의 관계를 규명하지 않아도 된다.

오러 약의 중동 현상에 빠져 미쳐 있는 모습을 보면 설명하지 않아도 악마와 거래했다는 것을 알게 될 것이다.

"시간이 해결해 줄 것입니다. 우리는 신성제국이 전쟁을 선포하기 전까지만 저들을 막으면 됩니다. 탄트 왕국에도 서신을 보내기는 했지만 이미 그들은 되돌아갈 수 없는 강을 건너버렸으니 타나스 왕국과의 동맹을 파기하지는 못할 겁니다. 만약 파기한다면야 멸망은 막을 수 있겠지만 연합군의 분노를 고스란히 받아야 할 테니 그런 결정을 쉽게 내리지는 못할 거라고 예상됩니다."

"알겠네. 그럼 전쟁 준비는 어떻게 되어가고 있는가?"

"원거리 무기를 북부에 배치해 두었습니다. 저들이 우리 왕국으로 들어오기 위해서는 북부의 산맥을 지나야 합니다. 지형적으로 우리에게 유리하니 원거리 무기만 확보되면 충분히 막을 수 있습니다. 그리고 원거리 무기는 만들어지는 족족 북부로 보내고 있습니다. 저들이 도착하기 전에 충분한 양의 원거리 무기를 확보할 수 있습니다."

이번 전쟁은 막기만 하면 승리하는 전쟁이다.

수비 입장에서 전쟁을 한 적은 없다.

하지만 자신은 있다.

협곡은 전략적으로 사용할 방법이 많았다. 저들이 하늘을 날거나 땅을 파고 들어오지 않는 이상 우리가 유리했다.

하지만 방심을 해서는 안 되겠지.

"열기구도 협곡 근처에 배치해 두겠습니다. 저들의 일거수일투족을 살펴 이상 행동을 먼저 발견한다면 변수는 없습니다."

산테 왕국을 구하기 위한 전쟁은 탄트 왕국의 배신으로 어긋나 버렸다.

그 일로 뒤를 든든히 해야 된다는 교훈을 배웠다.

"남부 귀족들이 다른 마음을 먹지 않게 해야 됩니다. 그 일은 공작님에게 부탁드리겠습니다."

"알겠네. 남부로 넘어가는 모든 서신을 확인하라고 지시해 놓겠네. 그리고 만약 타나스 왕국에서 넘어오는 서신을 받는 남부 귀족은 반역자라고 공표하겠네."

만약에 만약까지 생각해야 한다.

악마에게 영혼을 팔아치운 타나스 왕국이 무슨 짓을 할지 모른다.

우리가 왕국에 도착한 지 5일이 지났고, 타나트—탄트 연합이 지척으로 다가왔다.

그들은 전쟁을 위한 최소한의 예의도 무시한 채 전쟁에 돌입했다.

산테 왕국에서 교전이 있었다고는 하지만 다른 왕국을 공격하기 전 서신을 보내 항복 의사를 묻는 것이 예의였다. 하지만 그런 절차도 없이 그들은 무서운 속도로 우리 왕국을 향해 밀고 들어오는 중이었다.

아마 우리가 아직 산테 왕국에 있는 악마의 탑에 갇혀 있는 줄 알고 있겠지.

우리가 브루니스 왕국에 도착해 있다는 것을 알았다면 총공세를 해오지는 않았을 것이다. 판단 착오를 한 대가는 뼈아플 것이다.

"타나스 연합이 보입니다."

열기구를 타고 산맥 위에서 길목을 지켜보고 있던 정찰병이 정보를 알려왔다.

이제 다시 전쟁이다. 수비만 하면 되는 그런 전쟁.

"공작님 병사들에게 원거리 무기 장전을 미리 지시해 두었습니다. 저들이 사정거리 안에 들어오면 바로 발포 명령을 내려주십시오."

"알겠네. 이번 전쟁은 절대 패배해서는 안 된다는 것을 명심하게나. 뒤를 생각하고 움직여서는 안 되네. 가지고 있는 모든 것을 쏟아부을 생각으로 전투에 임하게나."

이미 그러고 있다.

제작해 둔 아크타르 폭탄 전부를 이번 전쟁에 제공했고, 원거리 무기도 모두 협곡에 배치해 두었다. 그리고 마지막까지 아꼈던 열기구를 이용한 폭격도 준비해 두었다.

정찰병의 깃발 신호를 받아 적이 사정거리 안으로 들어왔다는 정보를 받았다.

좁은 길목.

겨우 병사 100명 정도가 동시에 일렬로 설 수 있을 정도로 좁은 협곡이다.

얼마나 우리를 무시하고 있으면 아무런 방비도 하지 않고 협곡을 지날 생각을 하는 거지?

하긴 우리가 돌아왔다는 사실을 모르고 있으니 저런 결정을 내린 거겠지만 그래도 너무 무식하군.

"발포해라!"

발포 명령이 떨어졌다. 협곡에 갇힌 타나스 연합군의 머리 위로 바위들이 떨어졌다.

바위 안에는 기름과 아크타르 폭탄이 들어 있었고, 협곡은 순식간에 불바다가 되었다.

이런 상황에서 가장 피해를 줄일 수 있는 방법은 두 가지다.

후퇴 혹은 전진.

우유부단하게 행동하면 피해만 가속된다.

가장 적은 피해를 입는 방법은 후퇴지만 브루니스 왕국을 이번 전쟁으로 멸망시키고자 하는 타나스 연합군은 후퇴를 하지는 않을 것이다.

결국 그들에게 남은 방법은 무식하게 돌격을 하는 방법뿐이다.

망원경을 이용해 타나스의 군대를 지켜봤다.

불길을 피해 후퇴하려는 선두의 병사들.

그들의 무장 상태를 보아하니 정규병이 아닌 것 같다.

허름한 옷에 무기조차 들지 않고 있는 모습.

노예병이다. 노예병을 이용해 길을 뚫을 생각이었던 것이다.

노예병들은 불에 타 죽고 싶지 않아 뒷걸음질 쳤지만 그 뒤에 있는 정규병들이 창으로 노예병들을 위협하며 전진시켰다.

그들은 모르고 있겠지. 불길이 자신들에게 떨어지면 뒤에 있는 기사단이 검을 들이밀 거라는 사실을.

시체를 밟고 밟아 전진하는 타나스 연합군은 어느새 협곡의 중간 지점까지 도착했다.

그들이 그 지점까지 오기를 기다렸다.

연합군의 1/3 정도가 협곡 안으로 들어왔다. 조금 더 기다려 더 큰 피해를 입히고 싶지만 그건 욕심이다.

"발포해라!"

원거리 무기에서는 다시 아크타르가 담긴 바위가 날아갔다.

쿵! 펑!

바위가 협곡의 윗부분을 때렸다.

조준 미스?

그렇지 않다. 원거리 무기만 전문적으로 조작하는 병사들 대부분이 산테 왕국과의 전쟁에서 죽거나 포로로 잡혔다고는 하지만 조준 미스를 할 정도로 미숙한 병사들은 아니다.

쿠르르릉!

협곡에서 돌무더기가 흘러 내려오기 시작한다.

처음은 주먹만 한 돌무더기였지만 그 뒤를 따르는 바위는 사람보다 컸다.

원거리 무기가 협곡을 때린 이유가 여기에 있었다.

우리는 전쟁을 대비해 협곡 중간에 바위를 옮겨놓았고, 순식간에 협곡을 메울 정도의 바위가 떨어져 내려갔다.

엄청난 굉음을 만들며 떨어져 내려가는 바위 무더기들을 피해 노예병들이 몸을 뒤로 돌렸다. 이번에는 창으로 노예병들을 위협하는 정규병은 없었다.

그들 위에도 바위 무더기가 떨어져 내려가고 있었기에 노예병들과 함께 몸을 돌렸기 때문이다. 하지만 그들의 뒤에는 오러를 뽑아내고 있는 기사들이 있다.

"후퇴는 죽음뿐이다. 동료의 검에 죽는 겁쟁이가 되고 싶은 건가? 자랑스럽게 죽어라!"

기사단은 한 치의 망설임도 없이 병사들의 목을 베었다.

전략적으로는 옳은 행동이다.

본보기를 삼아 공포심을 심어준다. 바위의 공포보다 기사단의 검이 더욱 잔인하다는 사실을 각인시켜 주는 것이다.

아무리 훈련된 기사들이라고 하지만 저렇게 손속에 자비가 없을 수는 없다.

아마 오러 약의 부작용이 시작되고 있는 것 같았다.

약만을 갈구하며 인간의 감정이 서서히 사라지는 그 부작용 말이다.

병사들은 바위에 몸이 깔려 죽어나갔고, 그 위를 뒤편의 병사들이 밟고 올라선다.

그들의 눈에는 공포심 혹은 광기가 서려 있었다.

조금씩이지만 앞으로 나아가고 있는 타나스 연합군.

하지만 여기서 끝이다.

"발포해라!"

이번에도 투석기에서 날아간 바위가 협곡을 동시에 때렸다.

그리고 이전보다 훨씬 많은 바위들이 떨어져 내려간다.

협곡의 절반을 메울 정도의 엄청난 바위들을 뚫고 나가려는 타나스 연합군이었지만 더는 힘들어 보였다.

아직 완전히 정신이 나간 건 아닌지 타나스 연합군은 잠시 후퇴를 했다.

그리고 더는 협곡에서 바위가 떨어지지 않기를 기다린 후 다시 전진을 했다.

눈으로 봐도 병사들의 사기는 땅까지 떨어졌다.

하지만 타나스 연합의 사령관은 병사들의 사기를 생각해 주지 않았다.

오로지 전진 그리고 전진.

병사의 입장에서는 미친 사령관이지만 우리 입장에서는 까다로운 지휘관이다.

후퇴를 해 진영을 재정비하는 시간은 타나스 연합의 병사들만 원한 것이 아니다. 우리가 더욱 절실히 원했다.

신성제국이 전쟁에 개입하기 전까지 시간을 벌어야 했다.

하지만 이미 타나스 연합의 군대는 협곡 절반을 다시 넘어왔다.

군대의 수는 많이 줄어들었지만 여전히 우리 쪽 병력보다 압도적으로 많았고, 우리는 더욱 수를 줄여야만 했다.

투석기를 통해 꾸준히 바위를 쏘아 보내었지만 저들의 발길을 붙잡기는 부족해 보였다.

"길을 막아라!"

우리는 원거리 무기로 할 수 있는 최고의 공격을 준비했다.

고밀도의 아크타르 폭탄이 들어 있는 바위로 협곡을 때렸다.

이전과는 다른 폭발음이 들려왔고, 협곡은 심하게 흔들렸다.

그리고 협곡은 무너졌다.

우리 왕국으로 들어오는 유일한 길이 막힌 것이다.

이번 공격으로 엄청난 수의 적들이 목숨을 잃었을 것이다. 그리고 우리는 시간을 벌었다.

협곡을 뚫고 나오기 위해서는 최소 며칠이 걸린다.

타나스 연합군이 드디어 후퇴를 결정했다.

시야에서 서서히 멀어지는 그들을 열기구가 쫓아갔다.

저들의 행동을 놓쳐서는 안 된다.

하루가 지났다.

타나스 연합군은 새로운 작전을 선보이지는 않았다.

협곡을 뚫으려고 하고 있는 병사들에게 원거리 무기를 쏘아내 방해했다.

우리의 공격이 매섭게 진행되었지만 협곡을 뚫으려는 시도는 계속되었다.

여기서 어떻게 하면 시간을 더 벌 수 있을까?

삼국지의 한 장면이 생각이 났다.

죽은 공명이 산 중달을 쫓아낸 전투.

그때에 비하면 우리가 더 유리하다.

공명은 죽었지만 우리는 살아 있으니.

*   *   *

타나스 연합군 진영.

"사령관님! 열기구가 우리 진영으로 다가오고 있습니다."

타나스 연합군의 사령관은 보리안 백작이다.

그는 브루니스 경매장의 습격을 뒤에서 조종했던 인물이기도 했다.

"정찰을 하려고 오는 거겠지. 일단 가만히 두어라."

왕국에서 받은 정보에 의하면 열기구는 정찰의 목적으로만 사용된다고 했다.

군대의 진영을 알려주고 싶진 않았지만 알려준다고 해서 달라지는 것은 없다.

보리안 백작은 열기구에서 시선을 떼며 다시 병사들을 독촉해 막힌 길을 뚫을 생각을 하고 있었다.

하지만 그는 그러지 못했다.

열기구에서 이상한 소리가 들려왔기 때문이다.

"우리는 너희들의 악행을 알고 있다. 더 큰 악행을 저지르기 전에 후퇴해라."

보리안 백작은 고개를 들어 열기구를 바라봤다.

어디선가 본 듯한 얼굴이다.

아니, 잊을 수 없는 얼굴이다.

카인트 공작과 진 자작.

그들이 열기구에 타고 있는 것이다.

"어떻게 저들이 여기에?"

그의 작은 중얼거림을 들은 것은 아니겠지만 열기구에 타 있는 최진기가 대답했다.

"우리가 아직도 산테 왕국의 악마의 탑에 갇혀 있는 줄 알았나? 우리가 있는 이상 타나스 연합군이 브루니스 왕국 안으로 들어오는 일은 없을 것이다!"

할 말이 끝났는지 열기구는 서서히 브루니스 왕국의 진영으로 돌아갔다.

하지만 보리안 백작의 시선은 여전히 하늘을 향해 있었다.

"저들이 돌아왔다니. 그래, 이번 전투를 저들이 지휘하고 있었던 거야."

협곡에서의 힘겨운 전투가 협곡 지형을 간과한 자신 탓이라는 생각은 지워지고 저들이 돌아왔기 때문이라는 생각이 새겨지고 있었다.

"당장 본국에 이 사실을 알려야 한다. 우리만으로는 전쟁을 승리하기 힘들다."

여전히 압도적으로 유리한 수의 군대를 가지고 있었지만, 이미 자신감을 잃어버린 보리안 백작이었다.

최진기의 생각대로 보리안 백작은 협곡을 뚫을 생각을 멈추었다.

본국에서 답신이 오기 전까지 타나스 연합군은 움직이지 않을 것이다.

우리의 계획대로 타나스 연합군이 움직였다.

그들은 일주일 동안 아무런 움직임을 보이지 않았고, 우리는 그러는 동안 한 가지 소식을 접하게 되었다.

"지금 타나스 왕이 미쳐 날뛰고 있다고 합니다. 피에 미쳐 시녀를 죽이는 행위는 물론이고, 자신의 마음에 들지 않는 귀족들도 베었다고 합니다. 그리고 왕궁에 있는 기사들도 그와 비슷한 행동을 하고 있다고 합니다."

약발이 이제야 서서히 돌고 있나 보군.

하긴 오러를 만들어내는 약이 부작용이 없을 수가 없지.

"신성제국의 반응은 어떻습니까?"

"타나스 왕국으로 감찰관을 파견 보냈다고 합니다. 하지만 타나스 왕이 접견을 꺼리고 있습니다. 자신의 광기를 감찰관에게 보여주고 싶지 않기 때문인 듯합니다. 하지만 그가 그렇게 행동을 할수록 신성제국의 의심을 사게 마련입니다. 조만간 신성제국의 결정이 내려질 것 같습니다."

이제 얼마 남지 않았다.

타나스 왕국이 악마의 수족이라는 말이 나오는 순간 전장은 뒤집힌다.

탄트 왕국은 자신들의 결백을 주장하며 이번 전쟁에서 빠지려고 하겠지.

하지만 그게 마음대로 될까?

상황이 급박하게 돌아가고 있었고, 타나스 왕국은 마지막 결단을 내렸다.

신성제국과 우리를 동시에 상대할 수 없다는 결정이 떨어졌는지 빠르게 우리 왕국을 점령하려고 했다.

"타나스 군대가 협곡을 우회하고 있다고 합니다."

협곡을 우회한다?

브루니스가 강대국의 틈바구니 속에서 살아남을 수 있었던 것은 오직 협곡의 존재 덕분이었다.

수많은 역사서가 증명하듯이 협곡은 난공불락의 요새였다.

많은 국가들이 협곡을 우회해 브루니스 왕국으로 들어오려고 했지만 매번 실패했다.

협곡은 인간의 접근을 허용하지 않는다.

타나스 군대가 아무리 강하다고 하더라도 협곡을 넘기는 힘들 것이다.

그리고 우리도 가만히 있을 생각은 없다.

"지금 보유하고 있는 열기구는 얼마나 있습니까?"

무기 공장 담당자에게 물었다.

"오늘까지 만들어진 열기구의 수는 47기입니다."

열기구는 수작업으로만 제작이 가능했고, 하루에 3기를 만들지 못했다.

그런 열기구 47기면 충분하고도 넘쳤다.

용감한 병사들을 선발해 전부 열기구에 태웠다.

열기구 안에는 병사들뿐만 아니라 아크타르 폭탄이 실려 있다.

가파른 협곡에 아크타르 폭탄이 터지면 어떻게 될까?

더군다나 흙 대신 바위로 이루어진 협곡이라면……

타나스 군대는 오늘 죽음의 신을 영접하게 될 것이다.

가장 선두에 선 열기구에 내가 직접 탔다.

오늘따라 바람도 좋았다.

타나스 군대가 넘고 있는 협곡까지 반나절도 되지 않아 도착했다.

"아등바등하는군요."

같은 열기구에 타고 있는 브로안의 소감이다.

"저렇게 험난한 산을 무거운 장비를 착용하고 있는 병사들이 넘을 수 있다고 생각한 건지. 아무리 타나스 왕국에서 내려온 명령이라고 해도 그렇지, 보리안 백작은 잘못된 선택을 했어."

"우리가 굳이 방해를 하지 않아도 알아서 죽어나가겠는데요."

"그래도 확실히 해야지. 괜히 불씨를 살려줄 필요는 없잖아. 우리가 당한 것도 있고."

"제가 잠시 잊고 있었네요, 타나스 개 같은 놈들이 우리에게 무슨 짓을 했는지."

탄트 왕국의 군대는 협곡을 건너지 않고 있었다.

그들은 지금 자신들이 어떻게 행동해야 하는지 고민을 하고 있는 것이다.

그 고민이 그들의 생명을 조금이나마 연장시켰다.

"브로안, 준비한 폭탄을 던져라."

열기구 한 대에 실려 있는 아크타르 폭탄은 많은 양은 아니었지만 47기에 실려 있는 폭탄의 양이라면 협곡을 흔들기에는 충분했다.

브로안이 던진 아크타르 폭탄이 가장 선두에서 협곡을 오르고 있는 부대를 향해 떨어졌다.

펑!

쿵! 쿵! 쿵!

"바위가 떨어집니다!"

폭탄에 목숨을 잃은 병사들은 차라리 우리에게 고마워해야 한다.

바위에 깔려 죽거나 협곡에 떨어진 병사들은 극심한 고통을 느껴야만 했다.

브로안이 던진 폭탄은 신호였다.

우리의 뒤를 따라오던 열기구에서도 차례대로 폭탄을 던졌고, 협곡은 자신을 귀찮게 하는 사람들을 떨쳐 내기 위해 몸을 흔들어대었다.

여기서 얼마나 살아남을 수 있을까?

오러를 사용하는 기사들은 병사들에 비해 상황이 나았다.

그들은 오러를 이용해 바위를 피해내며 후퇴했다.

하지만 병사들은 거대한 바위에 몸을 내주어야만 했고, 온전히 협곡을 내려가는 병사의 수는 절반도 되지 않았다.

이제는 방어에 성공했다고 확신할 수 있는 단계까지 왔다.

저런 병사들을 가지고 협곡을 넘을 수 있는 가능성은 없다.

＊　　　　＊　　　　＊

신성제국 교황실.

"타나스 왕국에 대한 조사가 어디까지 진행되었습니까?"

항마 전쟁으로 인해 극심한 스트레스를 받은 교황은 예전처럼 웃지 않았다.

그는 악마와의 전쟁이 끝나기 전까지는 웃을 생각이 없었다.

교황이 웃지 않으니 밑에 있는 사제들도 웃을 수 없었고, 신성제국은 어느 때보다 긴장감이 팽배했다.

심각한 분위기의 교황의 질문을 받은 사제 한 명이 답했다.

"타나스 왕국은 여전히 우리 조사관들의 방문을 거부하고 있습니다. 하지만 들리는 소문과 첩보원들의 정보에 의하면 타나스 왕과 기사들이 미쳐 가고 있다고 합니다. 오러를 가지기 위해 악마와 계약을 했다는 정보가 사실 같습니다. 그리고 그들이 벌인 영토 전쟁은 항마 전쟁을 통해 연합하기로 했던 약속을 어긴 것과 다름없습니다."

"알겠네. 프란세스 추기경!"

항마 전쟁 이후 프란세스 추기경은 폐인처럼 말을 잊고 살았다.

항마 전쟁에서 패배한 이후 처음으로 프란세스 추기경의 입이 열렸다.

"부르셨습니까, 교황님."

"타나스 왕국이 악마에게 영혼을 팔았다. 그들을 정화시켜야 한다. 자네가 선봉에 서겠는가?"

죽어가던 추기경의 눈에 생기가 돌아왔다.

생기의 주체는 분노였다.

프란세스 추기경의 가슴속에 응어리진 분노가 몸 밖으로 퍼져 나왔다.

"악마에게 영혼을 판 타나스 왕국을 불꽃 아래 정화시키겠습니다."

프란세스 추기경은 한동안 찾지 않았던 철퇴를 다시 들었고, 그의 뒤에는 신성제국의 군대가 함께했다.

신성제국이라는 이름답지 않게 그들은 분노로 가득 차 있었다.

*　　　　*　　　　*

"신성제국의 군대가 타나스 왕국을 향해 전진하고 있다고 합니다."

드디어 시간이 되었군.

협곡을 건너기 위해 갖은 힘을 쓰던 타나스 군대도 오늘 돌아갔다.

그들이 후퇴하는 것으로 예상을 했지만, 신성제국이 타나스 왕국으로 전진하고 있다는 확신이 필요했다.

"공작님, 우리도 움직여야 합니다. 이대로 타나스 군대를 순순히 보내줘서는 안 됩니다. 특히 타나스 기사단이 합류하게 된다면 신성제국은 어려운 전쟁을 하게 됩니다."

"알겠네. 우리도 전진하도록 하지."

협곡을 무너뜨려 타나스 군대가 왕국으로 들어오는 것을 막았지만 반대로 우리가 빠져나갈 길을 막은 것이기도 했다.

하지만 우리는 지금의 상황을 대비해 몇 가지 방법을 만들어 놓았는데 그중 하나가 열기구를 이용한 방법이다.

타나스 군대가 우왕좌왕하는 동안 우리는 열기구 생산에 박차를 가했고 50기가 넘는 열기구를 보유할 수 있게 되었다.

열기구 한 기에는 최대 6명이 탈 수 있었고, 총 300명의 기사들이 협곡을 넘을 수 있다. 타나스 군대와 전면전을 할 생각은 없다.

최대한 그들의 발을 막아 타나스 왕국의 본진 병력과 합류하는 것을 막기만 하면 된다.

신성제국이 타나스 왕국을 점령한다면 그때 전면전을 해도 늦지 않다.

군대의 이동 속도보다 훨씬 빠른 열기구를 타고 이동했기에 우리는 다음 날 아침 해가 뜨기 전에 타나스 군대를 따라잡을 수 있었고, 일정 거리를 유지한 채 열기구에서 내려왔다.

그리고 황급히 원거리 무기를 조립했다.

많은 수의 원거리 무기를 조립할 수는 없었지만 타나스 군대가 아침 식사를 하기 전에 20대의 투석기를 조립할 수 있었다.

"발포하라!"

우리가 따라올 줄은 상상도 못 한 타나스 군대는 갑작스럽게 하늘에서 떨어지는 바위들에 제대로 방어도 하지 못하고 당했다.

그들은 휴식을 포기한 채 황급히 짐을 꾸려 이동했고, 우리는 집요하게 따라붙어 그들을 괴롭혔다.

우리를 괴롭힌 대가가 이게 전부라고 생각하면 섭하지.

사람이 독해지면 얼마나 집요한지 보여주겠어.

타나스 군대의 전진 속도라면 2주가 걸리기 전에 타나스 왕국에 도착할 수 있다.

하지만 우리의 집요한 공격에 의해 한 달이 걸려서야 타나스 왕국의 국경에 도착할 수 있게 되었지만 그들의 모습은 처참했다.

우리는 그들이 휴식을 취하는 시간만을 골라 투석기를 발포했고, 당연히 저들은 한 달 동안 제대로 휴식을 취하지 못했다.

아무리 체력이 좋은 기사라고 해도 이런 강행군을 견딜 수 없었고, 병사들은 더욱 견딜 수 없었다. 투석기에 의해 죽은 병사의 수는 많지 않았지만 강행군을 견디지 못하고 진영을 이탈한 병사의 수가 1/3에 달했다.

"신성제국이 타나스 왕궁을 점령했다는 첩보입니다."

역시 신성제국이다. 이빨 빠진 호랑이라는 말을 듣고 있는 신성제국이지만 그 어떤 국가보다 강한 군대를 가지고 있다.

신의 이름하에 전쟁을 치르는 그들은 죽음을 무서워하지 않았고, 적에게 자비를 보이지도 않았다.

"이제는 본격적으로 움직여야 할 때가 되었습니다. 제대로 움직일 힘도 남아 있지 않은 군대입니다."

신성제국 혼자 즐기게 둘 수는 없지.

타나스 왕국의 숨통을 끊을 마지막 비수는 우리가 꽂고 싶었다.

카인트 공작 또한 나와 같은 생각을 하고 있었다.

"모두 진격해라!"

고작 300명의 기사로 이루어진 부대다.

많은 수가 줄었다고는 하지만 군대의 모습을 하고 있는 타나스 군대에 돌격하는 것은 언뜻 미친 것처럼 보이겠지만 양 떼를 겁내는 호랑이는 없다.

타나스 왕국의 병사들은 허수아비처럼 나뒹굴었고, 우리는 그들을 뚫고 들어갔다.

중앙에 도착해서야 모습을 드러내는 타나스 기사단.

그들의 상태 또한 좋아 보이지 않았다.

"저들을 죽여라!"

오러 약을 복용했기에 오러를 사용하는 타나스 기사단이었지만 그들의 몸이 오러를 유지할 수 있는 상태가 아니었다.

진주 목걸이를 한 돼지나 다름없는 그들은 위력적이지 않았다.

푹!

나는 타나스 기사 한 명의 배에 검을 찔러 넣었다.

제대로 반항 한 번 하지 못한 그의 눈에는 왠지 모를 안도감이 느껴졌다.

그는 피곤했다.

—드디어 끝이구나. 사람의 감정을 점점 잃어가는 것이 얼마나 고통스러운 줄 아는가? 나는 죽고 싶었다. 고맙다.

타나스 기사단 중에서 반항을 하는 자는 많지 않았고, 그들을 정리하는 데 오랜 시간이 걸리지 않았다.

한 달 동안 휴식을 취하지 못하게 괴롭혔다고는 하지만 너무도 무력한 기사단이었다.

아마 오러 약의 부작용에 삶의 의지를 놓아버린 것 같았다.

흩어진 타나스 군대를 뒤로하고 우리는 신성제국이 점령한 타나스 왕궁으로 향했다.

타나스 왕국은 처참했다.

이전의 영광은 어디로 갔는지 사람들의 얼굴에서는 생기가 전혀 느껴지지 않았고, 다른 국가의 기사가 지나갔지만 분노하지 않았다. 오히려 반기는 듯한 분위기까지 느껴졌다.

얼마나 국민들의 고혈을 뽑아 먹은 거지?

타나스 왕국은 이번 전쟁에 국가의 운명을 걸었던 것이다.

그들의 결정에 의해 국민들은 의미 없는 피를 흘려야 했다.

좀비처럼 생기를 잃은 타나스 국민들을 보며 우리는 움직였고, 타나스 왕궁에 도착했다.

"추기경님이 기다리고 계십니다. 제가 안내해 드리겠습니다."

신성제국의 성기사의 안내를 받아 우리는 프란세스 추기경이 있는 방으로 도착했다.

프란세스 추기경은 우리를 반겼고, 특히 자신과 친분이 있는 아드몬드를 더욱 반겼다.

"고생들 많으셨습니다. 타나스 왕국이 악마에게 영혼을 팔았다는 증거들을 발견했고, 지금 정화 작업을 하고 있습니다."

정화 작업?

추기경이 말하는 정화 작업이란 무엇을 뜻하는 걸까?

추기경을 따라 지하 감옥으로 이동했다.

거기에서는 끔찍한 비명 소리가 울려 퍼지고 있었다.

"악마의 약에 빠져 헤어 나오지 못하는 기사들에게 축복을 내리고 있습니다."

지금 이게 축복이라는 말인가?

손과 발을 족쇄에 묶어두고 채찍질을 하는 것이 어찌 축복이란 말인가.

하지만 추기경은 진심으로 이런 행동이 축복이라고 생각하는 것 같았다.

여기서 끝이 아니었다.

"악마의 약에 가장 심하게 중독된 사람은 타나스 왕이었습니다. 그의 정화 작업은 제가 직접 행하고 있습니다."

추기경은 감옥 앞에 있는 채찍을 들고는 감옥 안으로 들어갔다.

그의 입은 웃고 있었으나 눈은 울고 있었다.

그는 아무런 말도 하지 않고 타나스 왕에게 채찍을 휘둘렀다.

"으아아아! 나는 제국의 국왕이다. 감히 나에게 이런 짓을 한단 말이냐!"

그의 외침을 듣지 못하는지 프란세스 추기경은 계속해서 채찍을 휘둘렀다.

전에 보았던 프란세스 추기경이 아니었다.

그때는 성급한 성격이긴 했지만 인간적인 매력이 느껴지는 사람이었다.

하지만 지금 보이는 그의 모습은 광신도 그 자체였다.

타나스 왕이 고통받는 모습을 보는 것으로 만족하기에는 우리의 피해가 극심했다.

신성제국의 군대가 타나스 왕궁을 점령하면서 포로로 잡혀 있던 우리 병사들과 기사들을 돌려받을 수 있었지만 오러 약의 영향을 받은 타나스 왕국의 학대에 그들의 상태는 정말 끔찍했다.

타나스 왕과 그의 기사들이 받는 고문이 전혀 잔인하다고 생각되지 않을 정도였다.

심각한 병사들에게는 천사의 눈물을 주긴 했지만 수가 부족했다.

전쟁 이후의 상황에 대한 의논을 뒤로하고 부상병들을 데리고 왕국으로 돌아왔다.

이미 서신을 보낸 상태였기에 천사의 눈물과 눈먼 사신이 구비되어 있었고, 모든 부상병들에게 약을 나누어 주었다.

힘줄이 끊기거나 팔다리가 부러진 병사들은 완쾌될 수 있었지만, 눈알이 뽑혀 실명되거나 사지 중 한 부분이 잘려 나간 병사들은 어쩔 수가 없었다.

미친놈들.

오러 약의 부작용 때문이라고 할지라도 이건 인간이 할 수 있는 행동이 아니다.

병사들의 한을 풀어주기 위해 우리는 움직여야 했다.

아직 해결하지 못한 숙제가 남아 있었다.

탄트 왕국.

그들이 우리를 배신하지 않았다면 이런 부상병들이 생기지 않았을 것이다.

전장에서 목숨을 잃은 것은 어쩔 수 없는 일이지만 고문에 의해 사지가 잘려 나간 병사들을 생각해서라도 그들을 용서할 수 없다.

카인트 공작과 나는 다시 아다드 왕의 신임을 얻었다.

한 번의 패배로 우리를 쳐내기에는 우리가 가진 능력이 너무 출중했다.

"탄트 왕국에서 사과 서신을 보냈는데 어떻게 하는 것이 좋겠는가?"

이걸 지금 질문이라고 하는 건가?

왕이라는 신분을 가진 사람이 아니었다면 주먹을 날렸을지도 모른다.

"종이 쪼가리 한 장으로 해결할 수 있는 문제가 아닙니다. 피의 복수가 필요합니다. 타나스 왕국보다 탄트 왕국의 행동이 더욱 용서할 수 없습니다. 그들의 배신만 아니었다면 우리가 이런 수모를 겪지 않아도 되었습니다."

왕의 앞이었지만 감정이 격해져 거친 말이 튀어나왔다.

"나도 사과 서신 한 장만으로 그들을 용서해 줄 생각은 없다네. 하지만 그들은 이번 전쟁의 책임을 지고 배상을 약속했다네. 우리 왕궁의 1년 치 예산과 맞먹는 금액을 제시했다네."

"그 돈이 얼마입니까? 제가 죽을 때까지 일해 그 돈을 벌어드리겠습니다."

"진 자작! 진정하게나. 하지만 전하, 저도 진 자작과 같은 심정입니다. 사과 서신과 배상만으로는 충분치 않습니다."

"그렇다면 결국 또다시 전쟁을 해야 되는 건가?"

"그렇습니다. 최대한 빠르게 탄트 왕국에게 피의 복수를 하겠습니다. 다른 연합국들도 탄트 왕국을 공격하기로 결정을 내렸고, 우리의 결정만을 기다리고 있습니다."

다른 왕국의 사정도 우리와 다르지 않았다.

그들도 탄트 왕국의 배신으로 인해 군대를 잃었고, 분노를 풀지 못하고 있었다.

하지만 그들끼리 탄트 왕국과 전쟁을 벌이는 것은 계란으로 바위 치기나 다름없었다.

이번 전쟁에서 군대를 유지한 탄트 왕국이었기에 우리를 제외한 다른 왕국을 두려워하지 않았다.

"신성제국은 어떻게 하기로 했는가?"

"신성제국은 악마와 직접적인 거래를 한 타나스 왕국을 응징했지만 탄트 왕국에 대해서는 소극적인 자세를 보이고 있습니다. 탄트 왕국이 타나스 왕국을 도운 것은 사실이지만 그것만으로 그들을 악마의 졸개로 보기 힘들다고 합니다. 하지만 다른 왕국이 탄트 왕국을 돕는 것은 막아준다고 했습니다. 이번 전쟁은 다른 국가의 개입 없이 당사자끼리 해결할 수 있습니다."

신성제국의 경고를 어기고 탄트 왕국을 도울 국가는 존재하지 않는다.

신성제국은 쉽사리 움직이지 않았지만 한번 움직이면 타나스 왕국을 점령한 것처럼 손속에 사정을 두지 않고 움직였다. 때문에 괜히 신성제국에 틈을 보이고 싶어 하는 국가는 없었다.

"휴… 상황이 이렇게밖에 될 수 없군. 알겠네. 탄트 왕국에 선전포고를 하게나."

왕의 허락이 떨어졌다.

이제는 복수의 시간이다.

우리는 남부 귀족들에게 강제로 흡수한 병사들을 돌려주지 않고 있었다.

그들은 병사들을 돌려달라고 재촉하고 있었지만 타나스 왕국과 탄트 왕국에게 받을 배상금 일부를 남부의 발전을 위해 사용하겠다는 약속을 해 조용히 시켰다.

우리는 준비된 병사와 무기를 가지고 탄트 왕국으로 이동했고, 탄트 왕국에 도착하기 전에 연합국의 군대도 합류했다.

*　　　　　*　　　　　*

  탄트 왕궁 궁정 회의실.

  "이게 어떻게 된 일인가? 타나스 왕국과 손을 잡으면 제국이 될 수 있다고 한 대신들은 말을 해보게나. 우리가 지금 제국이 되었는가, 아니면 바람 앞의 촛불이 되었는가? 어서 말을 해보래도!"

  탄트 왕의 외침에 대신들은 고개를 들지 못했다.

  탄트 왕은 사람과의 관계를 중히 여기는 사람이었고, 대신들에게 크게 소리를 치는 적이 드물었다.

  그가 이렇게 분노한 모습을 처음 본 대신들은 아무런 말도 하지 못하고 있었다.

  특히 타나스 왕국과 동맹을 맺자고 강력하게 주장했던 파미슈 백작은 숨도 제대로 쉬지 못하고 있었다.

  "파미슈 백작, 말해보게나. 브루니스 왕국과의 동맹을 깨고 타나스 왕국과 동맹을 맺는 것이 득이 많을 거라고 자네가 말하지 않았던가."

  "죄송합니다, 전하."

  파미슈 백작이 지금 할 수 있는 말은 사과뿐이었다.

  하지만 그의 사과를 받고 싶은 마음이 전혀 없는 탄트 왕이었다.

"지금 그딴 말을 내가 듣고 싶어 한다고 생각하는 건가? 누구라도 입을 열어보게나. 어떻게 하면 지금의 위기를 극복할 수 있는지를."

탄트 왕국은 서부의 패자로 군림했다. 당연히 지금 같은 상황에 익숙하지 않았다.

다른 주변국들은 알아서 자신들에게 머리를 숙이고 들어왔었다.

하지만 지금은 상황이 달라졌다.

신하의 자세로 섬기겠다고 하는 국가마저 모른 척하고 있는 지금 탄트 왕국에게 도움을 줄 수 있는 국가는 없었다.

탄트 왕국의 귀족들 사이에서도 이번 전쟁에 대한 의견이 나뉘었다.

파미슈 백작을 중심으로 한 파벌은 연합군과의 전쟁을 충분히 이길 수 있다고 생각하고 있었고, 다른 파벌은 전쟁보다는 진심 어린 사과로 그들을 달래야 된다고 말하고 있었다.

"전쟁 말고는 답이 없습니다. 아무리 연합군이라고 할지라도 탄트 왕국의 군대는 강합니다. 그들에게 승리할 수 있습니다. 패자는 말이 없는 법입니다. 우리가 승리하면 우리의 행동을 탓할 국가는 없습니다."

"국가의 운명이 걸린 전쟁을 지금 하자는 말입니까? 전하! 지금 상황에서 전쟁을 벌이는 것은 독약을 마시는 것과 다름이 없습니다. 굴욕적이지만 사과를 해야 합니다. 시간이 지나면 결국

흐름은 우리에게 넘어오게 되어 있습니다. 지금의 파도만 피하면 됩니다."

탄트 왕은 고민했다.

누구의 말을 들어야 될까?

마음 같아서는 파미슈 백작에게 한 번 더 기회를 주고 싶었다.

연합군이라고는 하지만 소국들이 모인 연합군이다.

브루니스 왕국을 제외하면 영지 몇 개의 병사들만으로도 정리가 가능한 군대다.

하지만 브루니스 왕국이 문제다.

그들의 전력을 정확하게 파악하지 못하고 있다.

그들은 타나스 왕국과의 전쟁에서 두 번이나 승리했다.

'우리가 개입하지 않았다면 타나스 왕국은 신성제국이 아니라 브루니스 왕국에 의해 점령되었을지도 모른다. 브루니스 왕국의 저력이 무서워 굴욕적인 사과를 해야 하는 것인가?'

제국이 멀지 않은 지금 연합국에게 사과하고 배상을 하게 되면 제국의 길은 멀어진다.

전쟁을 벌여 승리한다면 아무런 문제가 없지만 만약 패배를 한다면…….

제국은 물론이고, 나라의 운명 자체가 흔들리고 만다.

피 말리는 고민은 몇 시간이고 계속되었다.

대신들은 서로의 의견을 내놓았지만 탄트 왕을 단숨에 휘어잡는 의견을 내놓은 귀족은 없었다.

이른 아침부터 시작된 회의는 밤이 깊어질 때까지 계속되었다.

'벌써 어두워졌군.'

탄트 왕은 회의실 창문으로 하늘을 보았다.

어두운 하늘에 떠 있는 두 개의 달과 수많은 별들.

'오랜만에 밤하늘 보는구나. 어릴 적엔 밤하늘을 보기 위해 그렇게 애를 썼는데.'

탄트 왕은 어린 시절 하늘을 보는 것을 좋아했다.

어린 시절 무엇이 그렇게 답답했는지 밤하늘을 보며 답답한 심정을 풀곤 했었다.

다른 사람에게 말한 적은 없지만 자신만의 별도 있었다.

'보자, 내 별이 어디에 있지?'

하늘을 유심히 살펴보았지만 자신의 별이 보이지 않았다.

'사라졌나?'

사라진 것은 아니었다. 단지 그의 별은 빛을 잃어가고 있었다.

'별이 빛을 잃었구나. 내가 잘못된 길을 걷고 있다는 뜻인가?'

별을 보고 국운이 걸린 일을 결정한다는 것은 우스운 일이었지만 탄트 왕은 수많은 대신들의 말보다 조용히 빛을 내는 별이 더욱 의지가 되었다.

"다들 조용히 하게나."

여전히 자신들의 의견을 말하고 있는 대신들을 조용히 시킨 탄트 왕은 자리에서 일어났다.

"결정을 내렸다. 우리의 잘못을 인정하고 연합국에게 정식으로 사과를 하겠다. 다들 그런 줄 알고 배상금에 대해 상의하라."

탄트 왕이 회의실을 나가자 파미슈 백작은 테이블을 주먹으로 두드렸다.

쾅!

"소국에게 사과를 하다니요! 우리는 제국이 될 국가인데 어찌 소국에게 사과를 한단 말입니까!"

하지만 그에게 동조하는 사람은 얼마 되지 않았다.

전하가 결정한 일이었고, 이번 결정에 따라 파미슈 백작의 위치는 낮아질 것이다.

권력에 민감한 귀족들이었기에 어떤 줄을 잡아야 하는지 본능적으로 알고 있었다.

파미슈 백작은 썩은 줄이었다.

*　　　　*　　　　*

연합군을 이끌고 탄트 왕국의 성벽에 도착했다.

우리는 예의상 항복 서신을 탄트 왕국에게 보냈다. 하지만 그들이 항복할 것이라고는 생각하지 않았다. 단지 절차에 불과했다.

하지만 탄트 왕국에서 보인 반응은 우리의 예상과는 완전히 달랐다.

탄트 왕국에서 찾아온 사신은 정중히 고개를 숙이며 말했다.

"전하께서는 이번 전쟁의 책임이 전적으로 우리 왕국에 있다고 생각하고 계십니다. 사과와 배상을 한다고 해서 연합국을 배신한 것을 대신할 수는 없지만 진심으로 사과를 하고 싶어 하십니다."

이건 또 무슨 일인가.

전쟁 준비를 마친 상황에서 갑자기 김빠지는 소리를 하다니.

"지금 항복을 한다는 말입니까?"

"그렇습니다. 이번 전쟁의 패배를 인정하고 진심으로 사과를 하고 싶어 하십니다."

"허……."

"일단 알겠습니다. 다른 국가들의 의견을 모아보고 답해드리겠습니다."

여전히 응어리진 분노가 가슴 가운데 박혀 있었지만 이 문제를 우리끼리 해결할 수는 없었고, 연합국의 사령관들을 모아 의견을 조율했다.

"이렇게 패배를 인정할 거라고는 예상치 못했습니다. 타나스 왕국보다 더 자존심이 강하다고 알려진 탄트 왕국이 사과와 배상을 먼저 말할 줄이야……."

"어떻게 하는 것이 좋겠습니까? 사실 사과와 배상만 받는다면 굳이 전쟁을 하지 않아도 되지 않겠습니까?"

배신당한 분노를 사과와 배상만으로 풀 수 있다고?

너무도 나약한 생각이다.

다시는 이런 일이 생기지 않게 하기 위해서는 본보기를 보여주어야 한다.

타나스 왕국을 점령한 것이 본보기라고 생각하는 사람도 있겠지만 그것은 우리의 힘이 아니라 신성제국의 힘이었다.

우리의 힘을 보여주어야만 탄트 왕국이 후회를 하고 진실된 반성을 할 것이다.

하지만 다른 국가들은 그렇게 생각하지 않고 있었다.

사과를 받는 것만으로도 국격이 올라갔다고 생각하고 있으니.

전쟁을 시작하고 이런 말을 들었다면 그냥 계속해서 전쟁을 진행했겠지만 시작 전부터 전쟁 의지를 놓아버린 국가들을 데리고 전쟁을 할 수는 없었다.

연합국의 사령관인 카인트 공작이 결정을 내려야 했다.

하지만 그렇다고 해서 뾰족한 수가 있는 것은 아니었다.

"여러분들의 의견은 잘 알겠습니다. 일단 각국의 왕궁에 서신을 보내 전쟁 의사를 물어보는 것이 우선이라고 생각합니다. 답신이 오기 전까지는 전쟁을 보류하기로 하겠습니다."

서신은 빠르게 오갔고, 답신은 예상대로 사과와 배상을 받고 전쟁을 끝내자는 내용이었다.

하지만 이대로 끝내기에는 너무도 아쉬웠다.

우리만이라도 공격을 할까?

연합국의 도움이 없어도 충분히 탄트 왕국을 괴롭힐 수 있다.

원거리 무기만 이용한다면 화풀이를 할 수 있다.

하지만 그렇게 하지 못했다.

탄트 왕이 직접 우리를 찾아와 사과를 했기 때문이었다.

탄트 왕은 많은 말을 하지는 않았다.

하지만 그의 말은 진심이었다.

"이번 전쟁의 책임은 전적으로 우리 왕국에 있습니다. 죄송합니다."

왕이 직접 사과를 한다. 그것도 일국의 왕이 아닌 군대의 사령관들에게.

이런 결정을 내리기까지 얼마나 힘든 고민의 시간을 가졌을지 상상이 갔다.

왕이 직접 사과를 하는데 전쟁을 주장할 수는 없었다.

연합국을 배신할 사람으로는 보이지 않는데 왜 배신을 했던 것일까.

아니면 갑자기 사람이 바뀌기라도 했나?

어쨌든 탄트 왕의 사과로 인해 전쟁은 끝났고, 우리는 제대로 된 전투 한 번 하지 못하고 왕국으로 돌아왔다.

Chapter 4

함무라비 II

탄트 왕국의 사과는 진심이었다.

우리가 왕국에 도착했을 때 이미 1차 보상금이 왕국에 도착해 있었다.

우리 왕국 근처에 자리 잡고 있는 상인들이 보상금을 가지고 왔기에 보상금이 우리보다 먼저 도착한 것이었다.

왕실은 그 돈으로 남부 귀족들을 달랬다.

자신들의 군대가 강제로 흡수된 굴욕에 대한 보상은 골드로 만족한 남부 귀족들이었다.

돈으로 남부 귀족들을 조용히 시켰으니 이제는 앞으로 이런 일이 생기지 않도록 하면 된다.

"이번 일로 인해 우리가 입은 피해가 상당합니다. 원거리 무기야 공장에서 생산을 하면 된다고는 하지만 기사들과 병사들의 피해가 큽니다. 군대를 다시 복구하기 위해서는 1년 이상이 소모된다고 예상됩니다. 시간이 지나 기사 학교에서 졸업생이 나오려면 아직 많은 시간이 필요합니다."

카인트 공작에게 이런 말은 비수를 꽂는 말과 다름없다.

이번 전쟁에서 죽은 기사 대부분이 북부의 기사단 소속 기사였다.

카인트 공작이 직접 수련시킨 기사들이니 공작의 상심이 얼마나 클지 충분히 예상할 수 있다. 하지만 언제까지 덮어두면 안된다.

물론 카인트 공작에게 상처를 주기 위해서 이런 말을 꺼낸 것은 아니다.

우리의 부족한 점을 깨닫고 더 높은 곳으로 나아가기 위해서였다.

"이번 전쟁을 통해 느낀 점이 없으십니까?"

카인트 공작은 힘겹게 이번 전쟁을 복기하며 대답했다.

"가장 큰 문제는 탄트 왕국을 믿은 것이지. 탄트 왕국의 배신으로 인해 사방이 막힌 상태에서 싸워야만 했네."

"탄트 왕국의 배신으로 인해 패배한 것은 맞지만 그것이 전부입니까?"

아직 부족하다. 공작은 더 깊게 생각할 필요가 있다.

"우리는 원거리 무기의 장점을 살려 타나스 왕국의 병력을 줄였고, 마지막 전투를 제외한 모든 전투에 압도적인 우위를 가져오지 않았는가. 다른 문제가 있는가?"

"있습니다. 기사에만 의존하는 전투. 다른 국가들에 비해서 기사 의존도가 낮다고는 하지만 여전히 기사들을 중심으로 전략을 운용했습니다."

"어쩔 수 없지 않은가. 원거리 무기로 상대의 병력을 줄일 수는 있다고는 하지만 마지막 우위를 점하기 위해서는 기사를 중심으로 한 군대 간의 전투가 필수적이네."

"왜 군이 전면전을 통해서 승리를 가져오시려고 합니까? 다른 방법이 있지 않습니까? 우리가 가진 장점을 살린다면 전면전을 펼치지 않고도 충분히 다른 국가 간의 전쟁에서 승리할 수 있습니다."

"그런 방법이 있단 말인가? 나는 아무리 생각해도 그 방법이 생각이 나지 않는구나."

카인트 공작은 뼛속까지 기사였다. 명분을 중시 여기고 기품을 절대 잃지 않는 기사.

물론 내가 현대에서 살았기에 생각할 수 있는 방법이기도 했으니 공작만의 문제는 아니었다.

"원거리 무기에 꼭 바위를 사용해야 될까요?"

"지금도 아크타르 폭탄으로 강화한 바위를 사용하고 있지 않은가. 물론 더 좋은 폭발력이 있는 바위를 만들 수 있다면 그것을 활용할 수도 있겠지."

"아크타르 폭탄이 적에게 큰 피해를 줄 수는 있지만 범위가 정해져 있습니다. 한 번에 전투 불능으로 만들지는 못합니다.

하지만……."

마지막 말을 하려고 하니 입이 바싹 말랐다.

내가 이 말을 꺼내면 카인트 공작이 불같이 화를 낼지도 모른다.

그리고 이계의 전쟁 판도가 한 번에 바뀔지도 모른다.

엄청난 사람들의 원한과 원망이 나에게 돌아올 것이 분명하다.

하지만 전쟁에서 큰 피해를 입지 않고 승리하고, 다른 국가의 전쟁 야욕을 억제하기 위해서는 이 방법뿐이다.

"독을 사용하면 됩니다. 이미 연구소에서 몬스터 사체를 이용해 여러 가지 독을 만들었습니다. 살상력이 높으며, 범위도 폭탄에 비해 수십 배나 넓습니다. 독을 적진으로 날려 버리면 하루 만에 전쟁을 끝낼 수도 있습니다. 다른 왕국에서도 원거리 무기를 제작하고 있다고는 하지만 우리 왕국의 기술력을 따라오려면 몇 년은 걸립니다. 그동안 우리 기술력은 더욱 높아질 겁니다. 우리만의 장점을 살려 전쟁을 해야 됩니다."

"하지만 독을 이용하는 것은 지탄을 받는 행위일세. 모든 국가가 우리에게서 등을 돌릴 수도 있는 문제란 말일세."

"먼저 전쟁을 벌이지만 않으면 우리를 적으로 생각할 국가는 없습니다. 특히 항마 전쟁이 끝나지 않은 지금 우리를 적으로 돌릴 정도로 강한 군대를 가진 국가는 없습니다. 특히 우리 왕국은 지리적인 이점이 있습니다. 원거리 무기와 독을 사용한다면 우리를 제외한 모든 국가가 동맹을 맺는다고 해도 방어할 수 있습니다. 그리고 모든 국가가 연합을 맺을 가능성은 제로에 가깝습니다. 특히 타나스 왕국과 탄트 왕국이 몰락한 지금이라면 더더욱 말입니다."

뱉고 말았다.

현대의 전쟁에서도 생화학 무기를 이용한 전쟁은 지탄을 받았다.

미국이 이라크를 침공하는 구실로 삼은 것도 생화학 무기였다.

하지만 지금은 핵도 없었고, 생화학 무기에 대한 나쁜 이미지도 현대만큼 강하지 않았다.

언젠가는 다른 국가에서도 독을 이용해 전쟁을 벌일지도 모른다.

그렇다면 차라리 우리가 먼저 독을 이용해야 한다.

"정말 독을 이용할 생각인가?"

"물론 지금 당장 독을 이용해 전쟁을 벌이겠다는 것은 아닙니다. 타나스 왕국과의 전쟁이 끝난 지금 전쟁을 벌일 정도로 군대가 강한 국가는 없습니다. 단지 대비를 하자는 겁니다. 역사는 반복됩니다. 평화가 길어봤자 몇 년 되지 않을 겁니다. 악마의 개입이 있다면 몇 달 뒤에 새로운 전쟁이 시작될지도 모릅니다. 그때를 대비해야 합니다. 다시 기사를 잃고 싶으십니까? 기사 한 명을 키우기 위해서는 엄청난 시간과 골드가 필요합니다. 저는 불필요한 희생을 줄이고 싶은 마음입니다."

카인트 공작은 결국 승낙을 하고 말았다.

하지만 독과 원거리 무기의 조합이 어떤 살상력을 가지고 있는지 정확히 모르고 내린 결정이다.

다음 전쟁이 시작되고 독을 사용하면 카인트 공작은 나를 욕할지도 모른다.

하지만 그 정도는 감수할 수 있다.

전쟁은 내가 한국으로 돌아가는 데 아무런 도움이 되지 않는다.

최대한 빨리 악마의 탑을 공략해 한국으로 돌아갈 수 있는 실마리를 찾아야 한다.

*   *   *

"연구는 어떻게 되어가고 있습니까?"

연구소를 찾았다.

마법사들은 정말 뛰어난 인재들이다. 만약 이들이 현대에서 살았다면 억대 연봉을 받으며 수백 번의 러브콜을 받았을 것이다.

하지만 여기는 이계다.

마법을 사용하지 못하는 마법사는 홀대를 받는다.

천사의 눈물과 눈먼 사신의 개발로 인해 여러 국가에서 연구소를 만든 지금이야 전에 비해서 상황이 낫긴 했지만 여전히 마법사 시절에 비하면 여전히 대우를 받지 못하고 있었다.

하지만 우리는 달랐다.

마법사들이 연구를 하기 위한 모든 것을 지원해 주었고, 그에 합당한 대우도 해주었다.

브루니스 연구소는 국가 소속이 아니라, 내가 지원해 주는 곳이었고, 그들의 월급과 연구소 운용 자금은 모두 내 주머니에서 나왔다.

지금이야 눈먼 사신과 퍼플 티를 팔아 어느 정도 자생이 가능하긴 했지만 이렇게 만들기 위해 지금까지 모은 재산 대부분을 털어 넣어야 했다.

물론 경매장을 통해 일정 수익이 들어왔기에 가능한 일이기도 했다.

이렇게 돈을 투자한 만큼의 결과를 만들어내는 연구원들이다.

"연구 결과가 나왔네. 지금 만든 독은 임의로 사신의 피라고 이름을 지었다네."

연구소장인 클린튼 백작은 사신을 참 좋아한다.

치료제에도 사신을 붙이더니 독에도 사신을 집어넣었다.

"살상력은 어떻습니까?"

"돼지로 시험을 해보았다네. 돼지 한 마리가 죽는 데 걸린 시간은 1분이네. 그리고 돼지의 사체가 썩는 데 걸린 시간은 10분일세."

"전염력은 시험해 보셨습니까?"

"준비는 해놓았다네. 같이 가보세나."

마법사들은 마법을 사용하기 위해서는 마나 고리 강화에만 힘을 써서는 안 된다.

지식이 충분히 쌓여야만 발전이 있었고, 당연히 마법사들은 독에 대한 지식도 가지고 있었다.

연구원들을 위해 세계에 퍼져 있는 독에 관한 서적을 쓸어 왔다.

다른 국가에서 알아차리지 못하게 다른 서적들도 대량 구입했고, 연구소 창고에는 엄청난 양의 서적들이 쌓여 있다.

이 책들로 나중에 도서관이나 하나 지어야겠어.

종합 학교 도서관 옆에 지으면 좋겠네. 책을 가장 많이 접하는 사람은 역시 학생들이니까.

쓸데없이 도서관에 대한 생각을 하고 있을 때 시험 장소에 도착했다.

독의 위험성을 잘 알고 있는 연구원들이었기에 시험은 연구소에서 떨어진 공터에서 진행했다.

공터 안에서는 돼지 수십 마리가 한가로이 사료를 먹고 있었다.

"이번 실험은 중독된 한 마리의 돼지가 얼마나 많은 돼지를 중독시킬 수 있는지에 대한 것이네."

소장의 지시에 따라 사신의 피가 잔뜩 묻은 사료 한 알이 활을 통해 우리 안으로 날아갔다.

꿀꿀!

배고픈 돼지 한 마리가 사료에 입을 대었고, 1분이 지나지 않아 돼지는 쓰러졌다.

검은색으로 변해가는 돼지의 주변의 땅마저 검은색으로 변해 갔다.

그렇게 5분이 지나자 돼지의 사체는 녹아 문드러졌다.

그리고 다시 5분이 지나자 주변에 있는 돼지들도 이상 증세를 보였다.

털썩!

한 마리의 돼지가 쓰러지는 것이 신호였다.

우리 안에 있는 돼지 모두가 쓰러지는 데 걸린 시간은 15분 정도였다.

"오랜 시간이 걸리지 않았는데 이렇게 살상력이 높은 독을 만들 줄은 몰랐습니다."

"독에 관한 서적이 큰 도움이 되었다네. 우리가 알고 있는 독에 대한 지식만으로는 부족했다네."

"독의 주성분이 어떻게 됩니까?"

"독의 주성분은 악마의 탑에서 자네가 가지고 온 트윈 헤드 코브라의 독과 노란 말벌의 독이네. 코브라의 독이 내장을 녹아내리게 하고, 말벌의 독이 마비 증세를 일으킨다네. 돼지 한 마리를 중독시키는 데 필요한 독의 양이 한 방울 정도라고 생각하면 된다네. 이번 실험에 사용된 독의 양도 한 방울이네."

독 한 방울에 돼지 수십 마리가 중독되어 죽어버렸다.

만약 이 독이 적진에 뿌려지게 된다면? 아니면 그들이 먹는 식수에 뿌려진다면?

수십만의 대군이라고 하더라도 하루가 지나지 않아 전멸이다.

"다른 독에 대한 개발도 계속하고 있다네. 이 독은 살상을 목적으로 만들었지만 악취가 강하고 전염력이 그렇게 빠르지 않다네. 하지만 지금 새로 만들고 있는 독은 살상력은 그렇게 강하지는 않지만 전염성이 강하네. 주로 마비 독을 이용하기에 적을 제압하는 데 효율적인 독이라네."

독에 대한 효과를 입증하기 위해서는 동물실험이면 충분하다.

하지만 오러를 사용하는 기사들은 독에 대한 면역력이 강했기에 기사들에 대한 데이터가 필요했다. 하지만 우리 기사들로 그 실험을 할 수는 없었다.

포로로 잡은 타나스 기사들이 몇 있긴 하지만 그들에게 실험을 해도 될까?

그럴 수는 없다.

아무리 독하게 마음먹었다고 해도 살아 있는 사람을 실험용 쥐로 이용할 수는 없다.

그렇다면 누구에게 실험을 해야 할까?

독에 대한 면역력이 강하고, 기사만큼이나 강한 육체를 가진 존재.

바로 몬스터다.

몬스터에게 통한다면 기사에게 통한다고 생각해도 된다.

실험을 위해 악마의 탑으로 들어갔다.

카인트 공작과 아드몬드는 기사 학교에서 기사들을 수련시켜야 되었기에 그들을 대신해 수석 기사 2명과 브로안과 함께 악마의 탑으로 들어갔다.

우리는 독 면역을 올려주는 아이템을 착용했지만 안심이 되지 않아. 마스크와 온몸을 가리는 방어구까지 착용했다.

"형님, 진짜 독이 그 정도로 독합니까? 제가 독에 대해서는 잘 모르기는 하지만 몬스터가 독에 죽겠습니까?"

"보면 알 거다."

두 가지 독을 가지고 왔다.

하나는 돼지 무리를 떼죽음시켰던 사신의 피.

그리고 다른 하나는 사신의 침묵이다.

사신의 침묵은 마비 독을 이용해 만든 독으로 살상력보다는 마비시키는 데 중점을 둔 것이었다.

1~3층까지의 몬스터에 실험을 하는 것은 의미가 없기에 4층 까지 올라가서 실험을 진행했다.

몬스터가 우리를 발견하지 못하는 거리에서 사신의 피 한 방울이 묻어 있는 고기 한 덩어리를 브로안이 집어 던졌다.

고기가 어디서 날아왔는지보다 당장의 허기짐을 채우려고 하는 몬스터는 아무런 의심을 하지 않고 고기를 집어삼켰다.

시간이 흐르기를 기다린다. 그리고!

쿵!

확실히 돼지보다는 오랜 시간이 걸려서 쓰러졌다.

하지만 고작 10분이다.

15분이 지나자 몬스터의 사체가 썩어가기 시작했다.

주변의 몬스터들은 갑자기 쓰러진 동료의 시체에 작은 관심을 두었고, 그들 또한 얼마 지나지 않아 쓰러졌다.

하지만 떨어져 있는 몬스터까지 쓰러뜨리지는 못했다.

이번 실험을 통해 사신의 피의 살상 반경을 확인할 수 있었다.

사신의 피의 효력을 확인했으니 이번은 사신의 침묵의 능력을 확인할 차례였다.

4층에 더는 몬스터가 남아 있지 않았기에 악마의 탑을 빠져나왔다가 다시 리셋을 시킨 후 악마의 탑 4층으로 올라가 이전과 같은 방법으로 실험을 진행했다.

소장님이 사신의 침묵을 설명할 때 효과 반경이 사신의 피보다 넓다고 들어 알고 있었지만 내 예상을 뛰어넘었다.

"형님, 몬스터가 다 쓰러졌는데요?"

"자작님, 몸이 조금 마비되는 느낌이 듭니다."

독 면역 아이템을 두르다시피 하고 있는 기사들이다.

하지만 그들까지 마비 효과를 느낄 정도라니.

"사신의 침묵의 능력이 이 정도일 줄이야. 사신의 피보다 오히려 사신의 침묵이 더 유용하게 쓰이겠는데."

"그러게요. 사신의 침묵만 대량 생산할 수 있으면 4층까지는 기사들만으로도 충분히 사냥이 가능하겠는데요."

가능하고말고. 일반적으로 다른 국가에서 4층의 몬스터들을 사냥하기 위해서는 경매장에서 구한 아이템들로 도배한 상급 기사 4명이 모여야만 했다.

그것도 목숨을 걸고 말이다.

하지만 사신의 침묵만 있다면 몬스터를 보고 긴장하지 않는 중급 기사 4명만으로도 충분히 공략이 가능하다.

마비 독에 쓰러져 숨만 내쉬는 몬스터의 목에 검을 찔러 넣는 것은 아이템을 착용한 중급 기사에게 쉬운 일이었다.

카인트 공작의 수련을 견딘 기사라면 못할 리가 없지.

사신의 침묵을 가지고도 죽는다면 카인트 공작이 지옥까지 따라가 재수련을 시킬지도 모른다.

전쟁의 판도가 생화학 무기로 인해 바뀌게 될 것이다. 그리고 악마의 탑 공략 또한 화학 무기로 인해 완전히 바뀌게 된다.

아직 다른 나라에서 독에 대한 연구가 진행되지 않는 동안은 우리가 독점적으로 고급 아이템을 판매할 수 있게 되는 것이다.

경매장의 수익은 늘어날 것이고, 기사들의 무장 상태도 전보다 훨씬 좋아질 것이다.

이대로만 간다면 조만간 왕국 내 모든 기사가 내 도움을 받아 B급 이상의 무기로 도배할 수 있을 것이다.

두 가지 독에 대한 실험을 마친 후 나는 곧장 연구소로 갔다.

"소장님, 독에 대한 실험을 마쳤습니다."

궁금한 표정의 소장.

자신과 연구원들이 만든 독의 능력에 대해 알고 싶겠지.

나는 그가 가장 듣고 싶어 하는 말을 해주었다.

"대박입니다. 제 생각보다 훨씬 뛰어납니다. 특히 사신의 침묵 반병이면 기사단 두 부대 정도를 제압할 수 있습니다. 그리고 악마의 탑도 안전하게 공략할 수 있게 되었습니다. 이는 전부 소장님과 연구원들의 덕택입니다."

"허허허, 그렇단 말인가? 역시 노력한 보람이 있구나."

"이렇게 좋은 날 칙칙한 연구소에서 시간을 보내서야 되겠습니까. 오늘은 제 주머니를 털어 연구소 전체 회식을 열겠습니다."

"오? 전체 회식을 말인가? 자네 주머니에서 먼지만 남을 때까지 먹어주겠네. 다들 들었지? 오늘은 연구를 접고 회식이네. 다들 정리를 하고 나오게나."

연구소의 인원은 하루가 다르게 늘어났고, 현재는 600명에 육박했다.

600명의 인원이 동시에 있을 만한 장소를 찾기가 힘들어서 나는 카인트 공작에게 협조를 얻어 기사단이 수련하는 장소를 빌렸다.

그리고 수련장에는 급조한 테이블이 깔렸고, 그 위에는 투박하지만 노릇하게 익은 고기들이 가득 쌓였다.

*   *   *

한적한 오후.

매일같이 나를 닦달하며 수련을 시키려는 스승님도 이제는 나를 내버려 두었다.

나는 어느덧 스승님보다 더 강한 고리의 기운을 가지고 있었고, 스승님에게 배울 수 있는 모든 것을 배웠다고 볼 수 있었다.

스승님의 이제 자신만의 수련을 위해 시간을 보내고 있었고, 덕분에 나는 여유로운 시간을 즐길 수 있게 되었다.

하지만 내가 여유를 즐길 수 있는 시간은 길지 않았다.

나는 연구소와 학교를 오가며 내가 할 수 있는 일들을 했고, 하루를 바쁘게 보냈다.

이제는 악마의 탑 7층에도 가야 한다.

악마의 탑 6층도 아직 제대로 공략하지 못하긴 하지만 이대로 정체된 채 보내기에는 시간이 아까웠다.

악마의 탑 6층을 무난하게 공략하고 7층에 들어가기 위해서는 결국 내가 강해져야 한다.

카인트 공작과 아드몬드, 그리고 브로안의 성장에는 한계가 있다.

하지만 나는 아직 성장 가능성이 있다.

고리를 한 단계만 더 성장시킨다면 충분히 가능성이 있다.

그래서 나는 시간을 쪼개 악마의 탑에 들어가 고리의 기운을 강화하기 위한 수련을 했다.

악마의 탑에서 고리 강화 수련을 하면 훨씬 효과적이라는 것을 브라운에게 잡혀 있을 때 알게 되었다.

그래서 나는 시간이 남는 기사 몇 명과 함께 악마의 탑을 찾았고, 기사들에게는 미안하지만 그들과 함께 악마의 탑에 남아 수련을 했다.

그러는 동안 기사들은 개인 수련을 하거나, 휴식을 취하며 시간을 보냈다.

하지만 한 달이 지나서도 고리의 기운은 전혀 달라지지 않았다.

물론 양적으로는 늘어나긴 했지만 다음 단계로 넘어가기에는 턱없이 부족하게 느껴졌다.

그래서 내가 생각한 방법은 퍼플 티였다.

퍼플 티를 복용하면 몸의 기운이 강해진다. 오러와는 조금 다른 기운.

이 기운은 고리의 기운과 쉽게 융합되었고, 한순간이지만 강해진다.

내가 퍼플 티를 이용해 수련을 할 수 있는 것은 퍼플 티를 복용해도 전혀 부작용이 없었기 때문이었다.

부작용이 없는 건지, 아니면 부작용이 숨어 있는지는 모르겠지만 어쨌든 지금은 그 방법밖에 떠오르지 않았다.

스승님에게도 말하지 않고 혼자 몰래 퍼플 티를 복용하며 수련을 했다.

그렇게 2주의 시간이 지나자 노란 고리의 기운이 조금씩 보라색으로 바뀌기 시작했다.

노란 고리가 감당할 수 있는 기운의 양이 넘치기 시작한 것이다.

효과가 입증이 되자 나는 하루에 수십 병의 퍼플 티를 마시며 몸을 혹사시켰다.

손에 잡힐 듯이 잡히지 않는 고리 강화에 짜증이 나 있는 상태다.

지금 누가 나를 건드리기라도 한다면 바로 폭발할지도 몰랐다.

오늘도 산을 넘지 못하고 악마의 탑에서 나왔고, 그런 나를 연구 소장이 기다리고 있었다.

"시간이 늦었는데 저를 기다리고 계셨습니까?"

소장의 표정에서 심각한 일이 생겼다는 것을 느꼈다.

그리고 소장의 말에 나는 극심한 분노가 들끓었다.

"연구원 중에 첩자가 있는 것 같네. 아직 정확하게 파악을 하지는 못했지만, 눈먼 사신의 제조법을 빼돌리려고 한 흔적을 발견했다네."

치료약을 제조하거나 독을 만드는 제조법은 보안이 생명이었고, 핵심 기술은 연구 소장과 나만 접근이 가능했다. 자물쇠로 잠긴 방은 나와 소장만이 열쇠를 가지고 있었고, 기사들이 돌아가며 입구를 지켰다.

하지만 기사들이 24시간을 지키는 것은 아니었다. 교대 시간 10분 동안은 극비 자료실이 자물쇠로만 잠겨 있게 된다.

"연구원 중에 첩자가 있다고 확신하십니까? 침입자가 들어왔을 가능성도 있지 않습니까."

"나도 그렇게 생각하고 싶지만 우리 연구원 중에 첩자가 있다고 확신할 수밖에 없다네. 기사가 자리를 비운 동안 자료실에 침입하려는 시도가 있었지만 자물쇠를 열지 못했고, 그러는 동안 교대를 마친 기사가 자료실로 찾아왔다네. 그렇게 되자 침입을 하려는 사람은 연구소로 도망을 갔네. 기사는 그를 잡기 위해 뒤따라갔지만 연구원 틈에 섞인 그를 찾을 수가 없었다고 하네. 연구원들이 동료 연구원들을 보며 전혀 이상함을 느끼지 못했다고 하니, 분명 우리 연구원 중에 첩자가 있을 것일세."

심각한 문제다.

스파이 한 명으로 인해 우리가 지금까지 노력한 모든 것이 물거품이 될 수도 있다.

눈먼 사신을 만들기 위해 얼마나 많은 사람들이 노력을 했고, 독의 배합법을 찾기 위해 얼마나 많은 곳을 뒤졌던가. 그들의 노력이 헐값에 다른 나라에 팔리게 되는 것은 용납할 수 없는 일이다.

"알겠습니다. 제가 첩자를 찾도록 하겠습니다. 소장님은 평소대로 행동해 주세요."

"알겠네. 최대한 빠른 시간 내에 첩자를 솎아내야 한다네. 첩자가 활동하고 있는 동안은 새로운 연구를 시작할 수가 없다네."

돈에 양심을 판 사람은 누구일까.

고작 돈 몇 푼에 동료들의 노력을 헐값에 팔아치우려고 하는 사람은 용서할 수 없다.

첩자를 잡기 위한 덫이 필요했다.

쉽게 들어갈 수는 있지만 절대 빠져나올 수 없는 그런 쥐덫을 만들어야 한다.

*　　　　*　　　　*

기사들은 하루에 두 번 교대를 한다.

정해진 아침 동이 밝아올 때 한 번, 해가 질 때 또 한 번.

그 시간이 첩자가 활동할 수 있는 유일한 시간이다.

연구를 지켜보는 것만으로는 정확한 자료를 수집할 수 없고, 결국은 극비 자료실에서 자료를 챙겨 나와야만 첩자로서의 목적을 이루게 되는 것이다.

하지만 이 일이 얼마나 위험한 일인지 첩자도 알고 있을 것이고, 당연히 조심스럽게 행동할 것이다. 게다가 한번 걸리기까지 했으니 더더욱 소극적인 자세를 보이고 있을 게 분명했다.

틈을 보여줘야 한다.

"교대 시간보다 30분 늦게 나와주세요."

범행을 저지를 시간을 만들어주었다.

놈도 바뀐 시간이 의심스러울 테니 앞으로 며칠은 두고 보겠지.

그러나 참을성이 없는 녀석이었던지 정확히 3일이 지나서 다시 놈의 꼬리를 잡을 수 있었다.

나는 카인트 공작에게 은신 망토를 빌려 입고는 교대 시간마다 극비 자료실 근처에 숨어 있었다.

해가 지는 시간에 교대를 위해 기사가 극비 자료실을 비우자 인기척이 느껴졌다.

뚜벅뚜벅!

발소리를 최대한 감추며 걸어온다고는 했지만 제대로 수련을 하지 않은 마법사는 완전히 발소리를 지울 수 없다.

마치 천둥소리처럼 들리는 발소리에 신경을 집중했다.

누구지?

극비 자료실 문 앞으로 다가온 사람의 얼굴이 눈에 들어온다.

이름은 모르지만 얼굴은 몇 번 본 적이 있는 연구원이다.

그는 어디서 구했는지 자물쇠를 여는 도구를 가지고 있었고, 자물쇠를 열기 위해 안간힘을 쓰고 있었다. 불안한 마음에 손이 생각대로 움직이지 않는지 10분이 지나서야 문을 열었다.

지금 잡을까?

아니다. 그가 혼자 이런 짓을 벌였을 리는 없었기에 그의 뒤에 누가 있는지 알아야 한다.

도마뱀의 꼬리를 뜯어 먹어봐야 배가 부르지 않는다.

본체를 잡아야 한다.

문을 따고 들어가는 연구원은 조심스럽게 자료들을 뒤졌고, 눈먼 사신의 제조법이 적혀 있는 자료를 가지고 나왔다.

아직 독에 대한 관심을 가지고 있지 않는 걸로 보아 그의 배후에 있는 조직은 독에 대한 정확한 능력을 아직 파악하지 못한 것 같았다.

눈먼 사신보다 독이 몇 배는 더 가치 있는 물건이라는 걸 모르다니.

하긴 돈 안 되는 독보다야 눈먼 사신이 더 가치 있게 느껴지겠지.

연구원은 극비 자료실의 문을 대충 닫고는 조심스럽게 연구소를 빠져나갔다.

그렇게 한참이나 걸어가던 그가 이윽고 발을 멈추었다.

"뒤를 밟히지는 않았겠지?"

어둠 속에서 한 사람이 그를 기다리고 있었다.

움직임을 봐서는 은신에 능한 암살자 혹은 도둑처럼 보이는 사람이었다.

"따라오는 사람은 없다. 돈은 준비했겠지?"

찰랑!

골드가 잔뜩 들어 있는 주머니 두 개가 연구원의 앞에 떨어졌다.

소리로 예상해 보건대 천 골드도 되지 않는 돈이다.

고작 저 돈을 받기 위해 이런 짓을 했다니.

마법사 시절보다야 적은 돈을 받지만 그래도 어떤 직업보다 많은 연봉을 버는 게 연구원이다. 연구원들의 복지를 위해 돈은 물론이고, 가족들이 지낼 집과 자녀들의 교육까지 약속한 상황에서 저 정도 돈에 마음이 흔들리다니.

주머니를 집어 든 연구원은 눈먼 사신 제조법을 검은 복면을 쓴 사내에게 던졌다.

"이걸로 계약은 끝났군. 다시는 보지 말자."

연구원은 이대로 브루니스 왕국을 떠날 것처럼 보였다.

천 골드면 다른 국가에서 편안히 지낼 수 있겠지.

그럴싸한 집 한 채를 구입하고, 시녀가 만들어주는 밥을 먹으며 귀족 같은 삶을 사는 게 그의 꿈이었을 것이다.

하지만 그의 꿈은 이루어질 수 없었다.

"끄악! 왜?"

연구원의 옷이 조금씩 붉게 물들어가고 있다.

내가 한 짓이 아니다.

연구원의 배에 꼽혀 있는 단검의 주인은 검은 복면의 사내였다.

"보안이 생명이라서 말이지. 네게 준 골드도 아깝고 말이야. 좋은 꿈은 지옥에서 마저 꾸라고"

뛰어난 머리를 가지고 있는 마법사였던 연구원이 왜 이런 결과를 예측하지 못했을까.

음지에서 활동하는 사람의 말을 믿다니. 그 좋은 머리를 왜 이런 일에 사용하지 못하는 걸까.

연구원의 숨이 끊어지는 것을 확인한 사내는 어둠에 몸을 감췄다.

일반 사람이었다면 그의 움직임을 발견하지 못했겠지만 내 눈을 속이기에는 힘들었고, 나는 검은 복면의 사내의 뒤를 밟았다.

검은 복면의 사내는 내가 따라가고 있다는 것을 전혀 인지하지 못한 채 빠르게 어디로인가로 향하고 있었다.

날이 밝아올 때까지 그는 끊임없이 움직였다.

하긴 목숨을 걸고 하는 일인데 조심스럽게 움직이는 게 당연하지.

이제는 은신에 신경도 쓰지 않고 달리는 그였고, 그의 모습에서 목적지가 멀지 않았다는 것을 알 수 있었다.

이윽고 그는 아무도 살지 않는 것만 같은 폐가에서 멈췄다.

그러나 그는 폐가 안으로 들어가지 않고 마당 바닥을 쿵쿵거렸다. 그러자 사람이 나올 것이라던 예상과는 전혀 다르게 바닥에서 비밀 문이 열렸다.

그의 뒤에 바짝 붙어 비밀 문 안으로 들어갔다.

생각보다 지하실은 넓었다. 잡다한 집기들이 가득한 지하실에는 등이 굽은 노인 한 명이 살고 있었다.

"어떻게 되었는가? 눈먼 사신의 제조법을 확보했느냐?"

"그렇습니다. 눈먼 사신의 제조법을 확보했으며 뒤처리까지 깔끔하게 했습니다."

"역시 자네는 일처리가 확실해서 좋아. 제조법을 나에게 주고 아지트로 돌아가 있겠나? 새로운 일이 생기면 연락하겠네."

어떻게 하지? 지금 움직일까?

아니다. 아직도 꼬리에 불과하다. 몸통뿐만 아니라 머리까지 한순간에 집어삼키고 싶다.

비밀 문이 열리고 검은 복면의 사내가 나가는 동안 아무런 행동도 취하지 않았다.

지하실에 홀로 남게 된 노인은 제조법이 적힌 자료들을 상자 안에 보관하고는 낡은 의자에 앉아 사색에 잠겨 있었다.

몇 번이고 모습을 드러내 노인에게 배후를 묻고 싶었지만 완벽한 기회를 노리기 위해 기다렸다.

노인은 다음 날 해가 뜨고 나서야 움직이기 시작했다.

노인은 허름하고 낡은 로브를 벗어 지하실 한편에 두고는 상인들이나 입을 법한 옷으로 갈아입었다.

그러고는 천천히 비밀 문을 연 노인은 이목을 피해 지하실을 빠져나왔다.

얼마 지나지 않아 시끄러운 말발굽 소리가 들려왔다.

최소 8마리 이상의 말인 것 같았다.

이렇게 많은 수의 말을 보유하고 있는 집단은 기사단이거나 상인들이다.

폐가로 다가오는 집단은 상단이었다.

어느 국가의 상단이지?

익숙한 문양이 마차에 새겨져 있었다.

남부 귀족들의 리더이자 왕국에서 세 번째로 높은 직위를 가지고 있는 귀족.

자로트 후작 가문의 문양이 마차에 새겨져 있는 것이다.

자로트 후작은 내전을 끝으로 정계에서 모습을 감추다시피 했다.

꼭 필요한 회의가 아니라면 후작령 안에서 한 걸음도 나오지 않았고, 대부분의 회의 또한 대리인을 보내 진행시켰다.

내전 이후 오랜 시간이 지났지. 자로트 후작의 탐욕이 다시 생겨나기에 충분한 시간이기도 하고.

자로트 후작은 내전을 통해 스스로가 왕이 되려고 했던 사람이다.

내전에서 승리했을 때 그를 처리했어야 했다.

하지만 그가 가지고 있는 돈과 권력이 그의 목숨을 부지시켜 주었다.

사람이 쉽게 바뀔 리가 없지.

자로트 후작에 대한 감시를 소홀히 했던 것이 후회스러웠다.

하지만 아직 늦지 않았다.

눈먼 사신의 제조법은 아직 그에게 전해지지 않았고, 그가 무슨 용도로 눈먼 사신의 제조법을 알아내려고 하는지 알아야 했다.

"지점장님, 수고가 많으십니다."

"그래, 자네들도 수고가 많구나. 어서 출발하게나."

노인의 정체는 자로트 상단의 지점장이었다.

지점장이 직접 움직였다. 이것은 절대 발뺌할 수 없는 증거다.

상단의 마차에 노인이 올라타자 마차는 출발했고, 나는 바닥에 북부 기사만이 알 수 있는 기호를 적어두고는 마차 위에 올라탔다.

이전이었다면 멀미를 했겠지만 고리의 기운이 강화된 덕분인지, 아니면 수련 덕분인지 다행히 멀미 없이 나름 편안하게 후작령으로 이동했다.

*   *   *

자로트 후작령.

브루니스 왕국에서 가장 부유한 영지였던 후작령은 지금 최고의 부흥기를 맞이하고 있었다. 브루니스 왕국의 명성이 높아짐에 따라 상단의 수익 또한 덩달아 높아졌다.

하지만 자로트 후작은 지금에 만족하지 못했다.

'왕국의 수도를 가지고 싶구나. 많은 왕국들의 상단이 찾아오는 수도를 가지고 싶어.'

그는 여전히 왕권에 대한 욕심을 버리지 못했다.

하지만 카인트 공작과 잇몸에 낀 가시 같은 진 자작이 사라지지 않는 이상 왕권에 대한 야욕을 드러내서는 안 되었다.

게다가 왕권이 강화됨에 따라 왕실 기사단과 병사들의 무력도 강해졌고, 이제는 자신이 쉽게 덤빌 수 있는 그런 곳이 아니게 되었다.

그랬기에 자로트 후작은 더욱 속이 쓰렸다.

"가지지 못하면 부숴 버려야지."

자로트 후작은 자신의 수명이 얼마 남지 않았다는 것을 느끼고 있었다.

수명이 다하기 전에 왕좌에 앉고 싶었지만 이제는 불가능해 보였다.

그래서 목표를 왕좌를 차지하는 것에서 파괴하는 것으로 변경한 자로트 후작이다.

"후작님, 수도 지점장이 성에 도착했습니다."

"들어오라고 하게."

등이 굽은 노인이 문을 통해 들어온다.

수도 지점장을 맡고 있는 노인은 자로트 후작을 수십 년 동안이나 보필했다.

이제는 서로의 눈빛만 봐도 무슨 상황인지 알 수 있을 정도였고, 지금 지점장의 표정은 나쁘지 않았다.

"고생이 많으셨네. 이번 일을 마지막으로 쉬고 싶다고 했는가?"

그들에게 인사말은 필요하지 않았다.

"그렇습니다, 후작님. 이번 일을 마지막으로 고향으로 내려가고 싶습니다. 몸이 마음대로 움직이지 않으니 더는 후작님을 보필하지 못할 것 같습니다."

지점장은 작은 상자 하나를 앞으로 내밀며 말했다.

그 안에는 주인이 자신에게 마지막으로 내린 명령의 결과물이 들어 있었다.

자로트 후작은 자리에서 일어나 상자를 열어보고는 지점장을 바라봤다.

후작의 성격은 불같았지만, 유독 지점장에게만은 유한 미소를 자주 보였다.

그럴 수밖에.

한 번도 자신의 기대에 부응하지 않은 적이 없었고, 이번에도 이렇게 자신의 명령을 충실히 수행했는데 어찌 그에게 화를 낼 수 있겠는가.

아쉬웠다. 흐르는 세월은 돈으로 붙잡을 수 없다는 걸 잘 알고 있기에 이제는 그를 놓아주어야 된다는 것 또한 알고 있었다.

다시 이런 수하를 얻을 수 있을까?

상단의 주요 인사들이나 후작령에게 보호를 받고 있는 다른 남부 귀족들은 성에 차지 않았다.

지점장의 능력 절반만 되더라도 내가 화를 내지는 않을 건데.

"그동안 수고가 많았네. 고향에서 편안히 여생을 보낼 수 있도록 지원을 아끼지 않겠네."

마지막이 될지도 몰랐기에 지점장은 고개를 들어 후작의 얼굴을 하염없이 바라보았고, 후작도 지점장의 얼굴을 지긋이 바라봤다.

*　　　*　　　*

이게 지금 무슨 시추에이션?

신파를 찍어라.

노인 2명이 신파를 찍으니 보기 좀 그러네.

게다가 범죄자들이기도 하잖아.

이제 본격적으로 움직이기까지 얼마 남지 않았다.

후작이 무슨 목적으로 눈먼 사신의 제조법을 필요로 했는지만 알게 되면 바로 움직일 것이다.

지점장이 문 밖으로 나가고 얼마 지나지 않아 후작도 성을 빠져나갔다.

아다드 왕조차 사용하지 못할 정도의 으리으리한 마차를 타고 이동하는 후작이다.

저것만 봐도 그가 얼마나 권력에 목매달고 있는지 느껴졌다.

왕좌를 차지하지 못한 한을 마차의 외관으로 풀고 있는 것이다.

후작이 향한 곳은 후작령에서 조금 떨어진 곳에 있는 마법사의 탑이었다.

왕국에는 두 개의 마법사의 탑이 있는데 하나는 수노에, 그리고 나머지 하나는 후작령에 있었다.

마법을 사용하지 못하는 마법사들로 무슨 일을 꾸미려는 걸까? 혹시 나를 벤치마킹한 건가?

나는 후작의 뒤를 밟아 마법사의 탑으로 들어갔다. 거기에서는 많은 마법사들이 익숙한 광경을 연출하고 있었다.

이거 완전히 똑같잖아.

아무리 저작권에 대한 개념이 없는 시대라고는 하지만 우리 연구소랑 똑같이 만드는 건 반칙이잖아.

후작령의 마법사의 탑은 연구소로 바뀌어 있었다.

제조법을 연구소에 풀어 뒤처진 기술력을 따라잡겠다는 거야?

내 예성 범주 인에 들이 있는 일이긴 했디.

그래도 다른 나라에 헐값에 팔아치우지 않아서 다행이라고 해야 되나.

후작은 제조법이 든 자료를 마법사에게 주었다.

"눈먼 사신을 제조하는 데 얼마의 기간이 필요한가?"

"제조법이 있는 이상 한 달 안에 완벽하게 만들도록 하겠습니다."

"한 달? 생각보다 오래 걸리는군. 그래, 좋다. 한 달의 시간을 주겠다. 만약 한 달이 지나도 결과물이 나오지 않는다면 자리를 내려놓을 각오를 해야 될 것이다."

제조법을 신줏단지 모시듯이 받아 든 마법사들은 눈먼 사신을 카피하기 위해 연구실 안으로 들어갔다.

제조법을 안다고 해서 눈먼 사신을 쉽게 만들 수 있다고 생각하는 건가?

절대 쉬운 일이 아니다. 눈먼 사신의 제조법은 우리 연구소에 맞게 제작이 되어 있었고, 기구들이 없다면 몇 달이 걸려도 만들어내지 못할 정도로 복잡했다.

게다가 제조법이 진짜도 아니다.

낚싯바늘에 고급 쇠고기를 다는 낚시꾼은 없다.

당연히 먹지 못하는 음식을 미끼로 사용하는 법이다.

지금 마법사들이 신줏단지처럼 모시는 제조법으로 눈먼 사신을 만든다면······.

연구소를 만드는 데 큰돈을 투입한 것 같은데 아쉽네.

제조법에 적혀 있는 내용대로 따라 한다면 여기 연구소는 불구덩이로 변해 버린다.

이제 슬슬 나도 움직이면 되겠네.

나는 후작령을 빠져나와 어딘가로 향했다.

그동안 후작령으로 오며 틈틈이 새겨둔 표식을 북부의 기사 중 한 명이 봤다면 카인트 공작과 기사단이 그쯤에서 나를 기다리고 있을 것이다.

"형님!"

예상한 장소에는 카인트 공작과 브로안, 그리고 기사단이 자리하고 있었다.

내가 움직일 것을 알고 있었기에 이렇게 빨리 도착할 수 있는 그들이었다.

"온다고 수고했어. 공작님이 직접 오실 줄은 몰랐습니다."

"후작을 잡는 데 내가 빠질 수는 없지. 그래, 안의 상황은 어떻게 되어가고 있는가?"

후작에 대한 원한이 가장 깊은 사람이라면 당연히 아다드 왕이었고, 그다음은 카인트 공작이었다.

직접 후작을 끝내고 싶어 하는 카인트 공작의 마음이 이해가 갔다.

가뭄이 들면 식량으로 협박을 하고, 권력의 근처에는 다가오지도 못하게 했던 후작이 좋으면 변태지.

원래 먹는 걸로 구박받은 사람의 원한은 깊은 법이니까.

"후작은 우리에게서 훔친 제조법으로 눈먼 사신을 스스로 제조하려고 하고 있습니다. 후작령 안에 있던 마법사의 탑은 우리 연구소와 같은 모습을 하고 있었습니다. 마법사들이 모두 후작의 지시에 따라 연구를 하고 있었습니다."

"그랬군. 그럼 우리는 언제 움직이면 되는가?"

"며칠 안에 큰 폭발이 있을 겁니다. 눈먼 사신의 제조법으로 알고 있겠지만 사실 폭탄 제조법이 적혀 있는 자료들입니다. 실력이 있는 마법사들이니 며칠 안에 결과물을 만들어낼 것이고, 그때 우리가 움직이면 됩니다."

병사 하나 없이 기사들로만 이루어진 병력이다.

후작령을 치기에는 부족한 숫자지만 혼란을 틈타면 충분했다.

후작 주변에는 많은 기사들이 있긴 하지만 우리에 비하면 현저히 떨어지는 능력을 가지고 있었다.

악마의 탑 2층에서 헤매고 있는 기사들에게 당한다면 부끄러운 일이지.

카인트 공작과 기사단은 후작령의 지척에서 몸을 숨기고는 기다렸다.

*　　　　*　　　　*

후작령 마법사의 탑.

"실험은 어떻게 되어가고 있는가?"

"수석 마법사님, 정말 이 제조법이 눈먼 사신을 만드는 제조법이 맞습니까? 제 지식으로는 치료약을 만드는 제조법이 아닌 것 같습니다."

"지금 그런 헛소리를 할 시간이 없네. 잔말 말고 이대로 만들기나 하게나."

한때는 후작의 총애를 한 몸에 받았던 수석 마법사였지만 마법이 사라진 이후 그의 직위는 곤두박질쳤다.

후작은 그를 더 이상 찾지 않았고, 이전에는 당연하게 누렸던 모든 것을 잃어버리고 말았다.

그랬던 그였기에 지금의 기회는 하늘이 내려준 것 같았다.

이번 일만 성공한다면 다시 후작의 총애를 받을 수 있었기에 마법사들을 독촉했다.

"마법사들은 자신의 지식을 과신하는 안 좋은 버릇이 있지. 나 또한 그랬지만 발전을 하기 위해서는 의심부터 버려야 되네. 브루니스 연구소는 세계에서 알아주는 연금술을 가지고 있네. 우리가 그들을 따라잡기 위해서는 의심을 버려야 하네."

"알겠습니다."

수석 마법사의 말에 따라 마법사들은 의심을 버리고 제조법대로 실험을 진행했다.

잠시의 휴식도 취하지 않고 실험에만 열중한 그들이었고, 드디어 결과물이 완성되기 직전이었다.

"수석 마법사님, 이제 아크타르만 혼합하면 결과가 나옵니다."

"바로 진행하게나."

'아크타르가 무슨 작용을 하기에 눈먼 사신의 재료가 되는 걸까?'

마법사는 폭발력이 강한 재료인 아크타르가 눈먼 사신의 재료라는 것이 믿기지는 않았지만 그래도 제조법을 믿었다.

하지만 그의 믿음은 배신당했다.

펑!

큰 소리와 함께 엄청난 폭발이 일어났다.

실험실 전체가 폭발의 영향으로 터져나갔고, 마법사의 탑은 순식간에 화마에 휩싸여버렸다.

"지금입니다!"

신호탄이 쏘아졌다. 화마에 휩싸인 마법사의 탑의 성문을 지키는 경비대까지 대부분 자리를 비웠다. 몇 명의 경비대가 문을 지키고 있긴 했지만 우리를 막기에는 역부족이었다.

마법사의 탑에 붙은 불을 끄기 위해 많은 사람들이 물 양동이를 이고 나와 불을 끄려고 했지만 불길은 점점 거세지기만 했다.

마법사가 있었다면 물 계열 마법으로 불을 끌 수 있었겠지만 마법사는 없다.

많은 인파가 마법사의 탑 주위에 있었지만 급박한 상황 덕에 우리에게 관심을 주는 이는 몇 없었다. 그 몇 명도 우리 쪽 사람이었다.

척후병으로 보낸 사복 기사가 우리를 향해 달려와 말했다.

"자로트 후작은 지금 기사단의 보호를 받으며 마법사의 탑으로 오고 있다고 합니다. 10분 안에 도착한다는 정보입니다."

노쇠한 나이지만 욕심이 많은 자로트 후작이다. 자신의 마지막 열쇠가 될 마법사의 탑이 불타오르고 있으니 달려 나올 수밖에 없다.

우리는 갑옷 위에 사복을 입고 있었기에 관심을 피할 수 있었다.

지금처럼 위급한 상황이 아니었다면 우리가 이상하다는 것을 충분히 눈치챌 수 있었겠지만 모든 사람들의 눈은 마법사의 탑에 집중되어 있었고, 자로트 후작을 지키는 기사대 또한 그러했다.

"당장 불을 꺼라! 기사들도 당장 작업에 동참해라!"

안달이 났군.

자로트 후작은 마법사의 탑에 도착하자마자 기사들과 병사들을 닦달했고, 자신을 지키는 기사들까지 투입시켰다.

이거 완전 잡아먹어 달라고 애원을 하는 것 같잖아.

우리의 목적은 단 하나.

자로트 후작이다. 그를 데리고 후작령을 빠져나가기만 하면 된다.

다시 내전을 벌일 수는 없다. 내전 없이 그를 제압하기 위해서는 자로트 후작을 납치해야 한다. 그리고 우리에게는 그럴 능력이 있다.

특히 지금처럼 대부분의 기사가 마법사의 탑에 투입된 상태라면 큰 어려움 없이 자로트 후작을 데리고 나올 수 있다.

만약 그를 납치하지 못한다면… 죽인다.

내전의 아픔을 다시 맛보지 않기 위한 최후의 방법이다.

이는 정말 최후의 방법이다. 후작을 죽이면 내전을 막을 수는 있지만 남부 귀족들에게 지탄을 받을 수밖에 없고, 안 그래도 골이 깊은 지금 회복 불가로 이어져버릴지도 모른다.

"기사단은 넓게 퍼져 남부의 기사들이 다가오지 못하게 한다. 후작의 신병은 우리가 인수한다."

카인트 공작과 우리 세 명이면, 아니 브로안 혼자만으로도 웬만한 기사단을 제압할 수 있다. 뼈밖에 남지 않은 후작을 잡는데 이렇게 많은 인원이 필요하지도 않겠지만 이번 일은 작은 실수라도 있으면 안 된다.

그리고 후작이 다른 생각을 품을 틈을 주어서도 안 되었기에 우리가 전부 움직여야 했다.

공작은 나에게 돌려받은 은신 망토를 착용하고 모습을 감추었고, 우리는 사방으로 흩어져 후작에게 다가갔다.

아직도 자신에게 무슨 일이 생길지 모르는 후작은 마법사의 탑을 보며 화를 내고 있었다.

"어서 불을 끄란 말이다! 비싼 돈을 받는 값을 하란 말이다! 마법사의 탑이 사라지면 너희 목도 사라질 것이다."

"그 전에 네 목을 먼저 조심하는 게 어떤가?"

후작은 자신의 귓가에 들려오는 소리에 흠칫 놀라며 뒤돌아봤다.

하지만 거기에는 아무도 없었다.

은신의 망토의 능력을 사람의 능력으로 간파할 리는 없다.

그것도 욕심에 비해 육체 수련을 전혀 하지 않은 늙은이라면 더더욱 말이다.

"누구냐! 모습을 드러내라!"

아직은 죽지 않은 사자의 모습을 보이는 후작이다. 그는 당황하는 모습을 전혀 드러내지 않았다.

하지만 북부의 벽이라고 불리는 자신의 최고의 정적인 공작 앞에서도 그럴 수 있을까?

"내가 누군지 물었느냐? 나이를 먹더니 내 얼굴도 잊었나 보군."

카인트 공작은 은신 망토를 서서히 벗어 내리고는 얼굴을 드러냈다.

"카인트 공작! 당신이 어떻게 여기를… 당신이! 당신이었군. 마법사의 탑에 불을 지른 사람이 당신이었어! 어찌 이런 짓을 저지른단 말이냐!"

자로트 후작이 엉뚱한 말을 하고 있군. 입은 삐뚤어져도 말은 바로 하라고 했다.

여기서 내가 나서 말을 정정해 줘야겠네.

"후작님, 제가 감히 한 말씀 드리겠습니다."

"아니, 너는 진 자작이 아니던가!"

뻔히 알면서 왜 저런 말을 하는 건지.

"이번 일을 우리가 꾸몄다고 하셨습니까? 그렇지 않습니다. 우리는 단지 비밀 자료실 안에 폭발 위험이 높은 물질의 제조법을 두었을 뿐입니다. 매우 위험한 제조법이기에 도둑을 뒤쫓아 여기까지 왔을 뿐입니다. 저희도 도둑의 배후가 후작님이라고는 생각지도 못했습니다. 배울 만큼 배우신 분이 도둑질로 배를 불리려고 하다니요."

"지금 뭐라고 했느냐! 감히 나한테 도둑이라고 한 것이냐!"

이럴 때는 생각 없이 말하는 브로안이 제격이다.

"그럼 도둑보고 도둑이라고 하지, 뭐라고 부릅니까. 참 나, 미안하다고 사과는 하지 못할 망정 화나 버럭 내고, 사람들이 뭘 보고 배우겠어요?"

우리 브로안 잘한다!

우리가 이렇게 후작의 시선을 끄는 동안 카인트 공작과 아드몬드는 후작에게 다가갔다.

나는 옆에 있는 브로안에게 속삭였다.

"조금 더 후작을 흥분시켜."

"이제 죽을 날도 얼마 남지 않았는데 뭐가 더 하고 싶어서 이런 짓을 벌였는지 모르겠지만, 그냥 침대에서 편안히 저승사자를 기다리는 게 어떻습니까?"

"뭐라고 했느냐! 지금 내가 누군지 알고 그런 막말을 하는 것이냐!"

"자로트 후작님 아니십니까? 제가 직접 본 건 처음인데. 탐욕스러운 얼굴과 기분 나쁘게 생긴 염소수염을 하고 있는 사람이 자로트 후작님이라고 들었는데. 아닙니까?"

자로트 후작은 평소 수염을 아끼기로 유명했다. 그런데 지금 자신의 자랑인 수염을 비하하는 말을 듣게 되자, 이성을 잃었다.

역시 브로안은 어그로를 끄는 데는 최고라니까. 자로트 후작까지 흥분 상태로 만들어 버리다니. 저것도 재능이라면 무서운 재능이야.

자로트 후작의 혈압이 꼭대기까지 오른 순간 카인트 공작과 아드몬드가 움직였다.

카인트 공작은 자로트 후작의 옆으로 돌아가 그의 양팔을 붙잡았고, 아드몬드는 손이 묶인 자로트 후작의 입으로 수면제가 잔뜩 묻어 있는 손수건을 가져다 대었다.

스스로 목숨을 끊는 것을 사전에 방지하기 위한 조치였다.

자로트 후작이 우리의 손에 들어왔다.

그동안 후작의 기사들이 우리를 막으려고 하고는 있었지만 악마의 탑을 오고 가는 실력을 가진 북부의 기사단을 뚫고 우리에게 다가올 수는 없었다.

"후작의 신병이 우리에게 있다. 모두 검을 내려놓아라. 나는 카인트 공작이다!"

적진이라고 할 수도 있는 장소에서 자신의 정체를 당당하게 드러내다니.

역시 내가 존경하는 이유가 있다니까.

후작의 기사들은 우리를 막을 방법이 없다는 걸 알았는지, 아니면 카인트 공작의 당당함에 마음의 문을 연 건지는 모르겠지만 별달리 반항을 하지 않고 길을 열어주었다.

*　　　　*　　　　*

자로트 후작이 왕궁 지하에 갇힌 지 한 달이 지났다.

그동안 많은 남부 귀족들이 부당함을 토로하며 후작의 석방을 요구했지만 우리에게는 씨알도 먹히지 않는 일이었다.

명분도 충분했고, 증거와 증인도 확보했다.

그리고 약간의 살을 덧붙이기도 했으니 후작이 석방될 가능성은 1%도 되지 않았다.

아무리 남부 귀족들이 성을 낸다고 해도 될 일이 아니었다.

그리고 시간이 조금 지나고는 잠잠해졌다.

저들도 알게 된 거지, 후작이 사라진 남부는 무주공산이나 다름없다는 것을.

후작이 사라진 지금이야말로 발전을 하기에 최적의 시간이다.

후작의 능력으로 지금의 부유한 남부가 있는 것이지만 그는 다른 귀족들의 성장을 억제하는 역할도 하고 있었다.

호랑이가 사라진 야생은 이제 늑대들의 전장으로 바뀌어 버렸다.

하지만 늑대들이 나눠 먹기에는 너무 많은 양이다.

아다드 왕도 자로트 후작이 가지고 있는 것을 남부 귀족들에게 나눠주고 싶어 하지 않았고, 나와 카인트 공작을 불러 의견을 물어왔다.

"자로트 후작령은 현재 왕실의 수도와 버금갈 정도의 비옥한 영지입니다. 남부의 귀족들은 자로트 후작이 독점하고 있던 물건들을 팔며 수익을 늘리고는 있지만 거기서 만족을 하지 않고 후작령을 소유하려고 들 겁니다."

"하지만 후작의 자식들이 후작령을 지키고 있지 않은가."

후작의 자녀들?

후작은 상업적인 자질이 뛰어난 상인이었지, 좋은 아버지는 아니었다.

후작은 슬하에 세 명의 자녀를 두었지만 제대로 성장한 사람은 아무도 없었다.

단지 후작이 벌어둔 재산을 야금야금 갉아먹는 해충들이었다.

"아직 본격적으로 접근한 귀족은 없지만 조만간 후작의 자녀들을 이용해 후작령을 가지려고 하는 귀족이 생길 겁니다. 그 전에 왕실이 움직여야 합니다."

"우리가 어떻게 움직이는 것이 좋겠는가?"

"그 전에 잠시 후작을 독대해도 되겠습니까? 그와 대화를 마쳐야 구체적인 방법을 계획할 수 있을 것 같습니다."

후작을 볼 수 있는 자격이 있는 사람은 몇 되지 않는다.

나조차 아다드 왕의 재가가 없으면 만날 수 없는 장소에 감금되어 있는 후작이었다.

왕의 허락이 떨어졌고, 나는 조용한 지하 감옥을 방문했다.

지하 감옥의 지하 1층과 2층은 죄질이 나쁜 죄수들이 사형을 기다리며 살날을 세고 있었기에 더럽고 역했다.

하지만 자로트 후작이 감금되어 있는 지하 3층은 상대적으로 조용했으며, 깨끗한 분위기였다.

자로트 후작은 팔과 다리에 족쇄만 달고 있었지, 귀족처럼 생활하고 있었다.

고기가 잔뜩 함유된 식단에, 원할 때마다 씻을 수 있도록 급수 시설이 설치되어 있었고, 침대마저 고급스러웠다.

"후작님, 진 자작이 찾아왔습니다."

후작을 지키고 있던 기사가 나의 방문을 후작에게 알렸다.

나는 기사의 안내를 받아 감옥 안으로 들어갔다.

"여기는 무슨 일로 찾아왔는가? 죽어가는 늙은이를 놀리려고 왔는가?"

날이 잔뜩 서 있는 후작이다. 하긴 자신을 이곳까지 끌어내린 나를 좋게 볼 수는 없겠지.

"아닙니다. 늑대에 대해 대화를 하고 싶어 찾아왔습니다. 현재 후작령 주위에는 수십 마리의 늑대가 연약한 아이들을 잡아먹으려고 호시탐탐 기회를 엿보고 있다고 합니다. 아이들이 가지고 있기에는 너무 거대한 고깃덩어리를 쥐고 있기에 늑대들이 침을 흘리고 있지요."

말을 돌려 했지만 내가 무슨 말을 하고자 하는지 후작이 모를 리가 없었다.

"지금 남부 귀족들이 후작령을 노리고 있다고 말하는 건가? 주인을 물려고 하다니 버릇이 없는 강아지들이군."

그렇다. 남부 귀족들은 후작에게 사냥개였을 뿐이다.

사냥개가 주인의 자식들을 물려고 한다. 어느 주인이 그것을 가만히 보고만 있겠는가.

"제안을 하려고 찾아왔습니다. 자녀분들에게 비옥한 영지를 따로 내어드리거나 수도에서 편안히 생활할 수 있도록 돕겠습니다."

"그 대신 후작령을 달라? 이거 수지가 맞지 않는 제안인데…… 하지만 씁쓸하게도 응할 수밖에 없는 제안이군."

왕실에서 후작령을 차지하기 위해서는 후작의 직인이 필요하다. 후작의 직인만 있다면 왕실이 후작령을 차지하는 것을 남부 귀족들은 눈 뜨고 지켜볼 수밖에 없다.

"첫째는 그래도 영지민들을 다루는 법을 아는 아이니, 작은 영지를 운영하면 되겠지. 하지만 둘째와 셋째는 경영에는 영 재주가 없는 아이들이니 수도에서 생활하는 것이 좋겠군. 후작령은 이제 왕실의 소속 영토가 되는 것인가? 이제는 추후 수십 년 동안은 왕실에 대적할 귀족이 없어지겠군. 상단은 어떻게 할 생각인가? 넓은 후작령의 영토와 비슷한 가치를 가지고 있는 자로트 상단도 왕실이 가져가려고 하는가?"

자로트 상단은 브루니스 왕국에서 가장 큰 상단이다. 왜 욕심이 나지 않겠는가.

하지만 모든 것을 다 가질 수는 없다.

남부 귀족들에게도 나눠줘야만 뒤탈이 없다. 하지만 온전한 상단을 줄 수야 없지.

"상단에 대해서는 간섭을 하지 않을 생각입니다. 능력이 있는 사람이 차지하게 되겠죠. 단지 이제는 후작님의 상단이 아니니 세율 혜택을 거둬들여야겠죠."

자로트 후작은 후작령에 대해 얘기를 할 때보다 더욱 그늘졌다.

자신이 직접 키운 상단이 산산조각 난다는 말을 듣고 기분이 좋을 수는 없지.

"알겠네. 이만 가보게나. 다음에 내려올 때 서류를 준비해 내려오게나. 직인을 찍어주겠네."

피곤한 듯 나를 내보내려고 하는 후작이었다. 하지만 아직 할 일이 남았다.

"서류를 준비해서 왔습니다. 직인을 부탁드립니다."

"허허허… 그래, 가지고 오게."

이제 자로트 후작령은 서류상으로 왕실의 소유가 되었다.

4대에 거쳐 내려온 브루니스 왕국의 두 개의 기둥 중 하나가 역사 속으로 사라진 것이다.

Chapter 5

안정화 작업 I

왕실이 후작령을 소유하게 되는 과정은 생각보다 어렵지 않았다.

　남부 귀족들은 상인답게 행동했다. 그들은 소화시키지 못할 정도의 고기보다 양은 좀 적어도 먹기 좋게 작게 썰린 눈앞의 고기를 택했고, 왕실은 그들의 행동을 묵인해 주었다.

　암묵적인 거래.

　왕실이 후작령을 가지는 대신 자로트 상단을 분해해서 나눠 가진다.

　서로에게 만족스러운 거래였고, 그렇게 자로트 후작에 대한 문제는 마무리되었다.

　왕실이 강화되었으니 이제는 밖으로 눈을 돌려야 한다.

연구소에서는 전쟁을 억제할 독을 만들고는 있지만 우리가 먼저 사용할 수는 없다.

전쟁이 벌어지지 않는다면 독은 그냥 창고에만 쌓여 있게 된다.

악마의 탑을 공략하는 것도 중요하지만 그럴 환경이 조성되어야 마음 놓고 악마의 탑을 공략할 수 있다.

그리고 악마들의 마수가 이번에는 어떤 나라에 향할지 모른다.

어떤 국가를 유혹해도 우리가 막을 수 있는 기반이 필요하다.

브루니스 왕국이 어떻게 하면 세계의 중심이 될 수 있을까?

전쟁으로 세계를 정복하는 것이 가장 좋은 방법이겠지만 현실적으로 불가능하다.

하려면 할 수는 있겠지만 성공 확률도 희박할 뿐 아니라 오랜 시간이 걸린다.

내가 원하는 것은 세계 정복이 아니라 악마의 탑을 안정적으로 공략할 환경을 구성하는 것이다. 그러기 위해서는 전쟁을 억제해야 한다.

이미 계획은 만들어두었고, 나는 곧장 아다드 왕과 카인트 공작을 찾아갔다.

내가 먼저 회의를 하자고 하는 경우는 드물었기에 아다드 왕과 카인트 공작은 비장한 표정으로 집무실에서 나를 기다리고 있었다.

그들이 내 계획을 어떻게 생각할까? 반대를 하는 건 아니겠지?

떨리는 마음으로 입을 열었다.

"그래, 오늘 우리를 부른 이유가 무엇인가? 자로트 후작령에 대한 문제라면 이제 마무리가 된 것 같은데 새로운 문제라도 생겼는가?"

한층 여유가 생긴 아다드 왕이었다. 자로트 후작이 사라진 이상 그의 자리를 위협하는 존재는 더는 없었기에 생긴 여유였다.

"새로운 문제는 아닙니다. 하지만 앞으로 생길지도 모르는 문제에 대해 말씀드리고자 합니다. 지금 브루니스 왕국은 이전에 없던 성세를 누리고 있습니다. 소국이라고 무시하는 국가도 없으며 많은 국가의 상인들이 질 좋은 아이템을 구입하기 위해 왕국을 방문하고 있습니다."

"그게 무슨 문제라도 되는 건가? 지금 얘기를 들어보니 문제 될 것이 없어 보이는구나."

카인트 공작의 질문에 대답했다.

"하지만 그게 끝이 아닙니다. 아시겠지만 타나스 왕국이 전쟁을 벌였던 것은 악마의 유혹 때문입니다. 악마가 여전히 세계를 어지럽히려고 하고 있으니 언제 다시 전쟁이 벌어져도 이상하지 않습니다. 이번이야 신성제국의 도움으로 이겨낼 수 있었지만 다음에도 그런 행운이 우리에게 있을 거라고 기대하기 힘듭니다."

"그래서 연구소에서 새로운 독을 만들고 있지 않느냐. 전에 자네가 독 한 병으로 기사단 몇 부대를 전멸시킬 수 있다고 하지 않았는가. 믿기지는 않지만 진 자작 자네가 한 말이니 틀리지는 않겠지. 그 독을 이용하면 충분히 전쟁에서 승리할 수 있지 않겠는가."

"물론 독을 이용하면 전쟁의 승리를 쉽게 가지고 올 수 있습니다. 하지만 독으로는 부족합니다. 만약 독이 통하지 않게 된다면 우리는 다시 힘겨운 전쟁을 벌여야 합니다. 악마의 능력은 우리가 가늠할 수 없습니다. 그러니 전쟁은 최악의 수가 됩니다."

"이제 그쯤 했으면 되었네. 어서 본론을 얘기해 보게나."

카인트 공작이 독촉했다.

"전쟁을 억제하는 방법이 무엇이 있다고 생각하십니까? 제국이 되어 세계를 호령하면 될까요? 아니면 강한 군대를 보유하고 있으면 전쟁을 억제할 수 있다고 생각하십니까?"

"제국이 되어 강한 군대를 보유하게 되면 당연히 세계의 중심이 될 것이고, 다른 국가들이 쉽게 전쟁 생각을 하지 못하게 되겠지. 지금 자네는 우리가 제국이 되어야 된다고 말하는 건가? 제국이 되기 위해서는 전쟁이 필수적이네. 전쟁을 막기 위해 전쟁을 벌이자는 것은 아둔한 생각이네. 만약 그런 말을 하려고 하는 것이면 이만 일어나겠네."

성질이 급한 카인트 공작이다. 아다드 왕은 아직까지 얼굴에 여유가 가득했다.

"카인트 공작, 진 자작이 무슨 말을 하려는지 끝까지 들어보세나."

아다드 왕은 계속 말하라는 손짓을 주었고, 나는 못다 한 말을 꺼내었다.

"카인트 공작님의 말처럼 전쟁으로 전쟁을 억제한다는 생각은 아둔한 방법입니다. 하지만 우리 왕국이 세계 중심이 되어 전쟁을 억제해야 된다고는 생각하고 있습니다. 전쟁 말고 다른 방법으로 세계의 중심이 되는 방법으로 말입니다."

"전쟁 말고 제국이 되는 방법이 있다는 말인가? 제국이라 함은 넓은 영토와 군대 그리고 속국을 가지고 있어야 된다네. 전쟁을 하지 않고 어찌 그런 것들을 얻을 수 있단 말인가."

"굳이 제국이 되지 않아도 됩니다. 모든 국가를 우리 통제하에 두기만 하면 전쟁은 자연스럽게 억제가 됩니다. 오러를 사용하는 기사와 마법사가 사라진 지금 세계는 무력에서 경제력으로 중심이 옮겨가고 있습니다. 이전에는 강한 기사와 군대만이 가능했던 일을 이제는 돈으로 할 수 있습니다. 지금 여러 국가들이 악마의 탑을 공략하려고 하고 연금술사를 양성하는 이유가 무엇이겠습니까? 다 돈을 벌기 위해 하는 일이 아닙니까. 이미 세상은 돈에 지배를 받고 있습니다. 강한 무력을 가지기 위해서는 필수적으로 아이템이 필요하고 아이템을 구하기 위해서는 돈이 필요합니다. 우리는 돈의 주인, 즉 경제의 중심이 되어야 합니다."

"돈의 주인? 어렵게 말하지 말고 쉽게 풀어주게나."

돈의 주인이 되는 방법은 이미 현자와 대화를 하며 실마리를 찾았다.

이계에서 가장 뛰어난 지식을 가지고 있는 현자, 그리고 현대의 지식을 가지고 있는 내 머리가 합쳐져 만들어진 방법이다.

지금의 시대 사람들은 생각지도 못할 그런 방법.

"현재 많은 국가들은 엄청난 액수의 돈을 필요로 하고 있습니다. 연구소를 개발하기 위해서나 아이템을 구입해 기사들을 무장시키기 위해서 말입니다. 우리는 그들에게 제공해 줄 수 있는 기술력과 아이템이 있습니다. 경매를 통해 아이템을 판매하는 시스템을 바꿀 생각입니다."

"어떤 방식으로 경매를 바꿀 생각인가?"

"이전에는 골드 혹은 보석을 가지고 와 경매에 참여해야 했습니다. 하지만 앞으로는 그럴 필요가 없습니다. 돈을 채권으로 대신합니다. 상단의 이름 혹은 국가의 이름으로 발행된 채권을 받을 생각입니다. 채권은 우리 왕국에서 인증을 해야겠지요."

"채권? 한마디로 계약서를 쓰고 돈을 빌려준다는 것이 아닌가. 그게 우리가 경제의 중심이 되는 것과 무슨 관련이 있는 건가?"

"채권을 발행하는 것은 어렵지 않습니다. 원하는 금액만큼만 적어 넣으면 바로 현금처럼 사용할 수가 있습니다. 가지고 있는 돈이 부족한데 꼭 가지고 싶은 아이템이 있다면 어떻게 하시겠습니까? 쉽고 간편하게 돈을 빌릴 방법이 있으니 채권을 발행해 경매에 참여하지 않겠습니까?"

"그렇겠지. 돈을 빌려준다는데 거절할 사람은 없지."

"그렇습니다. 우리는 상단이나 국가에게 채권을 받아 돈을 빌려줘 경매에 참여하게 만듭니다. 그렇게 된다면 더 많은 상단과 국가들이 경매에 참여하게 됩니다. 지금 B급의 아이템은 통상 10개 정도의 집단이 대부분을 구입하고 있습니다. 하지만 채권을 발행할 수 있게 되면 어떻게 되겠습니까? 돈이야 나중에 갚으면 된다고 생각하는 사람이 생기지 않겠습니까. 그렇게 되면 10

개의 집단에서 20개의 집단, 나중에는 100개의 집단이 경매에 참여하지 않겠습니까."

"하지만 그렇게 막 채권을 받다가 돈을 돌려받지 못하면 어떻게 하려고 그러는 건가. 너무 위험하지 않겠는가?"

"우리가 그렇게 약한 국가입니까? 카인트 공작님이 계시고, 상질의 아이템으로 무장한 기사들이 있습니다. 돈을 돌려받겠다는 명분도 있으니 우리가 움직이지 못할 이유가 없습니다. 하지만 그렇게 무력으로만 해결해서는 안 되겠죠. 돈을 제때 갚지 못하면 이자를 받고, 만약 이자마저 제시간에 갚지 못하면 무력시위에 들어가는 겁니다."

경매에 참여하는 사람이 늘어나면 당연히 경매품의 가격은 늘어난다.

처음에는 크게 늘지는 않겠지만 채권의 유혹에 빠지기 시작하면 엄청난 속도로 경매품의 가격은 상승하게 된다. 실제로 돈의 유통이 늘어나서는 않지만 빚이 생기는 것이다.

처음 채권을 발행하면 갚기 위해 노력할 것이다. 하지만 몇 번이 넘어가면 기한을 어기는 일이 생길 것이고, 그때 우리는 아무런 재촉도 제재도 하지 않는다.

그렇게 몇 번의 거래가 더 진행되면 빚은 걷잡을 수 없게 늘어난다. 하지만 그때도 우리는 움직이지 않을 것이다. 국가 자체가 휘청거리기 전에는 말이다.

"다른 국가에게 빚을 지게 해 우리의 속국으로 만들겠다는 생각인가? 하지만 그게 통할지는 모르겠네. 다른 국가에서도 반발할 걸세."

당연히 우리가 움직이면 반발을 하겠지. 그렇다면 우리가 직접 움직이지 않으면 된다.

"그래서 새로운 제도를 하나 도입하려고 합니다. 국가나 상단들이 발행한 채권을 이용해 은행을 만드는 겁니다. 은행을 만들어 발행받은 채권을 돈 대신 사용하게 만드는 겁니다. 사람들이 채권을 돈처럼 자유롭게 사용하게 되면 그때부터 돈을 빌린 사람들은 우리에게 약점이 잡히게 되는 겁니다. 우리에게 돈을 지불하지 않으면 채권을 사용하는 모든 사람에게 민폐를 끼치게 되는 겁니다. 그렇게 되면 우리보다 사람들이 먼저 그들을 압박하게 됩니다. 굳이 우리가 움직이지 않아도 사람들의 성화에 못 이겨 돈을 뱉어내야 합니다."

"그것만으로 우리가 경제의 중심이 될 수 있단 말인가?"

"그렇습니다. 여러 가지 조치가 더해지긴 하겠지만 중점은 채권 발행입니다. 제 계획을 어떻게 생각하십니까?"

카인트 공작은 아직 채권의 개념에 대해 이해하지 못하고 있었고, 그건 아다드 왕도 마찬가지였다. 하지만 그들의 공통점이 있다.

나를 믿는다. 그들은 나를 믿었기에 큰 고민 없이 말했다.

"자네 마음대로 한번 해보게나. 자네가 하는 일인데 망하기야 하겠는가."

왕의 허락이 떨어졌다.

　　　　　*　　　　　　*　　　　　　*

　브루니스 경매장.

　브루니스 경매장은 항상 많은 사람이 찾는다. 이제는 관광 명소가 될 정도로 많은 사람이 방문했고, 작은 아이템이라도 추억으로 낙찰받고자 했다.

　특히 부유한 귀족 자제들의 데이트 코스이기도 했다.

　"자이드 님! 이번에 약속의 반지가 경매에 올라온다고 하네요. 사랑을 고백하기에 안성맞춤인 아이템이네요."

　동부에서 부유하기로 소문난 귀족의 자제인 자이드는 사랑에 빠졌다.

　귀족의 자제인 만큼 한 번도 여자를 가지고 싶다는 욕심을 낸 적이 없었다.

　알아서 넘어오니 노력을 할 필요가 없었던 것이다.

　하지만 지금 만나고 있는 여성은 달랐다.

　넘어올 듯 넘어오지 않는 그녀를 잡기 위해 아버지의 상단의 도움을 받아 브루니스 왕국까지 그녀와 같이 왔다.

　이곳에 온다면 어떻게든 기회를 만들 수 있을 거라 생각했지만 이틀 동안 아무런 일도 일어나지 않았다. 정말 이제 한 발자국만 더 넘어오면 될 것 같은데 그 한 발자국을 넘지 못했다.

　이런 상황에서 그녀가 약속의 반지를 가지고 싶다고 한다.

　어떤 남자가 거부하겠는가.

　"약속의 반지? 내가 꼭 낙찰을 받아서 우리의 사랑을 증명해 보이겠소!"

하지만 야속하게도 약속의 반지는 자신의 능력으로 구입할 수 없는 가격이었다.

상단의 도움을 받으면 가능하기야 하지만 상단은 다른 무기를 구입하기 위해 브루니스 경매장을 찾았다.

무슨 좋은 방법이 없을까?

그때 자이드의 눈에 보이는 표지판.

〈채권을 발행해 드립니다.

경매에 참여할 돈이 부족한 분에게 채권을 발행해 드립니다.〉

표지판에는 긴 말이 적혀 있었지만 그의 눈에는 돈을 빌려준다는 말만이 들어왔다.

약속의 반지는 무조건 내가 낙찰받는다!

의지를 굳힌 자이드는 상단의 눈을 피해 홀로 채권 발행소를 찾았다.

거기에는 이미 많은 사람들이 줄을 서며 채권을 발행하고 있었다.

"나는 푸만 상단의 자이드다. 채권을 발행받을 자격이 되겠지?"

"그렇고말고요. 얼마가 필요하십니까?"

"약속의 반지를 낙찰받고 싶은데 얼마의 돈이 필요하겠는가?"

채권 발행소의 직원들은 경매장의 아이템과 낙찰 금액에 대한 교육을 미리 받았기에 자이드의 질문에 대답을 해줄 수 있었다.

"약속의 반지 말씀이시군요. 이번에 약속의 반지를 노리는 사람들이 많습니다. 안전하게 낙찰을 받으시려면 천 골드는 필요하지 않겠습니까? 자이드 님이라면 우리가 2천 골드까지 채권을 발행해 드릴 수 있습니다. 약속의 반지를 낙찰받고 남은 채권을 돌려주시면 됩니다."

자이드는 이렇게 쉽고 좋은 방법이 있다는 것에 속으로 환호성을 지르고는 바로 채권을 발행했다.

보통 일반인에게 채권을 발행해 주지는 않았지만 자이드는 상단주의 아들이었으며, 귀족의 자제이기도 했기에 쉽게 채권을 발급받았다.

채권은 내 예상과는 다른 행보를 보였다.

아무리 빌린 돈이 내 돈 같지 않게 느껴져도 그렇지, 이건 좀 심했다.

"자작님, 현재까지 채권 발행 속도가 너무 빠릅니다. 채권 발행소에 인원을 추가 지원했지만 채권을 발행받지 못하고 돌아가는 사람이 부지기수입니다."

채권을 발행받기 위한 조건은 나름 까다로웠다.

일정 규모 이상의 상단이거나 남작 이상의 직위가 있어야 했다.

계급에 따라 발행받을 수 있는 채권의 금액도 달랐다.

"가장 큰 규모의 채권을 발행받은 사람은 누구야?"

경매장에 이어 채권 발행소를 담당하게 된 에크가 대답했다.

"파트로 왕국의 국왕의 이름으로 발행된 채권이 가장 큰 금액입니다. 반년 치 예산과 맞먹는 금액을 빌려 갔습니다. 그 돈으로 기사단을 재정비하려고 하는 것 같습니다. 경매장의 아이템을 쓸어 담다시피 했습니다."

"이제 시작이야. 채권 발행소는 더 바빠질 거야. 건물을 새로 증축해 채권 발행소를 더 늘려야겠네. 그리고 아낌없이 채권을 발행해 줘라."

채권이 본격적으로 시행됨에 따라 경매장의 아이템들은 점점 비싸게 낙찰되었다. 몇 달 전만 해도 300골드면 구입할 수 있던 아이템이 이제는 500골드로도 낙찰받지 못하는 상황까지 왔다.

하지만 아직 부족하다. 이 정도로는 겨우 생색을 낼 수 있을 정도다.

경매장은 채권 발행을 익숙하게 하는 단계에 불과하다.

경매장보다 더 큰 수익을 올릴 수 있는 곳은 바로 연구소다.

브루니스 왕국의 연구소는 이미 가르신 왕국의 연구소의 기술력을 뛰어넘었고, 세계 제일이라는 명성을 얻게 되었다.

당연한 수순이었다. 악마의 탑 5층을 공략할 수 있는 국가는 우리를 제외하면 없었고, 재료 수급 상황이 다르니 연구 성과에 차이가 날 수밖에 없다.

다른 국가들은 마법사들을 영입해 연구를 계속하고 있긴 했지만 그 격차는 줄어들지 않고 있었는데 다른 국가들은 자로트 후작이 그랬던 것처럼 나쁜 방법을 동원해서라도 연구력을 따라잡고 싶어 했다.

그들이 범죄를 저지르게 둘 수는 없지.

굳이 범죄 행위를 하지 않더라도 연구 성과를 알 수 있게 된다면……?

브루니스 연구소 설명회.

경매장과는 달리 연구소 설명회에 참석한 사람들은 대부분이 한 국가의 결정권에 관여할 수 있는 귀족들이었다. 그들의 옆에는 왕국 마법사라는 직함을 달았던 적이 있는 마법사들이 함께 했다.

"브루니스 연구소 설명회에 참석해 주셔서 감사합니다. 이렇게 많은 관심을 받게 되어 영광입니다."

경매장에서 채권을 발행하는 순간 연구소 설명회를 준비했었다.

모든 국가에게 서신을 보냈고, 엄청난 반응이 적힌 답신들을 받았다.

그만큼 다른 국가들은 연금술에 굶주려 있었다.

황금 알을 낳는 거위를 누군들 가지고 싶지 않겠는가.

연구소 설명회에는 대부분의 국가가 참여했다.

"브루니스 연구소 설명회를 개최한 이유는 여러 국가의 공동 성장을 위해서입니다. 항마 전쟁이 끝나지 않은 상황에서 같이 힘을 합쳐야만 더 좋은 성과를 이룰 수 있다고 생각합니다."

짝짝짝!

우레와 같은 박수가 설명회장 안에 울려 퍼졌다.

하지만 말처럼 일방적인 기부 형식은 아니다.

"우리는 연구 결과를 공유할 준비를 마쳤습니다. 하지만 안타깝게도 연구 결과를 모두에게 공개할 수는 없습니다. 연구원들의 노력을 생각해서라도 정당한 대가를 받을 생각입니다."

고개를 끄덕거리며 동의하는 사람들.

그들 대부분은 마법사였다. 연구 성과를 낸다는 것이 얼마나 힘든 일인지 잘 알고 있는 그들이었기에 내 말에 동조를 하고 있는 것이었다.

"하지만 생각을 해보십시오. 연구 성과를 내기 위해 얼마나 많은 자금과 시간이 필요합니까. 그것은 돈으로도 살 수 없습니다."

은근슬쩍 그들에게 우리의 노력을 어필하고는 연설을 마무리했다.

"…제가 말이 길었군요. 다들 설명회장을 둘러보시길 바랍니다."

설명회장 안에는 지금까지 우리가 만든 결과물들이 총망라되어 있었다.

독을 제외하고 말이다.

사람들은 삼삼오오 모여 설명회장을 둘러보았다. 가장 많은 인원이 집중되어 있는 곳은 역시 눈먼 사신이 전시되어 있는 곳이었다.

눈먼 사신이 비싼 가격에 판매되고 있다는 사실을 모르는 사람은 여기에 아무도 없다.

그리고 그들 모두 눈먼 사신의 제조법을 알고 싶어 한다.

하지만 눈먼 사신의 제조법을 알 수 있는 국가는 한정되어 있다.

충분한 시간을 주어 연구 결과를 볼 수 있게 해주었다.

그들에게는 지름신이 진작 강림해 있었다.

이제는 본격적인 돈 싸움을 할 시간이 되었다.

"서신에 적힌 내용을 보셔서 알겠지만 우리는 연구 자료들을 돈을 받고 판매할 생각입니다. 하지만 지금 사정이 좋지 않은 국가도 있고, 아무리 사정이 좋은 국가라고 해도 엄청난 가격으로 책정되어 있는 연구 성과를 선뜻 구입하기 쉽지 않다고 생각합니다. 그래서 우리는 채권 발행을 준비했습니다."

경매장을 통해 이미 채권의 존재에 대해 알고 있었기에 낯설어하는 사람은 없었다.

"그럼 경매에 들어가겠습니다. 먼저 눈먼 사신의 제조법에 대한 경매를 시작하겠습니다."

경매는 내 전문이 아니다.

나는 에크에게 바통을 전달해 주었고, 에크는 능숙하게 경매를 진행했다.

"눈먼 사신에 대한 경매를 시작하겠습니다. 부족한 자금은 채권 발행으로 대신할 수 있으니 많은 참여 부탁드립니다."

그렇게 시작된 제조법에 대한 경매는 뜨거운 반응을 보였다.

지금 당장 돈이 없다고 해도 경매에 참여할 수 있었고, 단지 종이 쪼가리 한 장이면 엄청난 가치가 있는 제조법을 획득할 수 있으니 어떤 국가가 마다하겠는가.

단지 종이 쪼가리라고 생각한 그것이 그들의 목을 옭아맬 족쇄라는 것은 모르는 채 경매는 불이 붙었다.

*   *   *

최근까지 발행된 채권은 우리 왕국의 3년 치 예산과 맞먹었다.

사실 채권 발행을 하지 않았다면 이 정도 금액에 제조법을 판매하지는 못했을 것이다.

10년 분할 상환이라는 매력적인 채권에 너도 나도 할 것 없이 채권을 발행받았고, 경매에 참여했다.

아직은 시간이 필요하지만 조만간 채권의 위력이 나타날 것이다.

이제는 채권은 충분히 발행되었고, 사용할 시기가 되었다.

채권 발행소 옆에 브루니스 은행을 세웠다.

처음에는 은행의 필요성을 잘 느끼지 못했던 사람들이었지만 곧 높은 이율과 안정적인 돈을 보관할 수 있다는 것을 알게 된 후 은행은 문전성시를 이루었고, 이제는 브루니스 채권이 돈처럼 사용되는 단계까지 왔다.

우리의 예상보다 몇 달은 빠르게 이룬 성과였다.

이제는 시간이 필요하다. 은행과 채권이 상용화되기까지 시간이 필요했고, 그동안 우리는 다시 악마의 탑을 찾았다.

"오랜만에 악마의 탑에 들어오는 것 같네요. 언제 맡아도 악마의 탑의 공기는 익숙해지지가 않아요."

브로안의 소감이었다.

나는 브로안과 달리 악마의 탑 공기가 좋았다.

하루에도 몇 번씩 악마의 탑을 찾아 고리 강화 수련을 했기에 악마의 탑은 이제 나에게는 또 다른 고향이나 다름없었다.

그런데 고리는 언제 성장하는 거지? 이제는 슬슬 색을 바꿀 때가 된 것 같은데.

아직도 노란색의 고리다.

보랏빛이 돌고 있긴 했지만 여전히 노란색이 바탕색으로 자리 잡고 있다.

스승님은 고리가 성장하기 위해서는 실전이 필수적이라고 말했다.

실전을 경험한다고 해서 고리가 강화될까?

그건 미지수다. 스승님도 이루지 못한 단계이기에 어떻게 올라서는지 아는 사람은 아무도 없었다.

"무슨 생각을 그렇게 하세요? 빨리 다음 단계로 넘어가요."

벌써 5층을 공략했다.

아이템의 등급이 높아질수록 악마의 탑은 쉬워졌고, 이제는 5

층까지 공략하는 데 2시간도 걸리지 않았다.

하지만 6층부터는 다르다. 6층부터는 마족이 등장하기에 우리는 떨리는 마음으로 6층을 찾았다.

이미 세 번이나 찾은 6층이지만 아직도 떨리기는 마찬가지다.

세 번을 찾아왔다고는 하지만 공략을 성공한 것은 한 번뿐이었다.

이번에는 어떤 마족이 우리를 기다리고 있을까.

6층의 몬스터들을 빠르게 정리하고 마족을 기다렸다.

데빌 도어 앞에서 천천히 모습을 드러내는 마족.

마족과는 어울리지 않는 하얀 머릿결. 하지만 얼굴에는 주름이 가득했다.

못해도 수백 년은 산 것으로 보이는 마족이었다.

"이번에는 내 차례군. 자네들이 나를 찾아오기까지 오래 기다렸다네. 그래, 브라운을 소멸시켰다고? 얼마나 강한 실력을 가지고 있는지 확인부터 해야겠군."

우리의 말을 단 한 마디도 듣지 않고 바로 전투 자세에 들어가는 마족이었다.

마족의 손에 들린 지팡이가 땅에 닿는 순간 지진이 일어났다. 아니, 땅속에서 무언가가 올라오고 있었다.

"좀비잖아!"

항마 전쟁 당시 지겹도록 본 좀비들이다.

이번 마족은 좀비를 소환하는 능력을 가졌나 본데?

이런 능력이라면 상대하기 어렵지 않다. 아무리 많은 좀비를 소환한다고 해도 무서울 게 없다. 좀비는 기사보다 낮은 능력치를 가지고 있었고, 우리는 그런 좀비 수천 마리를 상대할 능력이 있다.

좀비 수천 마리보다 한 마리의 강한 몬스터가 더욱 까다롭다.

"형님, 얼른 정리하고 마족 잡으러 가죠."

브로안은 오랜만에 다시 만난 좀비들이 반가운지 가장 먼저 뛰쳐나갔다.

방패가 한 번 움직일 때마다 뼈와 살이 하늘을 날아다녔다.

"우리도 움직이세. 브로안 혼자는 버거울 것 같군."

공작과 아드몬드도 움직였다.

나도 빠질 수는 없지.

우리는 좀비들 사이를 종횡무진하며 학살했다.

우리는 확실히 강해졌다. 악마의 탑을 가득 채우는 좀비들이었지만 전혀 무섭지 않았고, 오히려 좀비가 불쌍하게 느껴지기까지 했다.

옷깃조차 만지지 못하는 좀비의 공격은 위협적이지 않았고, 우리는 빠르게 좀비들을 정리했다.

"역시 브라운을 소멸시킬 능력이 있는 인간들이었군. 이제 장난은 그만두도록 하겠네."

좀비가 사라지자 다시 모습을 드러낸 마족은 다시 지팡이로 땅을 두드렸고, 땅속에서는 새로운 언데드가 튀어나왔다.

"이번에는 몬스터형 좀비들인데요."

몬스터형 좀비들이 일반 좀비에 비해 강하기는 하지만 우리를 상대할 수 있는 존재들은 아니었다. 좀비와 마찬가지로 우리는 빠르게 몬스터형 좀비들을 정리했다.

퍼플 티를 복용할 필요도 없었다.

"대단하군. 그렇다면 이번에는 더 강한 존재를 불러주겠네."

마족은 다시 바닥을 두드리려고 했다.

"언제까지 장난만 칠 건데!"

브로안은 계속해서 장난만 치는 마족에게 화를 내며 달려들었고, 마족의 지팡이가 땅에 닿기 전에 그를 붙잡을 수 있었다.

"이거 놓아라! 나이도 어린놈이 노인 공경을 배우지도 못했느냐!"

뭐지, 이 익숙한 장면은?

마치 버스에서 자리를 양보해 달라는 노인들이나 할 법한 말을 쏟아내는 마족이었다.

브로안의 손에 잡힌 마족은 종이 쪼가리처럼 이리저리 움직였다.

육체적인 능력은 강하지 않은 것이 분명했다.

"그대로 잡고 있어!"

육체적인 능력이 강하지 않은 마족이라면 굳이 그가 다른 능력을 사용하기를 기다릴 필요는 없다. 변신 마법을 사용하는 악당을 기다리는 것은 만화에서나 하는 짓이다.

우리는 브로안의 손에 붙잡힌 마족에게 다가갔다.

저 지팡이로 땅을 두드려야 능력이 구현되는 것 같네.

나는 마족의 손에서 지팡이를 빼앗았다.

"당장 내놓거라. 인간의 손에 있을 물건이 아니다. 인간이 그 지팡이를 잡으면 손이 녹아내릴 것이야!"

인간이 이 지팡이를 잡으면 손이 녹아내린다고?

"아무 이상이 없는데? 어디서 거짓말이야."

손이 녹아내리기는커녕 뜨거운 느낌조차 들지 않았다.

"그럴 리가 없다! 소환 지팡이는 마기의 결정체이니라! 인간이 감당할 수 있을 리가 없다!"

마기의 결정체? 거짓말도 정도껏 해야지.

"말로 해서는 안 되겠네. 브라운, 손 좀 봐줘라."

6층의 마족을 괜히 걱정했다. 이렇게 쉽게 상대할 수 있다니.

아마 브라운이 특출 나게 강한 마족이었나 보다.

"이거 놓아라! 으아!"

브로안이 휘두르는 방패에 신나게 얻어터지고 있는 마족의 입에서는 연신 비명 소리가 흘러나왔다.

저 마족은 5층에 서식하는 몬스터보다 더 약해 보이는데.

마족이라면 모두 강하다는 고정관념이 깨지는 순간이었다.

이제 마족은 제대로 서 있는 것조차 하지 못했다.

이러니 우리가 나쁜 사람 같잖아. 노인을 협박하는 조폭들이랑 다를 게 없어 보이잖아.

"브로안, 그만해."

브로안이 방패를 내려놓자 마족은 자리에 털썩 쓰러졌다.

"이거 어떻게 하죠? 소멸시켜 버릴까요?"

이 마족을 소멸시키고 악마의 탑을 빠져나가는 게 좋겠다고 생각했다.

"내 말 좀 들어보게나. 나는 자네들에게 도움이 되는 정보를 많이 가지고 있다네!"

마족도 죽기는 싫은가 보네.

이거 참, 오늘 새로운 사실을 많이 배우네.

브로안의 손에 종이 인형처럼 휘둘리던 마족은 자신의 이름을 마아드 크레닌이라고 소개했다.

"크레닌, 네가 알고 있는 게 뭐지? 허튼소리를 하면 바로 소멸될 각오를 하는 게 좋을 거야."

알고 있는 거를 전부 말해라.

광범위한 질문이었지만 가장 효율적인 질문이기도 했다.

잠시 생각을 정리한 크레닌이 입을 열었다.

"인간들이 가장 궁금해하는 것에 대해 말해주겠네. 먼저 악마의 탑이 왜 생겼는지 알고 싶겠지."

악마의 탑? 마왕을 부활시키기 위해 악마들이 만든 도구라고 하지 않았나?

다른 이유가 있는 건가?

"악마의 탑이 마왕의 부활을 위해 만들어진 것은 사실이네. 하지만 악마들이 말하지 않은 부분도 있다네. 악마의 탑이 죽은 인간들의 생기로 마왕을 부활시키는 역할을 한다고만 알고 있겠지만 사실은 조금 다르다네. 마왕의 부활을 위해 인간의 생기가 필요한 것은 맞지만 사실 군이 악마의 탑을 만들지 않아도 충분히 생기를 구할 수 있다네. 그렇다면 왜 굳이 악마의 탑을 만들었겠는가."

이래서 나는 노인과 대화를 하는 것을 별로 좋아하지 않는다. 본론만 간단히 말하면 될 것을 말을 빙빙 돌린다.

그래도 불편한 심기를 표출하지 않고 가만히 들었다.

"악마의 탑은 사실 두 가지 기능이 있네. 첫 번째는 자네들도 알다시피 마왕을 부활시키는 역할이네. 알다시피 이를 위해서는 죽은 인간들의 생기가 필요하네. 그런데 만약 이 생기가 모이지 않게 된다면 두 번째 기능이 발동하게 되네. 마왕의 부활에 필요한 기운과 시간을 벌지 못하게 된다면… 악마의 탑에서는 수많은 몬스터와 마족, 그리고 악마들이 쏟아져 나온다네. 인간들이 막기에는 버거운 상황이 될 걸세."

"굳이 그런 귀찮은 작업을 해야 될 필요가 있나? 그냥 처음부터 인간을 공격하면 되지 않아? 항마 전쟁 초기에 두 제국을 쓸어버렸던 것처럼 말이야."

"물론 악마들도 그렇게 하고 싶어 하지. 하지만 제약이 있다네. 악마는 세 번의 항마 전쟁에서 패배한 후 신계의 공격을 받았다네. 힘들게 막아내기는 했지만 회생 불가의 상처를 입었었지. 신계에서는 그런 우리에게 조건을 걸었지. 인간계에 강림해 있을 수 있는 시간에 대한 제약. 아무리 인간에 비해 강한 악마들이라고는 하지만 시간 제약이 있으면 인간계를 점령할 수가 없지. 게다가 마왕님까지 봉인된 상태이니 더욱 힘든 상황이지. 마왕님만 부활한다면 우리는 제약 없이 전쟁을 벌일 수 있지."

"시간 제약이 있단 말이네. 그럼 마왕의 봉인이 풀리기를 기다리지 않고 악마들이 인간계를 공격할 수도 있다는 말은 뭐지?"

"그건 지금 당장 할 수 있는 일은 아니네. 악마의 탑에서 몬스터와 악마들이 나오기 위해서는 마왕의 봉인을 풀기 위해 모은 인간의 생기를 사용해야만 하지. 지금까지 모은 인간의 생기로는 겨우 몇 개의 왕국만 화마에 휩싸이게 할 정도네."

뭔가 복잡한 제약들이 악마들에게 걸려 있었다.

소수의 악마와 몬스터가 데빌 도어를 통해 나온다면? 힘든 전쟁이 되기는 하겠지만 그들을 막을 수는 있을 것이다. 많은 희생이 따르기는 하겠지만 이전에 비해 무장 상태가 월등히 좋아졌기에 가능하다.

"악마의 탑에서 파벌이 있다고 들었는데. 전쟁파와 마왕 부활파로 나뉜 건가?"

"그 사실을 알고 있었군."

산테 왕국의 악마의 탑에서 만났던 사무드에게 들은 정보로 살짝 찔러봤는데 바로 반응이 왔다.

"그렇다네. 악마들이라고 해서 모두 같은 생각을 하고 있는 것은 아니네. 마왕에게 헌신적인 악마들은 시간이 오래 걸리더라도 악마의 탑에 생기를 모아 마왕을 부활시키려고 하고 있다네. 하지만 다른 쪽은 마왕님의 부활이 없더라도 충분히 인간계를 점령할 수 있다고 생각하고 있지. 그들은 스스로가 마왕이 되고 싶어 하고, 인간계를 지배하려고 하고 있지. 마왕님이 없으면 전쟁에서 승리할 수 없다는 것을 모르는 놈들이지."

지금까지 말을 들어보면 크레닌은 마왕 부활파에 속해 있겠군.

악마끼리 전쟁을 벌인다면 얼마나 좋을까.

이독제독.

아름다운 말이다. 하지만 그럴 가능성은 높지 않겠지.

크레닌은 악마의 탑에 대한 많은 정보를 우리에게 알려주었다.

이제는 내가 정말 알고 싶었던 정보에 대해 물어볼 차례였다.

"다른 차원으로 넘어가는 방법을 악마들이 알고 있다고 들었는데 그게 가능한가?"

크레닌은 내 질문에 무슨 황당한 소리를 들은 것처럼 입술을 이죽거렸다.

"다른 차원으로 넘어가는 일이 가능하다고 생각하나? 물론 그런 일이 없었던 것은 아니지만 매우 위험하고 복잡한 일이지. 마왕님이라면 모를까, 다른 악마들은 불가능하다네."

마왕만 가능하다는 말인가.

아니다. 이전에 이계로 넘어왔던 사람도 원래의 세계로 돌아갔다는 기록이 있다.

"이전에 다른 세계에서 넘어온 인간이 원래의 세계로 넘어갔다고 들었는데. 그는 어떻게 된 거지?"

"그 일을 말하는 거군. 그런 경우가 딱 한 번 있었지. 이계에서 넘어온 자에 의해 악마들이 패배했었던 역사가 있지. 마왕의 정수를 이용하면 차원의 문을 만들 수가 있지."

마왕의 정수만 있다면 차원 이동을 할 수 있다는 말인가!

드디어 듣고 싶었던 대답을 들었다. 이제는 어떻게 하면 마왕의 정수를 얻을 수 있는지만 알면 된다.

"마왕의 정수를 어떻게 하면 구할 수 있지?"

"마왕의 정수를 말인가? 당연히 마왕님에게 마왕의 정수가 있지. 당연한 질문을 하고 있는가."

"지금 마왕은 봉인되어 있잖아!"

"마왕의 정수는 마왕님의 부활을 위해서는 필수적으로 필요한 기운이네. 악마의 탑을 이루고 있는 힘이 마왕의 정수이기도 하지. 마왕의 정수를 실제로 보고 싶으면 악마의 탑 10층으로 가면 된다네. 악마의 탑 10층에 마왕의 정수가 보관되어 있으니."

"악마의 탑 10층!"

6층도 이제야 겨우 공략하는데 언제 10층까지 올라간단 말인가.

악마의 정수가 10층에 있다는 말에 머리가 굳어졌다.

그런 나를 대신해 카인트 공작이 크레닌에게 질문을 했다.

"악마의 탑 7층부터 10층까지는 어떤 몬스터와 마족들이 있나?"

중요한 질문이었다. 아무런 정보도 없이 무작정 악마의 탑 7층으로 들어가는 것은 위험한 선택이었다.

"악마의 탑 7층에 서식하는 몬스터는 5, 6층과 크게 다르지 않네. 하지만 7층부터는 악마가 나온다네. 7층에 사는 악마는 마족과 비교해서 크게 강하지는 않지만 그래도 악마라네. 그들의 능력은 인간이 상대하기에는 벅찰 것이야."

"그건 우리가 알아서 하고. 너와 비교하면, 아니지 너 말고 브라운과 7층의 악마를 비교해 설명해 봐."

브로안이 매섭게 질문을 했다.

브로안이 머리를 쓰다니, 내일은 해가 서쪽에서 뜨겠네.

"브라운은 마족 중에서도 최상위 서열의 마족이다. 7층에 서식하는 악마 중에서도 브라운을 이길 수 있는 악마는 많지 않다네. 하지만 브라운의 능력이 육체에 집중되어 있는 반면 악마들은 특수한 능력을 가지고 있다네. 인간이 상대하기에는 악마가 더 어려울 걸세."

브라운보다 더 강하지는 않다는 말이다. 다행이다.

브라운보다 더 강한 능력이었다면 7층으로 갈 용기가 생기지 않았을지도 몰랐다.

"아직 더 질문할 게 남았나? 없다면 이만 지팡이를 돌려주고 돌아들 가게나. 오랜만에 말을 많이 했더니 피곤하구나."

크레닌은 당당하게 지팡이를 돌려달라고 요구했고, 그의 당당함에 나도 모르게 지팡이를 돌려주었다.

뭔가 손해 보는 기분이다. 그리고 내 기분을 브로안도 느꼈는지 불만스러운 표정을 하며 크레닌 앞으로 갔다.

"주세요."

"뭘 달란 말이냐?"

"원래 보스 몬스터나 마족을 소멸시키면 아이템을 얻잖아요. 이대로 돌아가기는 그러니 아이템이나 하나 주세요."

그렇지! 잘한다, 브로안.

이대로 돌아가면 손해 보는 장사지. 뭐라도 하나 가지고 돌아가야 수지가 맞지.

"허허, 그래, 알겠네. 보자, 뭐가 좋을까나."

크레닌은 한참이나 품을 뒤지고는 시계 모양을 하고 있는 아이템을 건넸다.

"이게 무슨 아이템이죠?"

이 아이템으로 말할 것 같으면 이미 공략한 악마의 탑을 다시 공략할 필요가 없게 만들어주는 아이템이네. 자네들은 6층을 공략했으니 이 시계를 이용하면 5층까지는 건너뛰고 악마의 탑 6층에 도착할 수 있다네."

"그럼 7층을 공략하면 7층부터 시작하게 되겠네요?"

"그렇네."

좋은 아이템이다. 일단 크레닌에게 아이템을 받아 들고 바로 확인 작업에 들어갔다.

혹시나 거짓말을 했다면 바로 브로안의 방패 밀쳐내기 세례를 받아야 할 것이다.

[공간의 왜곡]
등급 : B
내구성 : 200/200
강도 : 5
순도 : 45%

악마의 탑에서만 사용 가능.

공략한 층으로 이동 가능.

???

마기의 정수(100EA)로 강화 가능.

크레닌의 말은 사실이었다. 시계는 원하는 층으로 이동이 가능하게 하는 아이템이었다.

그런데 ??? 표시가 떠 있네. 강화가 가능하다는 말인데. 시계를 강화하면 어떤 능력이 생기는 거지?

시계를 강화하기 위해서는 마기의 정수 100개가 필요했다.

마기의 정수라고 하면 신수 네르가 식사 대용으로 먹고 있었다.

보통 4층 이상의 보스 몬스터나 5층의 일반 몬스터들에게서 랜덤으로 떨어지는 아이템이 마기의 정수였다.

강한 몬스터일수록 여러 개의 마기의 정수를 가지고 있었다.

마기의 정수 100개를 모으려면 오래 걸리겠는데.

지금은 지금의 능력만으로도 충분하다고 생각했기에 굳이 시계를 강화시켜야 된다는 생각이 들지 않았다.

마기의 정수가 남으면 그때 강화해도 늦지 않지.

*   *   *

최진기 일행이 떠난 악마의 탑 6층에는 크레닌 혼자 남아 있었다.

그의 얼굴에서는 비굴한 표정이 사라져 있었다.

"오랜만에 재밌는 시간을 보냈군. 어서 무럭무럭 자라야 될 건데. 어서 빨리 악마들을 사냥해야 우리가 더 움직이기 편해지는데 아직은 부족해. 어서 빨리 강해지거라."

크레넌의 지팡이에서 검은빛이 흘러나왔다.

땅에서는 지진이 일어났고, 드래곤의 뼈로 만든 용아병들이 크레넌 주위에 생겨났다.

몬스터형 좀비들과 비교도 할 수 없을 정도의 능력을 가지고 있는 용아병들이다.

최진기의 일행이 강하다고는 하지만 수십 마리의 용아병을 상대로는 승리를 장담할 수 없다.

이전에는 지팡이가 땅에 닿아야 주문이 실행되었지만 사실 크레넌은 그런 행동을 하지 않아도 주문을 사용할 수 있었다.

그렇다면 그는 왜 최진기 일행에게 그런 나약한 모습을 보였던 것일까?

크레넌은 용아병들의 호위를 받으며 어디론가 사라졌고, 악마의 탑은 어둠으로 빠져들며 새로운 몬스터를 배치하기 시작했다.

*   *   *

우리는 악마의 탑에서 돌아왔다.

악마의 탑 6층을 공략한 것도, 공략하지 못한 것도 아닌 이상한 상황이긴 했지만 어쨌든 좋은 정보를 획득했기에 나쁘지는 않은 기분이었다.

다시 악마의 탑에 가기 전에 처리할 일들이 있다.

은행과 채권 발행소의 증축을 지시해야 했고, 새로운 아이템도 제작해 경매장으로 보내야 했다.

이제는 숨 쉬는 것처럼 가볍게 C급 이상 아이템들을 제작할 수 있었다.

나는 악마의 탑에서 구한 아이템들과 내가 제작한 아이템들을 가지고 경매장을 찾았다.

나를 가장 먼저 반기는 사람은 언제나 에크였다.

에크는 사람을 시켜 아이템들을 창고에 보관하라고 지시를 내리고는 나와 함께 집무실로 들어갔다.

"채권 발행은 순조롭게 진행되고 있어?"

"그렇습니다. 이미 많은 국가가 경쟁적으로 채권을 발행하고 있습니다. 채권의 발행으로 인해 경매장의 수익이 크게 늘었지만 우리에게 실질적으로 들어오는 돈은 절반으로 줄었습니다. 이제는 돈으로 경매에 참석하면 바보 소리를 듣기까지 합니다. 채권을 발행하면 안정적으로 경매에 참가할 수 있게 되어 생긴 분위기입니다."

채권 발행을 하면 수익이 늘어나지만 현금 보유량은 줄어들게 될 거라고 이미 예상은 하고 있었다.

하지만 나쁘지는 않다. 단지 돈이 없을 뿐이지, 다른 상단과 거래를 하거나 국가 간의 거래를 할 때 채권을 사용할 수 있다.

굳이 무게만 많이 나가는 골드를 사용할 필요가 없었다.

"그래, 잘하고 있어. 은행은 어때? 가입자는 좀 늘었어?"

"우리 왕국에서 장사를 하는 사람이라면 전부 은행에 통장을 개설했습니다. 그리고 다른 왕국에도 시범적으로 은행을 설치, 운영 중입니다. 아직은 규모가 작지만 반응은 매우 뜨겁습니다."

그럴 수밖에. 돈을 가만히 은행에 두고만 있어도 불어나는데 당연히 반응이 뜨거워야지.

노력을 통해서만 돈을 벌 수 있다고만 생각했던 사람이 가만히 돈을 은행에 넣어두어도 돈을 벌 수 있다는 것을 알게 되었으니 당연히 은행을 찾아올 수밖에 없다.

은행은 지금보다 훨씬 규모가 커져야 한다.

은행이 있어야만 채권의 힘이 더욱 강해진다.

은행과 채권은 상호 보완 작용을 하게 될 것이고, 브루니스 왕국의 경제의 중심이 되게 해줄 것이다.

"자네도 슬슬 가정을 꾸려야 되지 않겠는가. 가족은 힘을 키우는 데 큰 도움이 되는 원동력이 된다네."

이 말은 은행을 키우는 데 혈안이 되어 있는 지금 아다드 왕과 카인트 공작이 급히 나를 불러서 하는 소리다.

결혼? 내가? 아직 연애도 제대로 한 번 안 해봤는데 결혼을 하라고?

물론 내가 여자를 싫어하는 건 아니다. 하지만 이계에서 결혼을 하고 싶다는 생각은 들지 않았다.

이계는 잠시 머물다 갈 곳이다. 가족을 데리고 한국으로 넘어갈 수 없을지도 모르는 상황에서 무책임하게 결혼을 하는 것은 가족들에게 못할 짓이다.

그래도 여자가 생각나지 않는 건 아니지만 그래도 나는 네르가 있잖아.

애완동물을 키우면 결혼이 5년이 늦어진다는 조사 결과를 본 기억이 있었다.

그 전에는 애완동물과 결혼이 무슨 상관인지 잘 몰랐지만 네르를 키우면서 공감이 갔다.

품에서 나와 활동을 하는 시간은 짧았지만 그래도 잠시 나와 애교를 부릴 때면 그동안 쌓였던 외로움은 사라진다.

그리고 아직 이계에서 할 일이 많았기에 외로움을 느낄 시간은 없었다.

내가 이렇게 생각한다고 해서 다른 사람도 그렇게 생각하지는 않겠지.

그럼 내가 할 수 있는 건 폭탄 돌리기뿐이지.

"저는 아직 결혼할 생각이 없습니다. 일할 시간도 부족한 지금 결혼은 불가능입니다. 저 말고 브로안의 결혼 상대를 찾아주는 게 어떻겠습니까. 브로안이 아직 나이는 어리긴 하지만 겉모습은 30대 후반으로 보이지 않습니까. 조금 더 늦으면 평생 결혼을 하지 못하거나, 과부를 찾아야 될지도 모릅니다."

물론 카인트 공작의 제자라는 명함 한 장만으로도 충분히 좋은 혼처를 찾을 수 있겠지만 폭탄을 돌리기 위해 조금 심한 말을 했다.

브로안아, 미안해. 하지만 내가 살고 봐야 되지 않겠어?

"진 자작이 결혼 생각이 없다니, 아쉽군. 그래, 브로안의 결혼 상대로는 누가 좋을 것 같은가?"

아다드 왕의 말에 나는 바로 대답을 했다.

화제 전환을 할 좋은 기회를 놓쳐서는 안 되지.

"브로안은 아직 여자 경험이 많지 않아, 여우 같은 여자가 제격입니다. 특히 브로안의 성격을 휘어잡을 수 있는 능력이 있는 여성이 필요합니다."

내 결혼에 대한 얘기는 자연스럽게 브로안으로 넘어갔고, 우리는 한동안 브로안의 결혼 상대로 적당한 여성의 리스트를 제작하며 시간을 보냈다.

"바빠 죽겠는데. 브로안의 결혼 상대나 찾고 있고."

왕의 집무실을 빠져나온 뒤 나는 바로 에크를 찾아갔다.

은행이 생긴 지 두 달이 흘렀다. 이미 전국 주요 도시에 은행 지점을 만들었고, 중요 국가의 수도에 은행 지점을 오픈했다.

은행에서는 채권 업무도 같이 볼 수 있었기에 채권의 규모도 점점 커져갔다.

생각보다 빠른 시간 내에 세계의 경제를 손아귀에 넣을 수 있을 것 같았다.

특히 연구소의 결과물들을 원하는 국가들은 터무니없이 비싼 가격을 지불하고 기술 협약을 맺어야 했고, 1년 치 국가 운영자

금에 버금가는 채권을 발행해야만 했다.

"이번 달 은행과 채권에 관련된 보고를 해줘."

"현재 은행과 채권 발행소는 계속해서 늘어나고 있습니다. 한 달에 열다섯 곳 정도가 생겨난다고 보시면 됩니다. 그런데 저희 가 전혀 예상하지 못한 일들이 생겨나고 있습니다. 은행과 채권 으로 인해 돈의 유통이 멈춰 버렸고, 전 세계적으로 물가가 가파 르게 상승하고 있습니다. 예전에는 10실버면 살 수 있었던 곡식 의 가격이 어느새 15실버로 뛰었습니다. 지금이야 물가 상승을 크게 느낄 수는 없지만 몇 달이 지나면 직접 체감을 할 수 있을 정도입니다."

"그래, 내가 원하는 게 그거야. 잘하고 있어. 조만간 세계의 자 금이 완전히 막혀 버릴 거야. 그때가 되면 채권의 힘이 발휘되는 거지. 지금까지 해왔던 것처럼 잘해줘."

에크는 지금 자신이 하고 있는 일이 얼마나 위험한 일인지 느 끼고 있었다.

조금만 줄다리기를 잘못하면 우리는 공공의 적이 될 수도 있 다.

하지만 우리는 충분한 무력을 가지고 있다. 무력은 우리가 고 립되는 상황을 막아준다.

*   *   *

"공간의 왜곡이라고 했죠? 이 아이템 대박인데요."

우리는 공간의 왜곡을 이용해 악마의 탑 5층으로 곧장 들어왔다.

데빌 도어를 작동할 때 공간의 왜곡을 사용하면 원하는 층으로 이동할 수 있다.

물론 우리가 공략한 바로 아래층까지의 제약이 있긴 했지만 귀찮게 1~4층을 공략할 필요가 없어졌다.

그건 그런데. 브로안의 말이 점점 짧아지네. 나한테야 괜찮지만 이러다가 카인트 공작님한테까지 반말을 하겠어. 결혼을 하면 좀 나아지긴 하겠지.

브로안의 결혼 상대로 많은 여성들이 후보로 올랐고, 가장 가능성이 높은 여성은 파브리안 백작 가문의 귀족 여성이었다. 파브리안 가문은 상인으로 이름 높았지만 백작 위를 돈으로 산 가문이었다. 그랬기에 다른 귀족 가문보다 더욱 엄격하게 귀족의 격식을 교육받은 집안이었다.

그런 교육을 받은 귀족이니까, 브로안한테 예절 교육을 해줄 수 있겠지.

그리고 들리는 소문에 의하면 예쁜 얼굴과 달리 집요한 성격을 가지고 있다고 했다.

브로안 정도면 최고의 신랑감 후보 중 하나니까 거절을 하지는 않겠지.

빨리 브로안이 장가를 가서 성격 개조 좀 당했으면 좋겠는데.

"형님, 무슨 생각을 그렇게 하세요. 여기는 악마의 탑 5층이라고요. 멍하니 있다가 한 번에 훅 가는 수가 있습니다. 죽는 데 순서는 없어요. 공작님보다 먼저 죽어서 지옥에서 선배 대접 받을 생각이 아니면 정신 차리세요."

돌아가는 즉시 결혼을 성사시켜야겠어!

5층의 몬스터들이 강하기는 했지만 이제는 쉽게 처리할 수 있을 정도의 능력과 아이템을 가지고 있었고, 우리는 빠르게 6층으로 이동했다.

그리고 우리가 6층에서 만난 마족은……

"어라! 크레닌이네. 또 만나네요."

한 번 봤다고 이제는 친근하게 인사까지 건네는 브로안이다.

그런데 악마의 탑은 항상 랜덤하게 바뀐다고 알고 있는데, 또 크레닌을 만나게 되네.

"또 자네들인가. 악마의 탑 6층을 책임지는 마족의 수가 많지 않기에 나를 만날 확률이 매우 높다네. 특히 자네들이 브라운까지 처리했기에 더욱 확률이 높아졌네. 그래, 공간의 왜곡은 사용해 봤는가?"

"좋은 아이템이더군요. 우리에게 딱히 할 말이 없으면 7층으로 올라가도록 하죠."

크레닌은 허탈한 웃음을 지으며 데빌 도어 근처에서 벗어났고, 우리는 매우 쉽게 7층으로 가는 데빌 도어에 앉았다.

"조심하게나. 7층에 살고 있는 악마들은 특별한 능력을 가지고 있다네. 쉽게 생각했다가는 곤경에 빠질 걸세."

지금 마족이 우리를 걱정해 주는 건가?

살다 보니 이런 일도 다 있네.

"그럼 다음에 뵙도록 하죠."

지이잉!

데빌 도어의 떨림과 함께 우리는 7층에 도착했다.

"7층은 생각보다 아늑한 장소처럼 보이는데요?"

"그러네. 확실히 위험해 보이지는 않아."

브로안의 말에 나도 모르게 답했다. 그 정도로 여기는 이상했다.

꽃과 작은 동물들이 뛰어다니는 곳이 악마의 탑 7층이라고 누가 상상이라도 했겠는가.

"근데 이렇게 아름다운 꽃은 처음 봐요."

미적 감각이 전혀 없다고 볼 수 있는 브로안이 꽃의 아름다움을 말하고 있다.

눈을 떼지 못하게 하는 꽃의 아름다움에 우리 모두 한 발자국도 움직이지 못했다.

그렇게 하염없이 시간을 보내고 있던 순간 고리의 기운이 폭주하듯이 몸속으로 퍼져 나갔다.

갑자기 왜 고리의 기운이 이러는 거지?

고리의 기운을 진정시키기 위해 집중했고, 고리의 기운을 다시 고리 안으로 집어넣는 순간 심장이 떨어질 것 같은 충격을 받았다.

"여긴 어디야? 방금 전까지 있던 아름다운 꽃들과 귀여운 동물들은 어디로 간 거지?"

"형님, 무슨 소리를 하시는 거예요. 꽃은 바로 코앞에 있고, 동물들이 우리 발밑을 뛰어다니고 있는데. 서서 잠자고 있어요?"

내 눈에서 꽃과 동물들은 사라졌다. 겨우 형상만을 유지하고 있는 썩어 문드러져 있는 식물들, 그리고 곳곳에 보이는 뼈만 남은 동물의 시체들.

고리의 기운이 폭주한 이유가 현실을 보여 주기 위해서였군.

아직 다른 사람들은 환상에서 깨어 나오지 못하고 있었다.

"카인트 공작님, 검을 뽑아보십시오."

카인트 공작의 검은 정신 강화 능력에 마법 면역 능력까지 있다.

이 정도 환상은 충분히 깰 수 있을 거라고 예상했다.

갑자기 검을 뽑으라는 내 말에 의아한 표정으로 검을 뽑은 카인트 공작은 방금 전에 내가 지었던 표정과 동일한 표정을 지었다.

"이게 어떻게 된 일인가? 갑자기 이렇게 바뀌어버리다니. 풀들은 시들었고, 동물은 뼈만 남다니."

"공작님도 이상한 소리를 하시네요. 두 분이서 같은 꿈이라도 꿨어요?"

꿈을 꾸고 있는 건 우리가 아니라 브로안과 아드몬드였다. 그래도 말이라도 하고 있는 브로안과 달리 아드몬드는 완전히 혼이 빠져나가 있는 상태였다.

"다들 눈을 감아라. 눈을 감고 기본 검식을 펼치거라."

카인트 공작은 이런 환상에 빠져 있을 때 빠져나오는 방법을 알고 있었다.

환상 마법이 있던 시절을 살아온 기사답게 이런 경험이 있었다.

아버지이자 스승인 카인트 공작의 말을 거스를 수 없었던 그들은 아쉬운 마음을 숨기지 못한 채 눈을 감고 검식을 펼쳤다.

검과 방패가 한참이나 반복적으로 움직인 다음에야 카인트 공작은 그들의 눈을 뜨게 했다.

"이게 어떻게 된 일입니까? 저 몰래 다른 층으로 이동하기라도 했어요?"

"이게 현실이다. 우리는 환상에 당한 것 같구나."

꿀꺽!

현실을 깨달은 순간 브로안의 목젖은 크게 요동쳤다.

지금까지와 전혀 다른 상대가 7층에 살고 있다는 것을 느낀 것이다.

"장난은 이만하고 모습을 드러내거라!"

카인트 공작의 호통 소리에 검게 그을린 자국이 가득한 나무가 흔들렸다.

흔들리는 나무의 가지는 팔이 되었고, 나무 기둥은 몸이 되었다.

"벌써 여기까지 도착하다니, 대단하네요. 그런데 육체에 비해 정신력은 그렇게 뛰어나지 않아 보이네요. 오랜만에 만나는 인간들이니 재밌게 해줘야겠죠?"

나무에서 사람으로 변한 악마의 모습은 아름다웠다.

이것도 환상인지는 모르겠지만 TV에 나왔던 어떤 연예인보다 매력이 넘쳤고, 육감적인 몸매를 가지고 있었다. 의도적으로 자제하고 있었던 욕정이 꿈틀거릴 정도의 악마였다.

금발을 찰랑거리며 우리에게 걸어오는 악마의 모습에 다시 멍한 눈으로 악마를 바라만 봤다.

"환상의 세계에 오신 걸 환영해요. 한 번도 경험해 보지 못한 꿈을 꾸게 해드리죠."

짝!

가볍게 손을 두드려 박수를 친 악마였지만 박수 소리에 고막이 흔들렸다.

두개골을 가르고 직접 뇌를 흔드는 듯한 착각까지 들었다.

어지러움에 절로 눈이 감겨왔고, 다시 눈을 뜨자 너무도 익숙한 환경이 눈에 들어왔다.

"최진기 씨죠? 소문은 많이 들었어요. 소문보다 더 매력적이네요."

지금 나는 환상을 보고 있다는 걸 알고 있었지만 너무도 그리운 환경에 나도 모르게 눈이 돌아갔다.

여기는 내가 살던 한국이었다.

딱 한 번 가봤던 서울 강남의 호텔 스위트룸.

창밖에는 밝은 불빛들이 일렁거렸고, 바삐 움직이는 차들이 만들어내는 불빛이 내 가슴을 뛰게 만들었다.

"여긴 어디지?"

"지금 여기가 어디인지가 중요한가요? 이 방에 우리 둘이 있는 게 중요하죠."

여자의 얼굴이 낯익었다. 어디서 봤지?

아! 기억이 났다. 내가 저 사람을 어떻게 잊을 수가 있겠는가.

내가 이상형으로 생각하고 있었던 오아영이다.

지적임과 섹시함을 고루 가지고 있는 당대 최고의 스타가 지금 나와 함께 있다.

그녀의 웃음에 나도 같이 미소를 지었고, 그녀의 손이 내 어깨에 올려져 나는 움직일 수가 없었다.

"당신을 만나기 위해 오래 기다렸어요. 어머! 가슴 근육이 생각보다 더 단단하시네요."

그녀의 손은 내 어깨를 지나 가슴으로 내려왔고, 점점 더 아래로 향하고 있었다.

마른침이 자꾸만 목젖을 타고 넘어갔고, 나는 욕망의 노예가 되고 싶었다.

여기가 환상이든 현실이든 이제는 상관없다.

아랫도리로 향하는 그녀의 손목을 붙잡아 올렸다.

"어머!"

그녀는 싱긋 웃어 보이며 살그머니 눈을 감았다.

너무도 아름다운 모습에 나는 그대로 그녀의 입술에 내 입술을 가져다 대었다.

조명은 자동으로 점점 어두워졌고, 우리는 서로의 체액을 나누며 침대로 이동했다.

지금은 아무런 생각이 들지 않았다. 오직 그녀의 육감적인 몸을 만지는 것에만, 그녀의 부드러운 손길을 느끼는 것에만 집중했다.

서로의 옷을 공격적으로 벗기며 우리는 침대를 뒹굴었고, 달콤한 그녀의 혀가 나를 간지럽혔다.

그 순간 고리의 기운이 다시 폭주하려고 했다.

안 돼!

억지로 고리의 기운을 다시 잠재우고는 2차전에 돌입했다.

Chapter 6

안정화 작업 II

극심한 두통에 눈을 뜬 아드몬드는 새하얀 커튼 사이로 비쳐 오는 빛에 눈살을 찌푸렸다.

"기사단장님, 눈을 뜨셨습니까? 다른 기사들이 기다리고 있습니다. 어서 나오십시오. 생전 늦잠이라고는 모르시던 분이, 몸이 안 좋으십니까?"

여긴 어디지?

아드몬드는 두통이 가시지 않은 머리를 손으로 부여잡고 자리에서 일어났다.

내 방이다. 정갈하게 정리되어 있는 방, 어릴 때 사용했던 무기가 벽 한편에 전시되어 있는 내 방.

어떻게 여기에 온 거지?

나는 분명 악마의 탑에서 악마와 전투를 벌이고 있었는데.

이것도 환상인가?

아드몬드는 지금이 환상일지도 모른다는 생각에 자신의 허벅지를 강하게 두드렸다.

퍽!

"으윽!"

고통이 느껴진다. 그렇다면… 환상이 아니라는 말인가?

"오늘따라 왜 그러십니까? 좋지 않은 꿈이라도 꾸셨습니까?"

"꿈이라고? 그게 전부 꿈일 리가 없잖아."

항마 전쟁과 악마의 탑이 생생하게 기억이 난다. 이렇게 생생히 기억나는 꿈을 경험해 본 적이 없다.

벌컥!

누군가가 내 방문을 노크도 하지 않고 연다.

이런 자격이 있는 사람은 단 한 사람뿐이다.

"아버님!"

"연병장에 기사들이 집결해 있는데 너는 여기서 무엇을 하고 있는 게냐! 기사단장이라는 놈이 이렇게 게을러서야."

카인트 공작의 호통에 두통이 한순간에 날아갔다.

지금 상황이 어떻게 되어가고 있는지는 모르겠지만 나는 홀린 듯이 복장과 무기를 갖추고 연병장으로 향했다.

블루 웨이브 기사단이 연병장에 도열해 나를 기다리고 있었다.

"오늘은 블루 웨이브 검식을 수련하는 날입니다. 몸이 불편해 보이시는데 오늘은 제가 기사단장님을 대신해 훈련을 진행하겠습니다."

"그러세요."

부기사단장은 단상 위로 올라가 블루 웨이브 기사단의 검식을 화려하게 펼쳤다.

내가 없었다면 기사단장이 되었을 인물이다. 검식은 힘이 넘쳤고, 오러가 검면을 타고 일렁거렸다. 아버지와 나를 제외하면 가장 강한 오러를 사용할 수 있는 사람이 부기사단장이다.

"오러!"

지금 부기사단장이 오러를 사용하고 있는 건가?

놀라운 장면은 거기서 끝이 아니었다.

연병장에 있는 모든 기사들이 오러를 검에 두르고 검식을 수련하고 있었다.

이게 어떻게 된 일이지. 오러가 다시 돌아오기라도 했나?

멍한 눈으로 기사들의 훈련을 지켜봤다.

이게 어떻게 된 일인지 이해가 되지 않았다.

그러는 동안 시범을 마친 부기사단장이 돌아왔다.

그에게 물어봐야겠어.

"오러를 언제부터 사용할 수 있게 된 건가?"

"오러 말씀이십니까? 제가 23살 되던 해에 카인트 공작님의 지도하에 오러를 사용할 수 있게 되었습니다만, 왜 갑자기 이런 질문을 하시는 겁니까? 기사단장님이 저보다 훨씬 어린 나이에 오러를 사용하시지 않았습니까?"

오러를 사용할 수 있다고? 분명 악마의 탑이 생기고 난 후 오러와 마나가 사라졌다.

그런데 오러를 사용할 수 있다?

아드몬드는 부기사단장의 말을 믿지 못했지만 일단은 오러를 일으켜 보았다.

지잉!

검을 타고 흘러나오는 오러는 어느새 검을 가득 채웠다.

"정말 오러를 사용할 수 있잖아!"

"당연한 말씀을 하십니까. 기사단에서 기사단장님보다 오러를 더 능숙하게 사용할 수 있는 사람은 없습니다. 카인트 공작님을 제외하면 말입니다."

지금 이럴 때가 아니다. 한가하게 기사단의 수련을 봐줄 때가 아니라, 당장 아버지를 찾아가야 한다.

아드몬드는 부기사단장에게 기사단의 수련을 맡기고 카인트 공작의 개인 연무장으로 달려갔다.

온몸에 충만한 오러를 만끽하며 달렸기에 빠르게 연무장에 도착한 아드몬드는 수련에 집중하고 있는 카인트 공작에게 소리쳤다.

"아버님! 이게 어떻게 된 일입니까. 우리가 왜 여기에 있는 것입니까? 수도에 있는 악마의 탑에서 악마와 전쟁을 하고 있지 않았습니까!"

"무슨 말을 하는 게냐. 오늘 늦잠을 자서 정신을 아직 차리지 못한 게냐. 썩어 빠진 네 정신머리를 오늘 단련시켜 주마. 검을 뽑아라."

카인트 공작은 헛소리를 하는 아드몬드의 정신을 깨워줄 필요가 있다고 생각했고, 바로 대련에 들어갔다.

이전에는 오러 마스터의 능력을 가지고 있는 카인트 공작의 검을 막아내기도 벅찬 아드몬드였지만 악마의 탑에서 몬스터와 마족을 상대로 전투를 벌여왔기에 이제는 카인트 공작의 공격을 감각적으로 피해내었고, 간간이 반격까지 할 수 있는 실력이 되었다.

"많이 성장했구나. 너와 마지막으로 대련을 한 것이 세 달 전이니 세 달 만에 이렇게 성장했구나. 자랑스럽구나. 너는 최연소 오러 마스터가 될 것이 분명하다. 하하하!"

카인트 공작은 자랑스러운 아들인 아드몬드의 어깨를 감싸 안고는 한동안 웃음을 터뜨렸다.

아버지에게 인정을 받은 적이 별로 없던 아드몬드였기에 이런 아버지의 반응에 절로 미소가 얼굴에 번졌다.

이게 어떻게 된 일인지 모르겠지만 꿈이라면 깨지 않았으면 좋겠다.

그래, 그건 꿈이었어. 좋지 않은 꿈이었지.

진 자작과 브로안에게 당한 치욕도 다 꿈이었고, 악마에게 굴욕을 당한 것도 다 꿈이다.

그래, 그런 일이 생길 리는 없지.

*　　　　*　　　　*

오아영의 입술이 나의 아랫입술을 물고는 놓아주지 않고 있었고, 그녀의 팔이 내 허리를 끌어안고 있다. 본능에 이끌려 그녀를 탐하려고 하는 순간 고리의 기운은 다시 폭주하려고 했다.

그만 폭주하라고! 이런 기회를 놓칠 수는 없잖아!

나는 고리의 기운을 강제로 진정시키고는 다시 거사(?)를 이어나가려고 했다.

이제 옷을 벗겼으니 뭘 하면 되지?

다음 동작에 대한 지식은 나에게 없다. 젠장! 내가 여자랑 이 단계까지 와본 적이 있어야 알지.

여전히 오아영이 내 입술을 물고 있긴 했지만 가슴이 식어버렸다.

여기가 환상의 세계라는 것이 뼈저리게 느껴졌다.

내가 여자랑 침대에서 뒹군다고? 환상의 세계에서나 가능한 일이지.

여자랑 그 흔한 썸 한번 타보지 못한 게 도움이 될 때도 있네.

고리의 기운을 안정적으로 몸 구석구석으로 보내자, 문양은 진한 노란색으로 빛나기 시작했다. 그러자 오아영이 내 몸을 만지는 감촉이 느껴지지 않았고, 달콤한 그녀의 입술도 느껴지지 않았다.

나는 나를 붙잡고 있는 오아영에게서 신경을 완전히 끄고는 여기를 빠져나갈 방법을 궁리했다.

환상의 세계라면 정신력 싸움이라는 뜻인데.

어떻게 하면 정신력을 강하게 할 수 있지?

한 가지 방법이 생각났다. 내가 지금 가장 집중할 수 있는 일을 하면 된다.

하루도 빠짐없이 해왔던 일.

바로 주문을 외우면서 고리의 기운을 강화시키는 수련을 하면 되는 것이다.

두 눈을 살며시 감고는 고리의 기운에 집중했다.

악마의 탑 7층이라서 그런지 기운은 매우 충만했고, 지금까지 경험해 보지 못한 기운들이 몸으로 쏟아져 들어왔다.

고리는 아귀가 된 것처럼 기운을 계속해서 잡아먹어 몸집을 키웠다.

7층의 기운이 고리를 진화시킬 수 있는 단서가 될지도 모른다는 생각이 들었다.

이미 노란색의 기운은 고리에 충만하다. 다음 단계인 보라색의 고리로 변할 신호탄만을 기다리고 있다.

온몸에서 들어오는 악마의 탑의 기운들이 고리를 중심으로 회오리를 만들어내었다.

회오리의 중심은 고리였고, 고리는 회오리치는 기운들을 끌어당기고 있었다.

밀고 당기는 힘 싸움.

처음에는 느끼지 못했지만, 기운의 힘 싸움은 내 생각보다 치열했다.

"끄으윽!"

혈액이 들끓는다. 엄청나게 빠르게 흐르는 피에 혈관들도 비명을 질러대었고, 심장은 조금만 건드려도 터질 것만 같았다.

하지만 이대로 그만둘 수는 없다. 어떻게 얻은 기회인데 놓칠 수야 없지.

나는 나를 믿는다.

내가 이계에 온 이유가 무엇인지는 모르겠지만 자격이 있기에 여기에 온 것이라고 생각했다. 내 생각이 틀리지 않다면 분명 지금의 위기도 기회로 만들 수 있다.

고리의 기운과 악마의 탑의 기운의 줄다리기는 한참이나 계속되었다.

하지만 마지막 승자는 고리의 기운이었다.

미세하게 깨진 힘의 균형에 회오리를 만들어내고 있던 악마의 탑 기운들이 고리로 빨려 들어갔고, 고리는 악마의 탑 기운을 받아들이기 위해 변하고 있었다.

모든 기운들을 압축시키는 고리는 조금씩 색이 변하기 시작했고, 악마의 탑의 기운을 모두 흡수하자 보라색의 고리가 되어 있었다.

드디어 보라색 고리의 주인이 되었다. 그토록 원하던 것을 가지게 되었다.

스승님이 그렇게 원하던 보라색 고리를 내가 가지게 된 것이다.

보라색 고리를 가지게 되면 할 수 있는 일들이 많아진다.

문양의 능력이 강해지는 것은 물론이고, 육체의 능력도 한층 강해진다.

그리고 문양을 이용해 아이템을 제작할 수 있게 된다.

물론 지금도 장인들이 문양을 이용해 아이템을 만들고 있긴 하지만 그것과는 비교도 되지 않는 아이템들을 만들 수 있게 되는 것이다.

아차차! 지금 이런 생각을 할 때가 아니지. 이곳을 벗어나는 데 집중하자.

살며시 눈을 뜨자 반쯤 부서진 공간의 틈이 보였다.

호텔 창문으로 보이던 야경은 귀신의 춤사위처럼 난잡했고, 하얗게 도배되어 있는 호텔의 벽면은 검게 번져 있었다.

나는 검은 벽의 중심에 있는 공간의 틈에 뛰어들어 갔다.

"윽!"

처음 환상의 세계에 빠져들어 갔을 때 느낀 두통이 다시 찾아왔다.

고리의 기운이 머리를 보호하자 두통은 사라졌다.

살며시 눈을 떠 주변 상황을 살폈다.

바닥에 쓰러진 3명의 동료들.

그들 모두 행복한 미소를 짓고 있었다.

다들 무슨 꿈을 꾸고 있는지는 모르겠지만 이만 잠에서 깰 시간이야.

육감적인 매력을 가지고 있던 악마는 어디에 있지?

악마는 눈을 감고 꼭두각시 인형을 조종하는 듯한 손동작을 하고 있었다.

아마 다른 세 명의 환상의 세계를 조종하고 있는 거겠지.

그렇다면 내가 빠져나왔다는 것도 알고 있겠군.

나는 보라색으로 변한 고리의 기운을 몸 곳곳에 보내 문양을 활성화시켰고, 이전보다 훨씬 강해진 문양의 힘을 이용해 순식간에 거리를 좁혀 악마의 목에 검을 들이밀었다.

"이제 환상은 끝이다."

싸늘한 검의 감촉이 느껴질 것인데 여전히 악마는 눈을 뜨지 않고 있었다.

한번 능력을 발동하면 움직임에 제약이 생기는 건가?

그렇다면 악마는 지금 완전히 무방비 상태다.

아름다운 얼굴과 육감적인 몸매에 눈이 돌아가긴 하지만 악마다.

아쉽지만 같이 살 수 있는 존재가 아니다.

악마의 목에 들이민 검의 목표를 바꿔 악마의 심장을 찔렀다.

푹!

"끄아아악!"

얼굴에 있는 모든 구멍에서 보라색의 기운이 빠져나오기 시작했다.

엄청난 양의 마기였다.

대부분의 기운은 악마의 탑 곳곳으로 퍼졌지만 일부의 기운은 내가 가지고 있는 고리로 들어왔다. 그리고 네르도 마기에 반응해 품속에서 나와 기운을 흡수하기 위해 바삐 움직였다.

모든 기운을 방출해 완전히 사라진 악마는 하나의 구슬을 남졌다.

네르가 관심을 가지지 않는 걸로 봐서 마기의 정수는 아닌 것 같은데.

검은 구슬을 살며시 집었다.

[데빌 실(Devil Seal)]
등급 : A
내구성 : 500/500
강도 : 1
순도 : 90%
기운을 잃은 악마가 봉인되어 있다.
데빌 실의 주인으로 등록하게 되면 악마를 조종할 수 있다.
데빌 실의 주인이 되기 위해서는 상위 마기를 가지고 있어야 된다.

그러니까 여기에 방금 전에 내가 죽인 악마가 봉인되어 있다는 건가?

악마를 죽이면 소멸하는 게 아니었어?

나에게 마기가 없긴 하지만, 고리의 기운을 이용하면 데빌 실을 이용할 수 있을 거라는 생각이 들었다.

하지만 지금은 쓰러진 동료들을 깨우는 것이 먼저였다.

동료들의 얼굴에 살며시 물을 뿌려주었고, 가장 먼저 정신을 차린 사람은 역시 카인트 공작이었다.

공작은 잠시 혼란스러운 모습을 보였지만 금세 정신을 차렸고, 그다음으로는 브로안이 정신을 차렸다.

브로안은 환상의 세계에서 무슨 꿈을 꾸었는지 나라를 잃은 것 같은 표정을 하고는 땅을 두드렸다.

그리고 마지막으로 정신을 차린 사람은 아드몬드였다.

아드몬드는 정신을 차리고도 한참이나 몸을 바들바들 떨었다.

그래도 따뜻한 차 한 잔을 마시고 나자 다들 적응을 완료했다.

"형님, 악마를 죽이면서 무슨 아이템을 얻었어요?"

정신을 차린 브로안이 가장 먼저 꺼낸 말이다.

데빌 실 말고도 여러 가지 아이템들을 남기고 봉인된 악마였다.

정신력을 강화해 주는 아이템부터 환영을 새겨주는 아이템까지 여러 개의 아이템이 있긴 했지만 브로안이 사용할 만한 아이템은 없었다. 그 사실을 안 브로안은 다시 한 번 땅을 두드리며 분노를 표출했다.

육체적 피로는 전혀 없었지만 환상의 세계에서 극심한 정신적인 고통을 받았기에 우리는 녹초가 되어서 각자의 방으로 돌아갔다.

생각보다 쉽게 악마의 탑을 공략했기 때문일까?

잠이 오지 않았다. 이럴 때 스마트폰이라도 있었으면 킬링 타임이라도 하는데.

딱히 하고 놀 것도 없고, 그렇다고 침대를 떠나기도 싫었다.

아! 데빌 실이 있었지.

데빌 실에 악마가 갇혀 있다고 했다.

데빌 실의 주인이 되기 위해서는 봉인된 악마보다 강한 마기를 가지고 있어야 되었지만 봉인되는 순간 대부분의 마기를 잃은 악마였다. 따라서 내가 가지고 있는 고리의 기운만으로도 충분할 것 같았다.

나는 보관 상자에서 데빌 실을 꺼내 들었고, 조금씩 고리의 기운 흘려 넣었다.

지이이!

데빌 실은 작게 몸을 흔들어대기 시작했고, 고리의 기운을 조금 더 넣자 검은빛을 쏘아내며 점점 투명한 형태로 변했다.

그렇게 10초가 흘렀을까? 데빌 실은 완전히 투명한 막으로 변했고, 그 안에서 잠자고 있던 악마가 모습을 드러냈다.

잠을 자고 있는 악마는 온몸으로 내 기운을 받아들였고, 조금씩 눈을 뜨기 시작했다.

새끼손가락보다 조금 더 큰 크기를 하고 있는 악마는 매력적인 얼굴과 육감적인 몸매를 여전히 유지하고 있긴 했지만 피규어와 같은 모습을 하고 있었기에 현실감이 떨어졌다.

"나를 불러낸 이유가 뭐지?"

공격적인 어투로 말하는 악마는 자신을 이렇게 만든 나를 미워하는 감정을 고스란히 담고 있었다.

"그냥 심심해서 불러봤어. 그런데 네가 내 기운을 받아들인 이상 내가 너의 주인이 되는 거 아냐?"

혹시나 하는 마음에 악마에게 간단한 명령을 내렸다.

"앉아!"

악마는 하기 싫은 표정을 얼굴에 드러냈지만 내 명령을 수행했다.

"일어서!"

작은 다리를 움직이며 앉았다 일어서기를 반복하는 악마의 모습은 귀엽기까지 했다.

"나를 주인으로 인식하고 있는 건 맞네. 그럼 말투도 조금 공손하게 바꾸지 그래."

"나를 불러낸 이유가 무엇인가요?"

극존칭은 아니지만 이전에 비하면 장족의 발전이었다.

"그냥이라고 했잖아. 같은 말을 두 번 하게 하는 건 별로 안 좋아하는데."

나를 주인으로 인식하고 있는 악마였기에 내가 내리는 명령을 수행했고, 질문에 거짓 없이 대답했다.

"그러니까 악마가 마족보다 강한 놈들이란 말이지? 그리고 악마의 탑 7층에 있는 악마는 일곱이라는 말이고."

"그래요. 전 세계에 악마의 탑이 있긴 하지만 악마의 탑 7층을 관리하는 악마는 일곱밖에 되지 않아요. 인간의 능력으로 악마의 탑 7층을 오를 수 있는 자는 많지 않기에 충분한 숫자라고 생각해서 그렇게 인원을 배치한 거죠."

"그러면 네가 없어졌으니 이제 여섯이 되겠네. 아! 너 이름은 뭐야?"

"루시드라고 불러주세요. 제가 사라졌다고 해서 악마의 탑 7층을 관리하는 악마가 여섯이 되는 건 아니에요. 새로운 악마로 그 자리를 충당하죠."

"아, 그래? 그럼 8층의 악마는 얼마나 되냐? 그리고 너와 비교해서 얼마나 강하지?"

"8층에 대한 정보는 제가 알 수 없어요. 하지만 저보다는 훨씬 상위의 악마들이 있는 것은 분명하죠."

7층의 악마가 8층의 악마에 대해 모른다?

6층을 관리하는 크레닌은 7층과 8층의 악마들에 대해서 아는 것 같은데, 얘는 왜 모르고 있는 거지? 크레닌이 특별히 정보를 많이 알고 있는 건가, 아니면 얘가 관심이 없었던 걸까.

"그런데 너는 환상을 다루는 능력을 사용하던데 그거 어떻게 하는 거야?"

"제 능력은 정신을 조종해 환상에 빠지게 하는 것입니다. 악마는 태어날 때 권능을 부여받기에 인간이 사용할 수는 없습니다."

"그럼 정신력을 강화하는 방법에 대해 알고 있어?"

내가 가지고 있는 물의 환영은 정신력에 영향을 받는 아이템이다.

이제 겨우 두 마리의 분신만을 만들 수 있었다. 이제는 굳이 물의 환영을 사용하지 않아도 될 정도의 능력을 가지고 있었지만 정신력을 강화해서 나쁠 것은 없었다.

특히 이번처럼 정신계 권능을 가지고 있는 악마와의 전투를 대비해 정신력을 강화하는 수련을 할 필요성이 있었다.

"정신력을 강화하는 방법은 여럿 있죠. 제가 수련을 시켜드릴 수도 있어요."

"그래? 어떻게 수련을 하는 건데?"

"저한테 조금 더 강한 기운을 넘겨주세요. 그러면 제가 주… 주인님을 제가 만든 환상의 세계에 넣어드릴게요. 그곳에서 시간을 보내는 것만으로도 정신력은 강화돼요. 환상의 세계는 제가 만든 세계이기는 하지만 그 속에 있는 사람과 물건은 전적으로 당사자의 정신력으로 만들어졌어요. 그 속에서 물건을 변형시키거나 사람을 조종하는 것을 연습하면 빠른 속도로 정신력을 강화할 수 있어요."

"그래? 그럼 바로 시작하자."

나는 고리의 기운을 루시드에게 더 많이 공급해 주었다.

근데 내가 속는 건 아니겠지? 나한테 기운을 받아먹으려고 이런 수를 쓰는 것일 수도 있는데.

지금까지의 모습이 다 연기라면?

설마 그러겠어? 자존심 강한 악마가 나를 주인님이라고 불렀는데.

"준비가 되셨으면 바로 이동시켜 드리겠어요."

"그래, 부탁해."

*　　　*　　　*

내가 동의한 후 환상의 세계로 이동해서 그런지 극심한 두통이 느껴지지는 않았다.

단지 한쪽 눈을 찡긋거릴 정도의 두통이 느껴졌고, 그 고통도 얼마 지나지 않아 사라졌다.

"여기는 전에 왔던 호텔이잖아. 왜 하필 여기로 또 온 거지?"

"환상의 세계는 당사자가 가장 가고 싶어 하는 장소로 설정되어 있어요."

헐! 루시드가 내 꿈속에 나왔다.

"네가 어떻게 여기에 있는 거지?"

"마기가 충만한 상태였다면 환상의 세계의 밖에서 조종이 가능하지만 지금은 제가 직접 환상의 세계에 들어와야만 조종이 가능해요."

루시드는 요정 같은 작은 모습이 아니라 본래의 모습을 되찾았다.

꿈이라서 가능한 일 같았다.

"그래, 그러면 수련을 어떻게 하면 되지?"

"일단은 전에 경험해 봤던 상황부터 시작하겠어요. 그게 주인님이 가장 원하는 꿈이거든요."

전에 있었던 상황? 아! 오아영과의 하룻밤!

"그건 좀 그런데."

루시드는 내 말을 듣기도 전에 능력을 발동시켰고, 내 옆에는 끈 나시만 입은 오아영이 모습을 드러냈다.

"하하하. 또 만났네요. 안녕하세요."

"진기 씨! 보고 싶었어요. 오늘은 우리 사랑을 나눠요."

오아영이 다가오자 나는 석상이 되어버렸다.

고리의 기운도 반응을 하지 않고 있었다. 내가 원한 수련이었기에 고리의 기운도 작동하지 않고 있는 것 같았다.

"진정하세요. 우리 대화부터 하죠."

"저는 육체로 하는 대화를 더 좋아해요."

저돌적으로 달려드는 오아영을 거부할 힘이 나한테는 없었다. 그녀의 손길에 이끌려 본능에 몸을 맡겨버렸다.

불같은 시간이 지나가자 오아영의 모습은 사라졌고, 한심한 표정을 하고 있는 루시드가 모습을 드러냈다.

"이렇게 약한 정신력을 가지고 있는 사람이 어떻게 저를 이겼는지 모르겠네요."

할 말이 없었다.

이건 첫 경험이라고 할 수 없겠지? 여기는 꿈이니까. 나는 아직 순수한 총각이라고!

몇 번이나 수련을 계속했지만 나는 한 번을 성공하지 못했다.

이렇게 내가 본능에 충실한 남자인 줄 몰랐어…….

*　　　　*　　　　*

최진기가 루시드와 정신력 수련을 하고 있는 동안 아드몬드는 자신의 방에서 한 발자국도 움직이지 않고 있었다.

"내가 원하던 삶은 이게 아니었어. 나는 북부 기사들의 존경을 받는 삶을 살고 싶었어."

환상의 세계를 다녀온 이후 자신의 정체성을 깨달은 아드몬드였다.

그는 천방지축이었던 과거가 그립지는 않았다. 하지만 지금처럼 최진기와 브로안에 가려진 삶을 원한 것도 아니었다.

주인공이 되고 싶다. 모든 사람들이 원하는 꿈이었고, 아드몬드도 다르지 않았다.

수련을 자의로 거른 날은 하루도 없었다. 자신보다 노력을 많이 하는 사람은 본 적도 없었다.

하지만 주인공이 되지 못했다. 그리고 앞으로도 자신이 주인공이 되지 못한다는 사실이 뼈저리게 느껴졌다.

"더 수련을 하면 될까?"

지금보다 더 수련을 한다고 해서 달라지는 것은 없을 것이었다.

오러가 없는 이상, 수련을 한다고 해도 하급 아이템 정도의 차이밖에 생기지 않는다.

그렇다면 이대로 조연으로 살아가야 하는 걸까?

그런 인생을 살기 위해 이렇게 노력을 해온 것은 아니었다.

"힘이 필요해. 내가 중심이 될 수 있는 그런 힘이 필요해."

같은 말만을 계속해서 반복하는 아드몬드는 며칠 동안 방을 나오지 않았다.

　　　　　*　　　　　　*　　　　　　*

"이번에는 꼭 성공하시길 빌게요."

"왜 이래? 전에 한 번 성공했었잖아."

"아! 연속으로 침대에서 다섯 번 불을 지피고 난 뒤에 말이 죠?"

정신력 수련을 시작한 지 벌써 일주일이 다 되어갔다.

연구소에서 새로운 아이템을 제작하고 은행에 관련된 업무를 보는 것을 제외하면 거의 대부분의 시간을 루시드가 만든 환상 의 세계에서 보냈다.

그리고 본능을 이기는 날보다 지는 날이 현저히 많았다.

오아영이다! 저렇게 아름다운 곡선을 자랑하는 오아영을 어떻 게 거부할 수 있냐고!

어쨌든 이번에는 참아본다.

"왔어요. 오늘은 좀 늦었네요. 어서 침대로 들어오세요."

침대에서 얼굴만 내밀고 있는 오아영의 유혹이 다시 시작되었 다.

거부하고 싶지만 몸이 먼저 반응을 했다.

오늘은 기필코 참아내고 만다.

오아영의 아름다운 얼굴과 육감적인 몸매 때문에 내가 참지 못하는 것이라면 그것을 바꾸면 된다.

나는 머릿속으로 세상에서 가장 추한 얼굴과 0.1ton에 달하는 살을 두른 오아영을 상상했다.

조금씩 오아영의 얼굴에 살집이 붙기 시작했고, 이불 안에서 아름다운 곡선을 뽐내고 있던 그녀의 몸이 불어나기 시작했다.

"우웩!"

이불이 그녀의 거대해진 몸을 가리는 것을 포기했다.

나도 모르게 그 모습에 헛구역질이 올라왔다.

이런 상황에서 흥분을 하는 사람이 있을 리가 없지.

"제 생각과는 다른 방법이지만 어쨌든 성공하셨네요. 사람의 모습을 변화시키는 것은 꽤나 많은 정신력이 필요한 방법인데, 축하해요."

본능의 노예가 되고 싶지 않다는 나의 의지가 만들어낸 승리였다.

뿌듯한 마음과 아쉬운 마음이 공존하는 이상한 감정이었지만 어쨌든 이제는 다음 단계로 넘어갈 수 있게 되었다.

"사람을 변형시키는 데 성공하셨으니 물건을 변형시키는 것은 쉽게 성공하실 수 있을 거예요. 그러니 큰 건물을 변형시키는 수련을 하도록 하죠."

루시드의 도움을 받아 나는 정신력 강화 수련을 계속해서 진행했고, 며칠이 지나지 않아 다섯 개의 분신을 만드는 데 성공했다.

정신력을 강화하기 위해서는 아직 많은 수련이 필요하긴 했지만 예전보다는 훨씬 강한 정신력을 가지게 되었다.

정신력을 수련하는 동안에도 나는 새로운 아이템을 제작하는 데 소홀히 하지 않았다.

나는 고리의 색이 보라색으로 바뀌었다는 사실을 스승님에게 알렸고, 스승님과 함께 문양을 이용한 아이템을 제작하기 위해 많은 시간을 보냈다.

그리고 오늘 그 결과물이 나왔다.

B급 아이템에 문양을 새겨 넣었고, 내 고리의 기운을 이용해 문양을 활성화시켰다.

많은 시행착오를 겪었지만 이제는 그 방법을 찾았다.

아이템에 문양을 새겨 놓은 후 내 기운을 녹여 넣으면 문양의 능력이 아이템에 새로 추가되는 것이었다.

이런 방식이면 아이템의 등급을 한 단계 업그레이드시킬 수가 있게 된다.

결과물을 만들어낸 후 나는 장인들을 불러 모았다.

공장과 공방의 많은 장인들은 이미 문양을 각인하는 데 익숙했고, 새로운 수련생들도 문양을 각인하는 수련을 가장 먼저 배웠다.

"곧 기사들이 사용하고 있는 병기류가 공장으로 순차적으로 들어올 겁니다. 병기류에 문양을 새겨 넣어주시기 바랍니다."

기사들이 사용하고 있는 아이템은 기본적으로 무기와 갑옷이었고, 자잘한 아이템까지 하면 한 사람이 5개 정도의 아이템을 착용하고 있었다.

지금은 기사들의 것뿐이지만 이후에는 병사들의 아이템까지 강화해야 했기에 지금부터 공장은 24시간 쉬지 않고 문양을 각인하는 작업을 해야 했다.

나도 이제 바빠지겠네.

문양을 활성화하는 작업은 오직 나만이 가능하다. 수천 개가 넘는 아이템을 활성화시키려면 잠잘 시간을 줄여야 했다.

지금 당장 아이템을 강화한다고 해도 사용할 일은 없겠지만 미리 대비해 두어야 한다.

위급한 상황이 언제 찾아올지 모르니 말이다.

*   *   *

공장은 바쁘게 돌아간다. 많은 수의 수련생들을 받아들였고, 공장도 증축했다.

하지만 여전히 밤잠을 줄여야 할 정도로 일거리는 많았다.

기사들의 아이템에 문양을 새겨서 하는 강화가 드디어 완료되었다. 이제는 병사들의 무기를 강화시켜야 했다. 그리고 이제 기사와 병사들의 아이템을 강화시키는 것뿐만 아니라 장거리 무기의 능력도 강화시킬 수 있었다.

오히려 일반 무기보다 장거리 무기에 문양을 새기는 것이 더 효율적이기도 했다.

원거리 무기는 일반 아이템보다 면적이 상당히 컸기에 문양을 새길 공간이 많았다.

실험적으로 투석기 한 대의 모든 부품에 보호 문양을 새겨본 결과 투석기의 비거리가 엄청나게 상승되었다.

이제는 투석기라는 이름으로는 부르지 못할 정도의 위력과 사거리를 자랑하게 된 장거리 무기였다.

상대방은 우리를 보지도 못하는 거리에서 공격할 수 있다는 것은 엄청난 장점이다. 현대의 전쟁이 무서운 건 버튼 하나만 누르면 엄청난 파괴력을 가진 미사일을 적진 한가운데 떨어뜨릴 수 있기 때문이다.

그리고 브루니스 왕국은 그런 무기를 가지게 되었다.

물론 현대의 무기에 비하면 사거리나 위력이 많이 약하기는 하지만 지금의 시대에서는 대적할 수 있는 방법이 없는 무기다.

나는 무기의 제작을 위해 하루 반나절을 공장에서 보냈고, 나머지 시간은 에크와 보냈다.

은행은 이제 전 세계 주요 도시뿐만 아니라 규모가 있는 도시라면 한 곳도 빠지지 않고 자리를 잡았다.

사람들은 자연스럽게 은행을 사용하게 되었고, 돈이 생기면 은행에 저금하는 것을 당연시했다.

은행은 단순 저금뿐만 아니라 채권 거래도 가능했다.

사람들은 원가보다 싼 금액에 채권을 구입할 수 있었고, 많은 상인이 채권의 가치를 알아보고 대량으로 구입했다.

많은 국가가 발행한 채권들이 여러 상인들에게 풀리게 되었고, 이제는 시나브로 채권에 힘이 생겨나기 시작했다.

아직 상환 기간이 남았기에 채권의 무서움을 모르고 있는 국가들이었지만 중소 귀족들이 무분별하게 발행한 채권의 이자는 착실히 쌓여 나갔다.

중소 귀족들에게 채권을 발행해줄 당시 그들에게 돈을 받을 수 있을 거라는 생각은 하지 않았다. 우리는 그들을 돈의 노예로 만들기 위해 채권을 발행해 주었다.

우리뿐만 아니라 여러 상인들에게 팔려 나간 채권이었기에 이자를 갚지 못하는 귀족들은 은행에서 돈을 빌려야 했다. 그렇게 그들이 발버둥 치면 칠수록 돈의 노예가 된다.

지금은 중소귀족들과 영세한 상인들이 이자를 갚지 못하고 있었지만 조만간 이자를 갚지 못하는 국가도 생길 것이다.

그렇게 되면 우리는 돈의 힘으로 한 국가를 좌지우지할 수 있게 된다.

벌써부터 지식인들은 채권의 위험성을 알리고 있었지만, 채권의 편리함에 중독되어 있는 국가들은 채권 발행을 멈추지 않았다.

스스로 돈의 노예가 될 준비를 하고 있는 것이다.

＊　　　＊　　　＊

악마의 탑을 유지하고 있는 악마들은 한자리에 모일 수 없었다.

자신이 맡은 공간을 유지해야 했기에 자리를 뜰 수가 없는 것이었다.

하지만 그들은 홉블린이라는 몬스터를 이용해 의사 교환을 했다.

홉블린은 더듬이를 이용해 텔레파시가 가능한 몬스터였고, 홉블린만 있으면 장소가 어디든 차원만 다르지 않으면 의사소통을 할 수 있어서 매우 유용했다.

검은 정복을 입고 있는 악마가 홉블린의 더듬이를 두드렸다.

그는 와치스였다.

두 개의 제국을 파멸시킨 악마군 2군단장인 와치스는 마왕의 부활을 그 누구보다 원하는 악마였다. 하지만 상황이 이상하게 돌아가고 있었다.

악마의 탑에서 받아들이는 생기의 양이 점점 줄어들고 있었고, 그 문제를 의논하기 위해 마계에서 가장 두뇌가 뛰어나다고 알려진 악마에게 통신을 시도했다.

홉블린의 더듬이가 진동을 시작한 지 얼마 지나지 않아 더듬이 아랫부분에서 목소리가 흘러나왔다.

─악마군 2군단장님이 연락을 다 주시고, 영광입니다.

목소리의 주인공은 악마의 탑 6층에서 최진기 일행과 만남을 가졌던 소환술사 크레닌이었다.

공손한 목소리의 크레닌이었지만 와치스는 인상을 잔뜩 찌푸렸다.

무슨 생각을 품고 있는지 모르는 크레인이었지만 지금은 그의 도움이 필요하니 싫은 소리를 할 수는 없지.

"악마의 탑의 공략 속도가 생각보다 빠르네. 브루니스 왕국의 악마의 탑만 비정상적인 속도로 공략당하고 있네. 아직 원하는 만큼의 생기를 얻지 못한 상황에서 그들의 존재는 우리의 계획에 방해되네."

─그들이 인간들 중에서는 뛰어난 능력을 가지고 있긴 하지만 8층 이상의 악마님들에게는 상대가 되지 않는 미천한 존재들입니다. 굳이 직접 움직이지 않아도 될 것으로 판단됩니다.

그가 원하는 대답이 아니었다.

와치스는 크레닌을 통해 브루니스 왕국의 기사들을 처리할 방법을 듣고 싶었다.

마계의 서열로 따지면 자신이 훨씬 상위에 있었지만 크레닌을 함부로 대할 수는 없다.

그는 마계에서 가장 많은 지식을 가지고 있는 존재였고, 마왕을 직접 보필했던 경험도 있는 악마였다. 마왕님이 부활하면 가장 먼저 찾을 악마가 그라는 사실도 알고 있었기에 크레닌을 대놓고 무시할 수 있는 악마는 없다고 볼 수 있다.

자신이 원하는 대답을 크레닌에게 듣지 못한 와치스는 다른 악마에게 연락을 취했다.

자신의 명령이라면 목숨까지 버릴 정도의 충성심을 가진 악마.

하지만 그의 일 처리 방식이 마음에 들지는 않았기에 크레닌에게 먼저 연락을 취한 것이었다.

악마의 탑을 조율하는 악마. 바로 나르네에게 연락을 했다.

나르네는 누구보다 자신과 같은 생각을 하고 있었다.

타나스 왕국을 이용해 전쟁을 벌인 것도 나르네와 자신의 합작품이었다.

하지만 결과가 생각보다 좋지 않았다. 악마의 탑을 공략하는 속도를 늦추기는 했지만 그것뿐이었다. 브루니스 왕국의 멸망을 기대했지만 성공하지 못했다.

인간에게 악마의 약의 제조법을 알려주는 것은 다른 악마라면 생각지도 못할 방식이지만 나르네는 힘이 강하지 않기에 그런 방법을 사용한 것이었다.

와치스는 다른 방법이 없다는 것을 알기에 나르네에게 연락을 한 것이다.

현재 악마의 탑과 인간계를 자유롭게 오갈 수 있는 능력을 가진 악마 중 자신의 편에 있는 악마는 나르네가 유일했다.

"브루니스 왕국의 속도가 비정상적이다. 속도를 늦출 방법이 있는가?"

─저도 브루니스 왕국의 기사들을 집중적으로 관찰하고 있었습니다. 그들의 능력이 강하기는 하지만 약점을 찾아내었습니다. 그들 중 가슴에 질투와 욕심이 가득한 기사 한 명이 있었습니다. 그를 이용하면 그들을 쉽게 처리할 수 있습니다.

마음에 들지 않는 방식이었지만 지금은 나르네 말고는 뾰족한 수가 없었기에 나르네의 방법을 지원해야만 했다.

"이번에는 꼭 성공하기를 바라네. 이번에도 실패한다면 분노가 폭발할지도 모르겠네."

─두 번의 실패는 없습니다. 저를 믿어주십시오.

와치스는 홉블린의 더듬이를 놓고는 자리에 털썩 앉았다.

"브루니스 왕국이라. 그들이 문제가 될 거라고는 상상도 하지 못했군. 크레닌의 말처럼 내가 과민 반응을 보이고 있는 건가?

예전 항마 전쟁에서 악마를 도륙했던 진크스 황제와 같은 분위기를 풍기는 자는 없는데, 내가 너무 예민하게 반응하는 건가. 어쨌든 방해물은 치워버리는 게 좋지."

*　　　　*　　　　*

아드몬드는 요즘 들어 무기력한 시간을 보냈다.

많은 사람들이 찾아와 걱정을 했지만 그런 그들이 귀찮게만 느껴졌다.

꿈이 없다는 것을 알게 된 순간부터 느껴진 무기력감.

이대로는 우울증 때문에 나쁜 선택을 할지도 모른다고 그는 생각했다.

똑똑!

문을 두드리는 소리.

오늘은 누가 나를 귀찮게 하려고 찾아왔을까.

아버지일까, 아니면 부기사단장?

누가 되었든 지금은 만나고 싶지 않았다.

"기사단장님, 신성제국에서 서신이 왔습니다."

신성제국에서 나에게 서신을 보낼 사람이 있던가?

프란세스 추기경이 나를 좋게 생각하고 있긴 했지만, 서신을 보낸 적은 한 번도 없었다.

그렇다면 누가 나에게 서신을 보냈을까?

"서신을 가지고 오너라."

시종은 아드몬드가 앉아 있는 테이블 위에 서신을 두고 나갔다.

서신은 확실히 신성제국에서 온 것이 맞았다.

붉은 신성제국의 인장이 박혀 있는 서신을 흉내 낼 배짱 좋은 사람이 있을 리가 없다.

신성제국의 인장을 도용하면 어떤 결과가 있을지는 깊게 생각해 보지 않아도 예상할 수 있으니 말이다.

"누가 나에게 서신을 보낸 거지."

찌이익!

작은 손칼로 봉투의 윗부분을 잘라내어 서신을 꺼냈다.

서신을 읽어 내려가는 아드몬드의 손이 잘게 떨려왔다.

서신은 프란세스 추기경이 직접 작성했고, 그 내용을 추리면 이랬다.

〈우리 신성제국은 잦은 전쟁에 많은 기사들을 잃었네. 우수한 인재들을 육성하고 있지만, 지금 당장 기사단을 이끌 만한 인재가 부족하다네. 자네가 우리 신성제국으로 와 기사단장이 되어주게나. 내가 밀어준다면 기사단장은 물론이고, 내가 지금 있는 자리까지 보장될 것이네.〉

스카우트 제안이다. 그것도 추기경의 자리를 약속하는.

예전에 비해 힘이 줄어든 신성제국이지만 세계에서 유일하게 제국이라는 이름을 사용할 수 있는 거대 국가다.

브루니스 왕국의 수십 배가 넘는 영토를 가지고 있었고, 기사와 군사의 수는 아예 비교조차 되지 않는다.

그런 신성제국에서 추기경이라는 자리는 일국의 공작과 맞먹는 직위다.

내가 브루니스 왕국에서 계속 올라가면 공작의 직위를 가질 수 있을까?

공작의 직위는 혈통으로 물려받을 수 있는 자리가 아니다.

그 시대에 가장 뛰어난 귀족에게 주어지는 자리다.

물론 북부의 영지와 군사는 시간이 지나면 자신에게 주어지겠지만, 공작의 자리는 진 자작이 차지할 가능성이 높았다.

그렇다면 내가 굳이 여기에 있을 이유가 있을까?

아버지는 항상 말씀하셨다. 남자는 꿈을 크게 가지고, 넓은 세상을 호령해야 된다고.

신성제국의 추기경이 되는 것보다 더 큰 꿈이 있을까?

제국의 황제가 되지 않는 한 추기경보다 더 높은 직위는 없다.

그리고 프란세스 추기경이 자신을 지지한다면 그 자리까지 올라갈 가능성은 매우 높다.

현재 신성제국에서 자신보다 무력이 뛰어난 자가 있다고는 생각하지 않는다.

악마의 탑 7층까지 공략한 경험과 수많은 몬스터를 상대하면서 얻은 전투 경험이 나를 강하게 해주었다.

그래, 신성제국으로 가자!

무기력증에 빠져 있던 아드몬드의 눈에 생기가 돌아왔다.

자신은 가정을 꾸리지도 않았으며, 브루니스 왕국에 미련도 없다.

가정이 있다고 하더라도 지금의 기분이라면 다 버리고 신성제국으로 떠났을 것이다.

아버지가 걸리기는 했지만, 내가 사라진다고 해서 큰 충격에 빠지실 분이 아니다.

요즘은 나보다 진 자작과 더 오랜 시간을 보내는 아버님이었기에 그렇게 상심을 하지 않을 것이다. 그리고 내가 죽는 것도 아니다. 단지 더 큰 꿈을 위해 떠나는 거다.

아버지라면 내 꿈을 지지하고 이해해 주시겠지.

하지만 아버지의 얼굴을 보고 이런 얘기를 할 자신은 없었다.

아드몬드는 테이블에 놓여 있지만 한 번도 사용하지 않은 종이와 펜을 꺼내 서신을 작성했다.

신성제국에서 자신에게 어떤 제안을 했는지, 자신이 왜 신성제국으로 가야 하는지에 대한 내용을 빼곡히 적었다.

신성제국까지는 멀지만 딱히 챙길 짐은 없다. 아이템과 말 한 필만 있으면 된다. 부족한 것은 그때그때 충당하면 된다.

아드몬드는 서신을 테이블에 올려놓고는 그대로 방을 나왔다.

그가 서신을 읽은 지 30분도 되지 않아 일어난 일이다.

그만큼 아드몬드는 지금 혼란스러워했고, 어디든 떠나고 싶어 했다.

신성제국이 내민 손은 그에게는 한 줄기 빛이었다.

문밖은 자신의 시종이 지키고 서 있다. 간단하게 챙겼다고는 하지만 보따리 하나 정도의 짐을 가지고 나오는 아드몬드를 보고 시종은 의아한 표정을 지었다.

　며칠 동안 방을 떠나지 않았던 아드몬드였기에 시종이 그런 표정을 짓는 것이었다.

　아드몬드는 시종에게 인자한 표정을 지으며 말했다.

　"잠시 북부에 다녀오겠다. 책상 위에 서신을 작성해 놓았으니 정확히 일주일 후에 아버님에게 전해주도록 하거라. 그리고 일주일 동안은 아무도 방에 들어가지 못하게 하거라. 내가 그렇게 지시했다고 하면 다들 들어오지 않을 것이다."

　"알겠습니다, 기사단장님."

　자신을 3년 넘게 보필해온 시종에게 감사한 마음이 있었기에 아드몬드는 시종에게 골드 하나를 던져주고는 그대로 떠났다.

『스킬스』 5권에 계속…

초대형 24시 만화방

신간 100%, 샤워실, 흡연실, 수면실(침대석), 커플석, 세탁기 완비

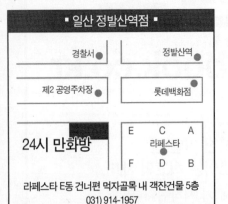

■ 일산 정발산역점 ■

경찰서 · 정발산역
제2 공영주차장 · 롯데백화점
24시 만화방

E C A
라페스타
F D B

라페스타 E동 건너편 먹자골목 내 객잔건물 5층
031) 914-1957

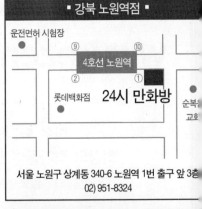

■ 강북 노원역점 ■

운전면허 시험장
⑨ ⑩
4호선 노원역
② ①
롯데백화점 24시 만화방
순복음
교회

서울 노원구 상계동 340-6 노원역 1번 출구 앞 3층
02) 951-8324

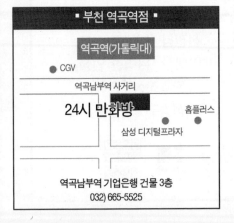

■ 부천 역곡역점 ■

역곡역(가톨릭대)
· CGV
역곡남부역 사거리
24시 만화방 · 홈플러스
· 삼성 디지털프라자

역곡남부역 기업은행 건물 3층
032) 665-5525

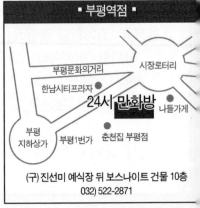

■ 부평역점 ■

부평문화의거리 시장로터리
한남시티프라자 ·
24시 만화방 · 나들가게
부평 · 춘천집 부평점
지하상가 부평1번가

(구) 진선미 예식장 뒤 보스나이트 건물 10층
032) 522-2871

멱운 장편 소설

FUSION FANTASTIC STORY

전공 삼국지

2세기 말 중국 대륙.
역사상 가장 치열했던 쟁패(爭覇)의
시기가 열린다!

중국 고대문학을 공부하던 전도형,
술 마시고 일어나니 도겸의 둘째 아들이 되었다?

조조는 아비의 원수를 갚으러 쳐들어오고
유비는 서주를 빼앗으려 기회만 노리는데…….

"역시 옛사람들은 순수하다니까.
　유비가 어설픈 연기로도 성공한 데는 다 이유가 있지, 암."

때로는 군자처럼, 때로는 효웅처럼!
도형이 보여주는 난세를 살아가는 법!

Book Publishing CHUNGEORAM

유행이 아닌 자유추구 -
www.chungeoram.com

FUSION FANTASTIC STORY

비츄 장편소설

올 스탯
슬레이어

강해지고 싶은 자, 스탯을 올려라!
『올 스탯 슬레이어』

갑작스런 몬스터의 출현으로 급변한 세계.
그리고 등장한 슬레이어.

[유현석 님은 슬레이어로 선택되었습니다.]
"미친… 내가 아직도 꿈을 꾸나?"

권태로움에 빠져 있던 그가…

"뭐냐 너?"
"글쎄. 나도 예상은 못했는데, 한 방에 죽네."

슬레이어로 각성하다!

Book Publishing CHUNGEORAM

이경영 판타지 장편소설

FANTASY FRONTIER SPIRIT

그라니트

용들의 땅

GRANITE

사고로 위장된 사건에 의해 동료를 모두 잃고 서로를 만나게 된 '치프'와 '데스디아'.
사건의 이면에 상식을 벗어난 음모가 있음을 알게 된 둘은
동료들의 죽음을 가슴에 새긴 채 각자의 고향으로 돌아간다.
2년 후, 뜻하지 않게 다시 만난 두 사람은 동료들의 복수를 위해
개척용역회사 '그라니트 용역'을 설립해 다시금 그 땅을 찾게 되는데……

용들이 지배하는 땅 그라니트!
그곳에서 펼쳐지는 고대로부터 이어지는 운명적 만남,
깊어지는 오해, 그리고 채워지는 상처.

『가즈 나이트』시리즈 이경영 작가의 미래형 판타지 신작!

Book Publishing CHUNGEORAM

유행이 아닌 자유추구 -
WWW.shungooram.com

니콜로 장편 소설

FUSION FANTASTIC STORY

마왕의 게임

『경영의 대가』,『아레나, 이계사냥기』
니콜로 작가의 신작!

『마왕의 게임』

마계 군주들의 치열한 서열전
궁지에 몰린 악마군주 그레모리는 불패의 명장을 소환하지만……:

"거짓을 간파하는 재주를 지녔다고?"
"그렇다, 건방진 인간."
"그럼 이것도 거짓인지 간파해 보아라."

"−나는 이 같은 싸움에서 일만 번 넘게 이겨보았다."

e스포츠의 전설 이신, 악마들의 게임에 끼어들다!

Book Publishing CHUNGEORAM

유행이 아닌 자유추구 -
WWW.chungeoram.com